Selection of Short Stories plus El Coronel No Tiene Quien Le Escriba
Gabriel García Márquez

純真なエレンディラと邪悪な祖母の信じがたくも痛ましい物語

ガルシア=マルケス中短篇傑作選

ガブリエル・ガルシア=マルケス
野谷文昭=編訳

河出書房新社

目次

純真なエレンディラと邪悪な祖母の信じがたくも痛ましい物語

ガルシア＝マルケス中短篇傑作選

大佐に手紙は来ない

コーヒーの缶の蓋《ふた》を開け、残りを確かめると、わずか小さじ一杯分しかなかった。大佐はかまどから鍋を下ろし、水を半分ほど土間に捨てると、鍋の上で、缶にこびりついたコーヒーの粉をナイフで錆《さ》びごと残らずこそげ落とした。

土を焼いたかまどの脇に腰を下ろし、何かを信じひたすら期待するような姿勢でコーヒーが沸くのを待つ間、大佐は腸のあたりに毒キノコや毒ユリが生え出しそうな気分を味わっていた。もう十月だった。こんな鬱陶《うっとう》しい朝を何度も経験してきた大佐みたいな男にとってさえ、どうにもならない朝だった。最後の内戦が終わって以来五十六年間にわたり、大佐は、ひたすら待つことしかしてこなかった。十月は、決まってやってくる数少ないもののひとつだった。

大佐がコーヒーを手に寝室に入ってくるのを見て、妻は蚊帳《かや》を持ち上げた。彼女は前の晩、激しい喘息《ぜんそく》の発作に襲われ、今ようやくうとうとしかけたところだった。それでも上体を起こすと、コーヒーカップを受け取った。

「で、あなたのは?」と彼女が訊《き》いた。

「もう飲んだよ」と大佐は嘘《うそ》をついた。「まだ大さじ一杯分残ってたんだ」

そのとき弔《とむら》いの鐘が鳴りはじめた。大佐は葬儀のことを忘れていた。妻がコーヒーをすっている間に、彼はハンモックの片端をはずし、反対側のドアの裏で畳んだ。妻は死者のことを考えた。

「一九二二年生まれだったわね」と彼女は言った。「あの子のきっかりひと月あと。四月七日よ」

彼女はぜいぜい息を切らせては、合間にコーヒーをすすり続けた。湾曲して固まってしまった背骨に白い軟骨を被《かぶ》せたような女だった。息をするのが苦しいせいで、何かを尋ねるとき、断定するような口調になる。コーヒーを飲み終えても、まだ死者のことを考えていた。

「十月に地面に埋められるなんて、さぞかし恐ろしいことにちがいないわ」と彼女は言った。だが夫は気にも留めなかった。彼は窓を開けた。十月はすでに中庭に居座っていた。緑濃く生い茂った草木や土のなかのミミズの小さな巣を眺めながら、大佐は腸のあたりにまた不吉な十月を感じた。

「骨がじくじくするんだ」と大佐は言った。

「冬だからですよ」と妻が応じた。「雨が降り出したときからずっと、靴下を履いて寝なさいと口を酸《す》っぱくして言ってるのに」

「一週間前から履いたまま寝てるんだが」

雨脚《あまあし》は弱かったが小止《こや》みなく降り続いている。大佐は、ウールの毛布にくるまってまたハンモックにもぐりたいと思った。だが、鳴り止まない割れ鐘の音が葬儀のことを思い出させた。「十月か」とつぶやくと、彼は部屋の中ほどに向かって歩いた。そのとき初めて、ベッドの脚につないだ雄鶏のことを思い出した。それは闘鶏用の軍鶏《しゃも》だった。

コーヒーカップを台所に下げたあと、居間にある、木枠に細工を施した振り子時計のゼンマイを巻いた。寝室は喘息患者が息をするには狭すぎたが、居間はそれと違って広さがあり、テーブル掛けの上に石膏《せっこう》の猫が載った小ぶりのテーブルが据えられ、その周りに繊維《せんい》を編んだ揺り椅子が四脚置かれていた。時計の向かいの壁には、チュールをまとった女性が薔薇《ばら》を積んだ小舟に乗り、キューピッドに囲まれている絵が掛かっていた。

時計のゼンマイを巻き終えたとき、七時二十分だった。それから軍鶏を台所に連れて行ってかまどの支柱につなぎ、缶の水を替え、脇にトウモロコシをひとつかみ置いてやった。子供たちの一群が柵の壊れたところから入り込んできた。彼らは軍鶏を囲んで腰を下ろし、黙ってじっと眺めている。

「そいつを見るのはもうやめにしてくれ」と大佐は言った。「軍鶏というのはじろじろ見られるとくたびれてしまうんだ」

子供たちは顔色ひとつ変えなかった。彼らのひとりが流行《はや》りの歌のメロディーをハーモニカで吹きはじめた。「今日は吹かないでくれ」と大佐は言った。「町で死人が出たんだからな」。子供はハーモニカをズボンのポケットにしまい、大佐は葬儀用の服に着替えるために部屋へ引き取った。

妻が喘息の発作を起こしたせいで、白い服はアイロンを掛けずじまいだった。そのため大佐は、婚礼のとき以来、特別なときにしか使わなかった古い黒の毛織の服を着ざるをえなかった。彼は、虫に食われないようナフタリン玉とともに新聞紙に包んであったその服を、苦労してトランクの底から探し出した。ベッドに横になったままの妻は、あいかわらず死者のことを考えていた。

「きっともうアグスティンと会ったにちがいないわ」と彼女は言った。「でも、あの子が死んでからのあたしたちの暮らしぶりのことは話さないかもしれないわね」

「今ごろは二人でもって、闘鶏のことでなんだかんだやり合ってるさ」と大佐は応じた。

トランクからやけに大きな古い雨傘《あまがさ》が出てきた。それは大佐が属していた政党が資金を集める目的で行った福引で、妻が引き当てた賞品だった。その晩は雨だったが、野外の見世物は中止にならなかったので、一家三人で見に行った。大佐と妻、それに息子のアグスティン――当時八つだった――は、その雨傘の下に座り、見世物を最後まで見たのだった。だが今、アグスティンは死んでしまい、光沢のある繻子《しゅす》の布地も虫に食われてぼろぼろだった。

「ほら、サーカスのピエロが使う傘の変わり果てた姿だ」と大佐は、昔自分がよく使った言い回しで言った。そして頭の上で金属の骨からなる不思議な装置を開いた。「今や星の数を数えるのにしか役立たないな」

彼は笑ってみせた。だが、夫人は傘には目もくれなかった。「何だって同じよ」と彼女はつぶやいた。「あたしたちだって生きたまま腐りつつあるわ」。そしてもっとじっくり死者のことを考えようと、目を閉じた。

大佐は手探りでひげを剃ったあと――ずいぶん前から鏡がなかった――無言で服を着た。ズボンは股引《ももひき》同様ぴっちりしていて、踝《くるぶし》のところが引き解き結びになっている。それを腎臓の高さに縫《ぬ》いつけてある二つの金メッキの金具を通した二本の同じ布製のひもでもって、腰で支えていた。ベルトは使わなかった。古びたボール紙みたいな色のシャツはボール紙のようにごわごわで、それに着脱式カラーを重ね、銅のボタンで留めるはずだった。ところがカラーが破れていたので、ネクタイを締めるのはあきらめた。

大佐はどれもこれも大事な行為であるかのように、ひとつまたひとつとことを進めていった。彼の手は皮膚がつやつやして張りがあったが、首の皮膚と同じく白斑があった。彼はエナメルの半長靴を、縫い目にこびりついた泥を掻《か》き落《お》としてから履いた。そのとき妻は、自分たちの結婚式の日のような身なりをした夫を見た。すると初めて、夫がすっかり老けてしまったことに気づいたのだった。

「特別なことでもあるみたいな恰好《かっこう》ね」と彼女が言った。

「この葬式は特別なことだよ」と大佐は応じた。「長いことなかったからな、自然死というのは」

九時過ぎに雨が止んだ。大佐が出かけようとすると、妻が上着の袖《そで》をつかんだ。

「髪をといたら?」と彼女は言った。

大佐は鋼色の剛毛を角製の櫛《くし》で撫《な》でつけようとした。だが無駄な努力だった。

「きっとオウムみたいだろうな」と彼は言った。

夫人は彼を調べた。そんなことはないと思った。大佐はオウムになど似てはいない。彼はがっしりした骨をボルトとナットでつないだような、さばさばした男だった。目に生命力が感じられるので、ホルマリン漬けになっている人間には見えなかった。

「それでいいわ」。妻の許しが出て、大佐が部屋を後にしようとすると、彼女はこうつけ加えた。

「先生に訊いてみてちょうだい、あたしたちが煮え湯を浴びせるみたいにして追い返したことがありますかって」

二人は町はずれにある、壁の石灰が剝《は》がれた、棕櫚《しゅろ》葺《ぶ》き屋根の家に住んでいた。あいかわらずじとじとしていたものの、雨は降っていなかった。大佐は家がごみごみ立て込んだ路地を通って広場に向かった。本通りに出たとき、彼は身震いした。見渡す限り、町が花で覆い尽くされていたのだ。家々の戸口には黒い喪服姿の女たちが椅子に腰かけ、葬儀を待っていた。

広場に着くと、また小糠雨《こぬかあめ》が降り出した。ビリヤード場の主人が店の戸口から大佐を見つけ、両手を広げて大声で言った。

「大佐、待ちなさい、傘を貸すから」

大佐は振り向くこともせずに応えた。

「ありがとう、わしならこのままで構わない」

葬列はまだ出発していなかった。白い服に黒ネクタイの男たちが、傘を差したまま戸口で話し合っていた。そのうちのひとりが、広場の水たまりをひょいひょい飛び越えていく大佐を見つけた。

「ここに入ってください、大佐」と彼は叫んだ。

そして傘の下に入れるよう場所をあけた。

「すまんな」と大佐は言った。

だが誘いを断った。彼は死者の母親に悔やみの言葉を言うために、そのまま家に入った。真っ先に鼻を突いたのがさまざまな花の匂いだった。続いて暑くなりだした。大佐は、寝室にすし詰めになっていた多くの人々の間を縫ってなんとか前に進もうとした。すると誰かが大佐の背中に手を置き、とまどった顔の列を分けるようにして、彼を部屋の奥にある死者の――深くて大きい――鼻の孔が安置されている場所まで押しやった。

そこには母親がいて、棺《ひつぎ》にたかる蠅を、棕櫚を編んだ団扇《うちわ》でもって追い払っていた。他の黒い喪服姿の女たちは、川の流れを眺めるのと同じ表情で遺体を見つめている。突然、部屋の奥から声が聞こえてきた。ひとりの女を脇にやると、死者の母親の横顔が見えたので、大佐は彼女の肩に片手を置いた。彼は歯を食いしばった。

「心からお悔やみを言うよ」と声を掛けた。

母親は振り向かなかった。だが口を開けると唸《うな》り声《ごえ》を上げた。大佐はぎょっとした。震える悲鳴の響くなかで人垣が崩れたために、遺体に押しつけられる気がした。両手で身体を支えようとしたが、壁が見つからない。そこには他の人々の身体があった。誰かが彼の耳元で、ゆっくりと、とてもやさしい声で言った。「気をつけてください、大佐」。振り返ると、死者と面と向き合った。だが、それが死者だとは思えなかった。というのも白い布にくるまれ、両手でトランペットを握っている男は、頑健かつ精力的で、大佐と同じくらい当惑しきった顔つきをしていたからだ。息苦しくなったので、人々の泣き声の上に頭をもたげると、壁にぶつかってばらばらになった花が作る坂を、戸口に向かってゆらゆら揺れながら進む、蓋を閉じた棺が目に入った。彼は汗をかいた。身体の節々が痛い。その直後、小糠雨がまぶたに当たり、誰かに腕をつかまれ、話しかけられたので、自分が外にいることに気づいた。

「さあ急いで、あんたを待ってたんだ」

死んだ息子の名付け親のドン・サバスだった。彼は政治的迫害を免れてこの町に住み続けている、唯ひとりの党の幹部だった。「礼を言うよ」と言って、大佐は黙って傘の下を並んで歩いた。楽隊が葬送行進曲の演奏を始めた。大佐はトランペットが足りないのに気がつき、そのとき初めて死者が間違いなく死んでいることを悟ったのだった。

「気の毒に」と彼はぽつりと言った。

ドン・サバスは咳ばらいをした。彼は傘を左手で差していたが、大佐よりも背が低かったので、持ち手は顔の高さだった。葬列が広場を離れると、二人は話し始めた。するとドン・サバスは沈痛な面持ちを大佐のほうに向け、こう言った。

「大佐、軍鶏の調子は？」

「あいかわらずさ」と大佐は答えた。

そのとき大声が聞こえた。

「その死人をどこへ運んでいくんだ？」

大佐は上を見やった。警察署のバルコニーにくだけた姿の町長がいた。彼はフランネルの下着姿で、髯《ひげ》を剃《そ》っていない方の頬《ほお》が腫《は》れ上がっていた。楽隊は葬送行進曲の演奏を中断した。そのあとすぐに、大佐はアンヘル神父と町長が声を張り上げて何か言い合っているのを聞いた。傘にぱらぱら落ちる雨の音をとおして彼は会話の内容を聞き取った。

「それで？」とドン・サバスが訊いた。

「なんてことはない」と大佐は答えた。「葬列は警察署の前を通っちゃならんとさ」

「そうだ忘れてた」とドン・サバスは思わず叫んだ。「戒厳令が出てることをいつも忘れるんだ」

「だが、別に反乱を起こしたわけじゃない」と大佐は言った。「これは死んだ哀れな楽士なんだから」

葬列は向きを変えた。貧しい人々が住む地区では、女たちが黙って爪を噛《か》みながら葬列が過ぎるのを見送った。だがそのあと通りの真ん中に出てきて、死者が棺の中で聞いていると思っているかのように大声で褒《ほ》めたたえたり、感謝の言葉や別れの言葉を叫んだりしたのだった。墓地まで来ると、大佐は気分が悪くなった。死者を運ぶ男たちに道を譲るために、ドン・サバスが塀のほうに押しやると、彼は笑顔を向けたが、表情は硬かった。

「どうした」とドン・サバスが訊いた。

大佐はため息をついた。

「十月だからな」

二人は来たのと同じ道を通って帰った。雨はすっかり上がり、空は高く、濃い青になっていた。

「もう降らないな」と大佐は思った。すると気分はよくなったが、まだぼうっとしていた。ドン・サバスが口を出した。

「医者に診てもらうことだね」

「病気ってわけじゃない」と大佐は応じた。「ただ、十月になると、まるで腹の中に獣《けもの》がいるみたいな気がするんだ」

「なるほど」とドン・サバスは言った。そして彼は、自宅の戸口の前で大佐と別れた。その家は新築の二階建てで、窓枠は鍛造《たんぞう》された鉄でできていた。大佐は早く礼服を脱ぎたくてうずうずしながら自分の家に向かった。それから間もなく、ふたたび外に出ると、角の店でコーヒー一缶と軍鶏の餌用《えさよう》にトウモロコシを半ポンドばかり買った。


木曜日はハンモックで過ごしたかったところだが、大佐は軍鶏の世話をした。雨は何日も止まなかった。この一週間のうちに内臓のなかで植物が一斉に芽吹《めぶ》いた。喘息持ちの妻の肺が立てる笛のような音に悩まされ、眠れぬ夜がいく日も続いた。だが金曜日の午後になると、十月は休戦に転じた。その機を利用して、アグスティンの仲間たち――彼と同じ仕立屋の職人で根っからの闘鶏好き――が軍鶏の様子を見にやってきた。軍鶏のコンディションは上々だった。


大佐は妻以外に誰もいなくなると、寝室に戻った。彼女の喘息は治まっていた。

「なんて言ってるの」と彼女が訊いた。

「わくわくするとさ」と大佐は伝えた。「あの軍鶏に賭《か》けるためにみんな金を貯めてるんだ」

「あんな醜い軍鶏のどこがいいのかしらね」と妻が言った。「あたしには奇形にしか見えないけれど。足の割に頭が小さすぎるじゃないの」

「県で一番だとあの連中は言ってるよ」と大佐は応じた。「五十ペソはするとさ」

大佐はその見立てによって、軍鶏を手放さないでおこうと決心したことが正しかったという確信を得た。それは九か月前に闘鶏場で、秘密のチラシを配ったために蜂の巣《はちす》にされた息子の形見だった。「夢を見るのは結構だけれど、高くつくわ」と妻は言った。「トウモロコシがなくなったら、あたしたちの肝臓を餌にしなくちゃならないから」。大佐は簞笥《たんす》を引っ搔き回してデニムのズボンを探しながら、ずっと考えていた。

「たかが二か月かそこらじゃないか」と彼は言った。「一月に闘鶏があることはもうわかってるんだ。終わったら、一番高い値で売ればいい」

ズボンにはアイロンが掛かっていなかった。妻は炭で熱した鉄のアイロン二つを使い、かまどの上で皺を伸ばした。

「なぜ急いで出かけるの?」と彼女が訊いた。

「郵便だ」

「今日が金曜日だってことすっかり忘れていたわ」と妻は寝室に戻るとき言った。大佐は身支度を整えたが、まだズボンをはいていなかった。彼女は夫の靴をじっと見た。

「そっちの靴、そろそろ捨て時だわね」と言った。「エナメルのほうをいつも履きなさいよ」

大佐はわびしくなった。

「確かに孤児が履いてる靴みたいだ」と大佐は不満気に言った。「そいつを履くたびに、自分が孤児院から逃げ出してきた気がするからな」

「息子に先立たれたあたしたちだって孤児みたいなものだわ」と妻は応じた。

このときもまた、夫人に説き伏せられてしまった。大佐は小型船《ランチ》の汽笛が鳴り出す前に船着場に向かった。エナメルの半長靴、ベルトなしの白いズボン、襟元《えりもと》を銅のボタンで留めたカラーのないシャツという恰好だった。シリア人モイセスの雑貨店から彼はランチの操縦をじっと眺めた。乗客たちは八時間も姿勢を変えられずにいたので、こわばった体で降りてきた。顔ぶれはいつもと同じだった。旅回りのセールスマン、前の週に出かけて元どおりの生活に戻ってきた町の人々。

最後に着いたのが郵便船だった。大佐は不安で気まずい思いをしながら船が接岸するのを見た。屋根の上で蠟引《ろうび》き布《ぬの》に包まれた郵便袋が煙突につながれているのを見つけた。十五年間待ち続けたために、彼の勘は鋭くなっていた。軍鶏のせいで焦燥感が募っている。郵便局長が船に乗り込み、袋をはずして肩に担ぐのを、彼は目で追った。

船着場に並行して通りが走っている。色とりどりの商品を陳列した店や屋台が立ち並ぶ迷路のようなその通りを歩く郵便局長のあとを大佐は追った。そうするたびに、大佐は恐怖とはおよそ異なる、だが同じようにのしかかる不安を味わうのだった。郵便局では医者が新聞を待っていた。

「先生、家内からわが家で先生に何か失礼なことをしなかったか訊くように言われましてね」と大佐は言った。

医者はまだ若く、頭にはつやのある黒い縮れ毛がびっしり生えていた。歯並びはあまりに完璧すぎて、信じがたいほどだった。彼は喘息持ちの大佐の妻の容態を知ろうとした。大佐は仔細《しさい》に報告したが、その間も手紙類を仕分ける郵便局長の動作を注意深く見守っていた。郵便局長の緩慢な動きは大佐をいらだたせた。

医者は新聞の包といっしょに郵便を受け取った。彼は医療関係の広告の束を脇に置いた。それから自分宛ての手紙にざっと目を通した。その間に郵便局長は、そこにいた受取人たちに郵便物を配った。大佐はアルファベット順に並ぶ自分の仕分け箱をじっと見つめた。青い縁取りの航空便があるので緊張を募らせた。

医者が新聞を束ねてある封を切った。彼が主な記事に目を通す一方、大佐は——自分の仕分け箱に目を据えたまま——郵便局長がその前で立ち止まるのを期待していた。だが立ち止まらなかった。医者は新聞を読むのを止めた。彼は大佐を見た。そして電信機の前に腰を下ろした郵便局長を見てから、また大佐を見た。

「もう失礼するよ」と彼は言った。

郵便局長は顔を上げなかった。

「大佐宛てには何もありませんでしたね」と彼は言った。

大佐は恥ずかしい気がした。

「何か待っていたわけじゃない」と嘘をついた。そう言って医者のほうに子供そのものの眼差《まなざ》しを向けた。「わしに手紙を書いてよこす者などいないからな」

二人は黙って帰途についた。医者は新聞を読むのに余念がなかった。大佐のほうはいつものとおり、落とした金を探しに引き返す人間みたいな恰好で歩いている。明るく輝く午後だった。広場のアーモンドの木からわずかに残る枯葉が舞い落ちている。診療所の入り口までくると、あたりは暗くなりかけていた。

「何か目新しいニュースでも？」と大佐が訊いた。

医者は新聞をいろいろ手渡した。

「さあ、どうでしょう」と医者は応えた。「検閲が掲載を許可した記事の行間を読むのは容易じゃありません」

大佐は大見出しを読んだ。いずれも国際ニュースだった。トップは四段組みで、スエズ運河の国有化に関する記事だった。一面は、ほぼ全面が葬儀の告知で埋め尽くされていた。

「選挙はありそうもないな」と大佐は言った。

「そんなのんきなこと言ってる場合じゃありませんよ、大佐」と医者が応じた。「われわれは救世主を待つにはもはや歳を取りすぎました」

大佐は新聞を医者に返そうとしたが、医者は受け取らなかった。

「お宅に持っていってかまいませんよ」と彼は言った。「今夜にでも読んで、明日返してください」

七時を少し回ったころ、教会の塔の鐘が鳴り、映画の検閲の結果を知らせた。アンヘル神父はこの方法を使い、毎月郵便で受け取る分類表に応じた映画の道徳的評価を人々に知らせていた。大佐の妻が鐘の音を十二数えた。

「すべての人間に害ありだわ」と彼女は言った。「一年にもなるのに、映画ときたらすべての人間に害ありばかり」

彼女は蚊帳を下ろすとぶつぶつ言った。「世の中堕落してるわ」。だが大佐はそれに対して何も言わなかった。彼は寝る前に、軍鶏をベッドの脚につないだ。家の戸締りをして、寝室に噴霧器で蚊よけの殺虫剤を撒《ま》いた。それからランプを床に置いてハンモックを吊り、寝そべって新聞を読んだ。大佐は日付の順に最初のページから最後まで、広告を含めて読んだ。十一時に消灯を知らせるラッパが鳴り響いた。彼はそれから三十分後に読み終え、中庭の扉を得体のしれない闇《やみ》に向かって開け放ち、蚊に攻め立てられながら軒の柱に向かって放尿した。寝室に戻ると、妻はまだ眠っていなかった。

「退役軍人のことは何も載っていなかったの？」と彼女が訊いた。

「何も」と大佐は応えた。ランプを消してからハンモックに潜りこむ。「最初のうちは少なくとも新規の恩給受給者名簿は載ったんだが。しかしここ五年ほどは何の記事も出ない」

夜半を過ぎると雨が降り出した。大佐は夢を見たが、そのあとすぐに腸が気になり目が覚めた。家のどこかで雨漏りがしているのに気づいた。ウールの毛布に頭までくるまり、暗闇のなかで雨漏りする場所を見つけようとした。冷たい汗が一筋、背筋を伝って滑り落ちた。熱があった。ゼラチンの池で同心円を描きながら漂っている気がする。誰かに話し掛けられた。大佐は革命家用の簡易ベッドから応えた。

「誰と話してるの?」と妻が訊いた。

「アウレリアノ・ブエンディーア大佐の野営地に、虎《とら》の恰好で現れたイギリス人とだ」と大佐は応えた。彼は熱にうだり、ハンモックの上で寝返りをうった。「それはマールボロー公爵だったよ」

夜が明けたとき、彼はぐったりしていた。それでもミサを告げる二度目の鐘でハンモックから飛び降り、軍鶏の声が煽《あお》りたてる模糊《もこ》とした現実に立ち返った。頭の中はまだ同心円を描いている。吐き気を催し、中庭に出ると、かすかな人声と冬の陰気な匂いがする中を便所に向かった。ちっぽけな板張りの小屋は屋根がトタンで、中に入ると便器から立ち上るアンモニア臭によって空気は薄まっていた。大佐が蓋を上げると、糞尿溜めの穴から蠅《はえ》が三角形の群れをなして飛び出してきた。

吐き気は本物ではなかった。カンナをかけていない板の台につかまってしゃがみこんだものの、吐きたくても吐けない気持ち悪さを味わった。切羽詰《せっぱつ》まった状態は、やがて消化器官の鈍い痛みに変わった。「やっぱりそうか」と彼はつぶやいた。「十月が来ると決まってこうなる」。そして何かの可能性をじっと待つような姿勢を取り続けていると、腸の中の毒キノコが落ち着いた。そこで軍鶏のいる寝室に戻った。

「昨夜《ゆうべ》熱でうなされていたわね」と妻が言った。

一週間続いた喘息の発作から回復した彼女は、寝室の片づけを始めていた。大佐は記憶を呼び覚まそうとした。

「熱じゃない」と大佐は嘘をついた。「また蜘蛛《くも》の巣の夢を見たんだ」

いつものことだが、妻は発作が治まり、気分が高揚していた。その日の午前中に、彼女は家を裏返しにしてしまった。時計と妖精の絵をのぞき、何から何まで位置を変えたのだ。体つきがとても華奢《きゃしゃ》でしなやかだったので、コールテンのスリッパを履き、ボタンをすべて掛けた黒い服を着て目の前を歩いていると、壁という壁を通り抜ける能力が備わっているように見えた。だが、十二時になる前に、人間的な重さと密度を取り戻していた。ベッドに横たわっているときは空っぽの存在だった。それが今、シダとベゴニアの鉢《はち》の間を動き回っていると、その存在は家からあふれ出そうなほどだった。「アグスティンの一周忌が済んでいれば、歌のひとつもうたいたいところね」と言って、彼女は熱帯の土から生まれるありとあらゆる食物を刻んだ具が煮えている鍋をかき回していた。「うたいたいならうたうがいい」と大佐は言った。「気晴らしにはもってこいだ」

昼食のあとで医者が来た。大佐と妻が台所でコーヒーを飲んでいると、医者が表のドアを押し開けて、大声で言った。

「病人たちはあの世に行ってしまったのかな?」

大佐は立ち上がり、彼を迎えた。

「そうらしいですな、先生」と言って大佐は居間に向かった。「わしはいつも言ってるんですよ、あんたの時計はハゲタカどもに合わせて動くとね」

妻は診察を受ける準備のために寝室に行った。医者は大佐とともに居間に残った。暑さにもかかわらず、彼の非の打ちどころのない麻のスーツは、涼を感じさせた。妻が、準備ができたことを告げると、医者は大佐に紙が三枚入った封筒を手渡した。寝室に入るときに医者が言った。「昨日の新聞には載ってなかったことですよ」

大佐には想像がついていた。それは最近国内で起きた出来事をまとめてガリ版刷りにした、密かに回覧するためのチラシで、国内の武装抵抗運動の状況が明らかにされていた。彼は打ちひしがれた。秘密情報を読み続けて十年になるが、いかなるニュースも翌月のニュース以上に驚くべきものではないということを一向に学んではいなかった。医者が居間に戻ってきたときにはすでに読み終えていた。

「この患者ときたら僕より体調がいい」と彼は言った。「この程度の喘息だったら、僕なら百まで生きられますよ」

大佐は憂鬱《ゆううつ》そうに医者を見た。ひと言も言わずに封筒を返そうとしたが、医者は受け取らなかった。

「回し読みしてください」と医者は小声で言った。

大佐は封筒をズボンのポケットにしまい込んだ。すると、妻が寝室から出てきて「あたしは近いうちに死ぬので、そのときは先生を地獄への道連れにしますからね」と言った。医者はいかにもという白いエナメル質の歯並びを見せながら、黙ってうなずいた。彼は椅子を小さなテーブルの方へ引き寄せると、手さげカバンから試供品の瓶を何本も取り出した。妻は台所の方へすたすた向かった。

「ちょっと待って、いまコーヒーを温めるわ」

「いえ、結構です」と医者は応えた。彼は処方箋《しょほうせん》に薬の服用量を書き記し始めた。「毒を盛られるのはまっぴらですから」

妻は台所で笑い声を上げた。医者は処方箋を書き終えると、大きな声で読み上げた。自分の筆跡が誰にも判読できないことを知っていたからだ。大佐は聞き落とさないように努めた。台所から戻ってくるとき、妻は夫の顔に前の晩の酷《ひど》い名残《なごり》を見て取った。

「朝早く熱を出していたんですよ」と彼女は夫に関して言った。「二時間も内戦について支離滅裂なことを口走っていました」

大佐はぎくっとした。

「熱なんかじゃない」と平静さを取り戻すときっぱり言った。「それに」と続ける。「具合が悪くなったところで、誰の厄介にもならないぞ。自分でゴミ箱に飛び込んでやる」

彼は寝室に新聞を取りにいった。

「結構なお言葉をありがとうございます」と医者は返した。

二人は広場のほうへ一緒に歩いた。空気は乾燥していた。道路のアスファルトが暑さで溶け始めている。医者が別れを告げようとすると、大佐が歯を食いしばったまま小声で訊いた。

「先生、治療代はいくらになりますかな?」

「いまは要りませんよ」と医者は応え、大佐の肩を軽くたたいた。「軍鶏が勝ったら、どかっと請求させてもらいますから」

大佐はアグスティンの仲間たちに秘密の文書を届けるために、仕立屋に向かった。息子の同志たちが死んだり、町から追放されたりして以来、そこは彼の唯一の逃避の場となるとともに、彼自身は毎週金曜日にひたすら郵便を待つ以外に何ひとつすることのない男に成り果ててしまったのだった。

午後の暑さに刺激され、妻は活発に行動した。廊下に並ぶベゴニアの鉢の間に腰掛け、役に立たない衣服を入れた箱を脇に置き、無から新たに着られるものを作るという終わりのない奇跡にふたたび着手した。彼女は袖から襟を、後ろ身頃や四角い当て布から袖口を作った。色違いの端切《はぎ》れを使いながらも出来栄えは完璧だった。セミが一匹、中庭に飛んできて、鳴きはじめた。日差しがすっかり弱まった。だが彼女は、ベゴニアの上で日差しがしだいに衰えていくのに気づいていなかった。日が暮れて、大佐が家に帰ってきたときにはじめて顔を上げた。すると両手で首筋をぎゅっと押し、関節をほぐしながら言った。「頭の中が棍棒みたいに固くなっちゃったわ」

「いつだって固いじゃないか」と言ってから大佐は、妻の体全体が色とりどりの端切れでびっしり覆われているのに気づいた。「キッツキそっくりだな」

「あなたに服を着せてあげるには、キッツキもどきにだってならなけりゃ」。そう言って彼女は、同じ色の襟と袖口以外、異なる三色の布で仕立てたシャツを広げて見せた。「カーニバルのときは上着を脱ぐだけで大丈夫」

六時を知らせる鐘が、妻が言葉を継ぐのをさえぎった。「主の天使がマリア様に告げ……」と彼女は声高に唱えながら、シャツを持って寝室に向かった。大佐は、学校が終わって軍鶏を見にきた子供たちの話し相手をした。それから、次の日のトウモロコシがないのを思い出し、妻に金をもらおうと寝室に入った。

「もう五十センターボしか残ってないんじゃないかしら」と彼女は言った。

彼女は硬貨をハンカチの端にくくりつけて、ベッドのマットの下にしまっておいた。それはアグスティンのミシンを売って得たものだった。二人は九か月の間その金を、自分たちに必要なものと軍鶏に必要なもの用に振り分けて、わずかずつ使ってきたのだった。だがいまや二十センターボ貨が二枚と十センターボ貨が一枚残っているだけだった。

「トウモロコシを一ポンド買って」と妻が言った。「おつりで明日のコーヒーとチーズを四オンスばかり買ってきて」

「それから戸口に吊るす黄金の象をひとつ」と大佐が続けた。「トウモロコシだけで四十二センターボするぞ」

二人は少しの間考え込んだ。「軍鶏は動物よ、だから待てるわ」と妻が先に口を開いた。だが夫の表情が再考を促した。大佐はベッドに腰掛け、両肘《りようひじ》を膝に突き、手の中で硬貨を鳴らした。「自分のためじゃない」。しばらくすると大佐が言った。「自分しだいでいいのなら、今晩にでも軍鶏のシチューを作るところだ。五十ペソの胃もたれはさぞかし快いにちがいない」。ここで彼は一息つくと、首にとまった蚊を叩きつぶした。それから部屋を見回しながら、妻に向かって話を続けた。

「気掛かりなのは、あの貧しい若者たちが金を貯めていることなんだ」

すると今度は妻のほうが考え込んだ。彼女は殺虫剤の噴霧器を持って、部屋をひと回りした。大佐はその姿にどこか現実離れしたものを感じた。まるで相談しようと家の精霊たちを呼び集めているように見えたのだ。最後に噴霧器を模様付きの小さな祭壇の上に置き、糖蜜色《とうみついろ》の目で大佐の糖蜜色の目を見つめた。

「トウモロコシを買いなさい」と彼女は言った。「あたしたちが自分たちのことを何とかやりくりしているのを神様はもうご存じよ」

「こりゃパンが増える奇跡だな」と大佐は、翌週食卓につくたびに同じことを言った。繕ったり、かがったり、継ぎを当てたりする驚くべき特技を駆使することで、妻は無一文の家計をなんとか支えていく手がかりを見つけたらしかった。十月は休戦を引き延ばした。湿気に代わって眠気がやってきた。赤銅色の太陽に活力を与えられて、妻は三日に亘《わた》り、午後の時間を骨の折れる髪の手入れに費やした。「歌ミサが始まるぞ」と大佐が言った。最初の日の午後、妻が青みを帯びた長い髪のもつれを歯のまばらな櫛で梳《す》いているときだった。二日目の午後、彼女は中庭に腰を下ろして膝に白いシーツを載せ、喘息で苦しんでいた間に増えたシラミをもっと歯の細かい櫛で取った。最後の日は頭をラベンダー水で洗って乾くのを待ち、髪をうなじの上で二巻きすると飾り櫛で留めた。大佐は待った。夜、ハンモックで眠れぬまま、何時間も軍鶏の運命について思い悩んだ。だが、水曜日に目方を量ると、調子はすこぶるよかった。

その日の午後、アグスティンの仲間たちが、軍鶏の勝利についてあれこれ明るい見通しを述べ立てて帰っていったとき、大佐もまたすこぶるいい気分だった。妻は彼の髪を刈ってやった。「おかげで二十歳若返ったぞ」と、両手で頭をなでながら大佐は言った。妻はそのとおりだと思った。

「調子がよければ、死人を生き返らせることだってできるのよ」と彼女は言った。

けれどもその確信はほんのわずかな時間しか続かなかった。時計と絵以外、もはや家のなかに売れるものは何ひとつ残っていなかったからだ。木曜日の夜、万策尽き果てるなか、妻は危機的状況を前にして自分の不安をはっきり告げた。

「心配するな」と大佐は妻を慰めた。「明日は郵便が来る」

次の日、彼は医者の勤める診療所の前で船を待った。

「飛行機というのは大したものだ」と大佐は郵便袋に視線を注ぎながら言った。「ひと晩でヨーロッパに着くんだとか」

「そのとおりです」とイラスト入りの雑誌で扇ぎながら医者が応じる。大佐は、船を接岸させる作業が終わったら飛び移ろうと待ちかまえている人々のなかに郵便局長がいるのを見つけた。郵便局長は真っ先に飛び移った。彼は船長から厳封された封筒を受け取る。それから屋根に登った。郵便袋は石油のドラム缶二個のあいだに縛りつけてあった。

「とはいえ、危険がないわけじゃない」と大佐が言った。彼は郵便局長の姿を一旦見失ったが、冷たい飲み物を売る手押し車の色とりどりの瓶のあいだにいるのを見つけた。「人類はただでは進歩しないのです」

「今じゃ小型船《ランチ》よりも安全ですよ」と医者が応じる。「高度二万フィートで嵐の上を飛ぶのです」

「二万フィートか」と大佐は繰り返したものの、その数字の意味するところがつかめず、とまどっていた。

医者は興《きょう》に乗った。両手で雑誌をぴたっと動かなくなるまで目一杯開いてみせた。

「完全な安定というのが存在するのです」と彼は言った。

だが大佐は郵便局長の動きばかり気にかけていた。局長が左手にコップをもち、ピンク色の泡が浮かぶ飲み物を飲みほすのを見た。右手には郵便袋をもっている。

「しかも、海には多くの船が停泊していて、夜間飛行の飛行機と絶えず交信しています」と医者は続ける。「それほど予防対策が講じられているんだから、ランチなんかよりも安全ですよ」

大佐が彼を見た。

「言うまでもありません」と医者は言った。「それこそ絨毯《じゆうたん》みたいなはずです」

郵便局長がまっすぐ二人のほうに向かって歩いてくる。大佐は抗いがたい焦燥に駆《か》られ、後ずさりしながら、厳封された封筒に書かれた名前を読み取ろうとした。郵便局長が郵便袋を開けた。彼は医者に新聞の包を手渡した。それから個人宛ての手紙が入った封筒を破り、中身が合っているか確かめると、手紙の受取人の名前を読んだ。医者は新聞を開いた。

「あいかわらずスエズ問題だ」と彼は新聞の大見出しを読みながら言った。「西欧はあそこを失いますね」

大佐は見出しを読まなかった。自分の胃に負けまいと必死だったのだ。「検閲が始まってからというもの、新聞が話題にするのはヨーロッパのことばかりだ」と彼は言った。「一番いいのはヨーロッパの連中がこっちに来て、我われがヨーロッパに行くことだな。そうすりゃ皆それぞれの国で何が起きているかがわかる」

「ヨーロッパ人にとって南米というのはギターを抱えてピストルを持ったヒゲ男という意味でしかありませんからね」と医者は新聞の上で笑いながら言った。「問題なんか理解できませんよ」

郵便局長が医者に手紙を渡した。残りは袋にしまい、また閉じた。医者は自分宛ての二通の手紙を読もうとした。だが封を切る前に大佐を見た。次に局長を見た。

「大佐宛てのはないんですか?」

大佐はどきっとした。局長は郵便袋を肩に担ぐと歩行者用の通路を下っていき、振り向きもせずに応えた。

「大佐に手紙は来ないよ」

普段とはちがい、大佐はまっすぐには帰宅しなかった。仕立屋でアグスティンの仲間たちが新聞に目を通している間、コーヒーを飲んだ。なんだかだまされた気分だった。その晩、手ぶらで妻のもとに戻らずにすむように、できれば次の金曜日までずっとそこにいたかった。だが仕立屋が店じまいになると、現実と向き合わざるをえなかった。妻が帰りを待っていた。

「何も?」と妻が訊く。

「何も」と大佐が答える。

次の金曜日、大佐はまた船着場に行った。そしていつもの金曜日と同じく、待ち望む手紙を得られぬまま帰宅した。「あたしたち、もう待つというお勤めは果たしたんじゃないかしら」とその夜、妻が言った。「手紙ひとつを十五年も待ち続けるなんて、あなたがそうだけど、牛みたいに我慢強くないと無理よ」。大佐は新聞を読もうとハンモックにもぐった。

「順番待ちだからな」と彼は言った。「我われの番号は一八二三だ」

「その数字、待っているあいだに二度も宝くじで当たりが出たわね」と妻が応じた。

大佐はいつものように、新聞を第一面から最後まで、広告を含めて読み切った。けれども今回は集中できなかった。読んでいるあいだ、自分の軍人恩給のことを考えていたからだ。十九年前、国会でその法律が成立したとき、大佐は資格証明の手続きを開始し、それに八年を費やした。その後、さらに六年かけてリストに加えてもらった。その知らせが、大佐が受け取った最後の手紙だった。

消灯ラッパが鳴ってから、新聞を読み終えた。ランプを消そうとしたとき、妻がまだ起きているのに気がついた。

「あの切り抜きはまだあるかな？」

妻は考えてから応えた。

「ええ。他の書類といっしょのはずだけど」

彼女は蚊帳を出ると、戸棚から木の箱を取り出した。中に、日付の順にきちんと重ねてゴムバンドで束ねた手紙が入っていた。彼女は、軍人恩給の手続きを速やかに行うことを約束する弁護士事務所からの通知を見つけだした。

「別の弁護士に頼むほうがいいかもしれないとあたしが思うようになってからでさえ、二人がその分のお金を使い切れるくらい、時間なら十分たっていますよ」と言いながら、妻は夫に新聞の切り抜きを渡した。「インディオみたいに、通知を棺桶《かんおけ》に入れてもらったところで、役に立ちゃしないわ」

大佐は日付が二年前のその切り抜きを読んだ。そしてドアの後ろに吊ってあるシャツのポケットにしまった。

「困るのは、弁護士を代えるには金が要るってことだ」

「平気よ、そんなこと」と妻が言い放った。「恩給からその分差っ引いてくれって書いてやるのよ。この件に関心をもたせるにはそうするしかないわ」

そこで土曜日の午後に大佐は弁護士を訪ねた。弁護士はのんびりとハンモックに横たわっていた。上の二本の犬歯がひどく目につく黒人の大男だった。彼は底が木のスリッパを突っかけると、ピアノロールを置く場所にまで書類が積まれた、埃《ほこり》だらけの自動ピアノの上にある、事務所の窓を開けた。書類というのは、『官報』の切り抜きを古い会計報告用のノートにゴム糊で貼りつけた帳簿や会計監査局の公報をとびとびに集めたものだった。鍵盤のない自動ピアノは同時に事務机の役もしていた。弁護士が回転椅子に腰を下ろした。大佐は自分が訪れた目的を明かす前に、不安げな表情を見せた。

「この件は一日や二日では片づかないと前もって申し上げたはずです」と弁護士は、大佐が一息つくと言った。彼は暑さですっかり参っていた。スプリングのついた背もたれをぐいと後ろに倒し、広告の紙を団扇代わりにして扇いだ。

「私の代理人はしばしば、あきらめる必要はないと手紙で言ってきています」

「十五年前からずっと同じ返事ばかりだ」と大佐は口をとがらせた。「なにやら果てしのないきんぬき鶏の話に似てきたじゃないか」

弁護士は行政というものが一筋縄ではいかないことを、微に入り細を穿《うが》って説明してみせた。彼の張りのない尻に椅子は小さすぎた。「十五年前はもっと簡単でした」と彼は言った。「その頃は両党のメンバーから成る退役軍人の会が存在していましたから」。彼は熱い空気を吸い込んで肺を満たし、たった今自分が考え出した格言であるかのようにこう断言した。

「団結は力なりです」

「この件じゃ力にならなかったな」と大佐は言って、このとき初めて自分がひとりきりであることに気づいた。「仲間はみんな通知を待ちながら死んでいったよ」

弁護士は表情を変えなかった。

「法律の公布が遅すぎました」と彼は言った。「第一みんながみんなあなたみたいに二十歳で大佐に昇進するほど運がよかったわけじゃありません。しかも特別な費用があてがわれたわけでもなかったから、政府は予算の補正を余儀なくされたんです」

また同じ話だった。それを聞くたびに大佐は、表にこそ出さないが、きまって腹立たしい気持ちになるのだった。「これは施しなんかじゃない」と彼は言った。「どうかお恵みをなんて言っちゃいないよ。我われは国を救うために身を挺したんだ」。すると弁護士は両腕を広げてみせた。

「そのとおりですよ、大佐」と彼は言った。「恩知らずというのはきりがありません」

その話も大佐は知っていた。それを聞くようになったのはネエルランディア協定が結ばれた翌日からで、その日政府は革命軍の将校二百名に対し移動の支援と保障を約束したのだった。大部分が学業を放棄して参加した若者からなる革命軍大隊は、ネエルランディアにあるカポックの巨木の周りで野営し、三か月にわたって待機し続けた。やがて彼らは何らかの方法でそれぞれの家に帰って行き、自宅で待機を続けたのだった。それから六十年経ったが、大佐はまだ待っていた。

そうした思い出に胸が熱くなった彼は、大胆極まりない行動に出た。右手を腿《もも》――骨を神経の糸で縫い合わせたものにすぎなかった――の上に置くと、ぽつりとこう言ったのだ。

「そこで、わしは決断することにした」

弁護士はうろたえた。

「つまり？」

「弁護士を代えるよ」

アヒルの母親が何羽もの黄色いひよこを従え、事務所に入ってきた。弁護士はアヒルを外に出させようと立ち上がった。「好きなようにしてください、大佐」と彼はアヒルを追いたてながら言った。「好きにして構いません。もしわたしに奇跡が起こせるなら、こんな家畜小屋みたいな家に住んじゃいませんよ」。彼は中庭の出入り口に木の格子戸を立てると、椅子に戻った。

「せがれは死ぬまで働きづめだった」と大佐は言った。「家は抵当に入ってるんだ。恩給法というのは弁護士にとっちゃ終身年金と同じだな」

「わたしにとってはちがいます」と弁護士は反論した。「一文残らず手続きのために費やしてしまいましたから」

大佐は自分が正しくなかったと思うと胸が痛んだ。

「わしが言いたかったのはそれなんだ」と言い直した。彼はシャツの袖で額を拭った。「この暑さじゃ、頭のネジもさびついてしまうよ」

するとと弁護士は事務所の四方八方を引っくり返して委任状を探した。日差しは荒削りの板を張ったおよそ飾り気のない部屋の真ん中あたりまで進んでいた。部屋中を探し回っても書類は見つからず、弁護士はついにふうふう言って四つん這いになり、自動ピアノの下から丸めた紙を取り出した。

「これです」

弁護士は印紙を貼った一枚の紙を大佐に手渡した。「わたしの代理人に手紙を書き送って、コピーを廃棄してもらわなければならないのです」と言って彼は締めくくった。大佐はその紙を振って埃を払うと、シャツのポケットにしまった。

「自分の手で破り捨ててください」と弁護士は言った。

「いや」と大佐は応えた。「二十年分の思い出だからね」。そして弁護士が探し物を続けるのを待った。だが弁護士はそうしなかった。彼はハンモックのところまで行くと、汗を拭いた。そこからきらめく空気を通して大佐を見た。

「あの書類も必要なんだが」と大佐は言った。

「どれですか？」

「資格証明だ」

弁護士は両手を広げて見せた。

「それはきっともう無理ですよ、大佐」

大佐はぎくっとした。彼はかつて革命軍のマコンド地区における会計係として、内戦の軍資金が詰まった二つのトランクをラバの背にくくりつけ、六日間にわたる辛《つら》い旅を経験したことがあった。そのときは空《す》きっ腹で死にそうなラバを引きずり、協定が調印される三十分前に、ネエルランディアの野営地にたどり着いたのだった。アウレリアノ・ブエンディーア大佐――革命軍大西洋沿岸部主計総監――は、軍資金の領収書を作成し、引き渡し品の目録に二つのトランクを加えた。

「計り知れない価値のある書類なんだ」と大佐は言った。「アウレリアノ・ブエンディーア大佐自身がペンで書き記した領収書が含まれている」

「承知しました」と弁護士は言った。「ですが、そうした書類は何千という事務所の何千人という人間の手を経ていて、今は陸軍省のどの課にあるのか誰にもわかりません」

「その種の書類が、役人の誰にも気づかれないままになるなんてことはありえない」と大佐は言った。

「ですが、この十五年の間に、役人は度々《たびたび》交代していますから」と弁護士は詳しく理由を述べた。「だって、大統領は七人いましたし、どの大統領も少なくとも十回は内閣を改造して、大臣もそれぞれが少なくとも百回は部下を取り換えましたからね」

「だが誰も書類を自宅に持ち帰ることはできない」と大佐は言った。「役人が新しくなったとしても、書類はあるべき場所にあったはずだ」

弁護士は苛立った。

「しかも、その書類がいま陸軍省から出てきたところで、新たに名簿の順番待ちをしなければならないでしょう」

「かまうものか」と大佐は返した。

「おそろしく時間がかかるでしょうよ」

「かまわない。さんざん待ったことを思えば、大したことはない」


大佐は罫の入った便箋一冊と、ペン、インク瓶、それに吸い取り紙を一枚居間の小テーブルに運び、妻に訊かなければならないことがあったときに備えて、寝室の扉を開けておいた。彼女はロザリオの祈りを挙げていた。

「今日は何日だったかな？」

「十月二十七日よ」

大佐は学校で習ったとおり、ペンを握った手を吸い取り紙の上にのせ、息がしやすいように背筋をぴんと伸ばした姿勢で手紙を書いた。閉めきった居間は耐えがたく暑かった。汗が手紙の上にぽたりと落ちた。彼はそれを吸い取り紙に吸わせた。それからにじんだ単語を削り取ろうとしたが、染みができてしまった。それでもやけは起こさなかった。星印を打ち、余白に「既得権」と注をつけた。それから段落全体を読んだ。

「わしの名前が名簿に載ったのはいつだったかな？」

妻は考えるために祈りを中断することもなく応えた。

「一九四九年八月十二日よ」

その後まもなく雨が降り出した。大佐は一枚の便箋いっぱいに、マナウレの公立校で教わったのと同じ、いささか子供じみた大きないたずら書きをした。それから二枚目の便箋に半分まで文面を記すと、署名した。

彼は妻にその手紙を読んで聞かせた。妻は一行ごとにうなずいてみせた。それを読み終えると大佐は封筒を閉じ、ランプを消した。

「誰かに頼んで、タイプで打ってもらったらどうなの」

「だめだ」と大佐は応えた。「他人にものを頼んで回るのはもうくたびれた」

半時間ほど、棕櫚葺きの屋根に雨が当たる音が聞こえた。町は洪水に沈んだかのようだった。消灯ラッパが鳴ったあと、家のどこかで雨漏りが始まった。

「ずっと前にそうするべきだったのよ」と妻は言った。「自分のことは自分で直接把握しているほうがいつだっていいに決まってるわ」

「決して遅すぎることはないさ」と大佐は絶えず雨漏りを気にしながら言った。「家の抵当の期限が切れるころには、すべて解決してる可能性がある」

「あと二年よ」と妻が言った。

大佐は居間の雨漏りの場所をつきとめるために、ランプの火を点《つ》けた。彼は雨水が落ちるところの下に軍鶏の餌用の缶を置き、空の缶に当たる水滴の金属的な音に追われるようにして寝室に戻った。

「金が稼げると思って、一月になる前にこの件を片づけてくれるかもしれないな」と言って、彼は自分を納得させた。「そのころにはアグスティンの一周忌も済んで、二人で映画に行けるぞ」

妻はくすっと笑った。「俳優のことすらもう覚えちゃいないものね」と彼女は言った。大佐は蚊帳越しに彼女を見ようとした。

「最後に映画に行ったのはいつだった？」

「一九三一年よ」と彼女は応えた。「『死者の遺言』が掛かってたわ」

「殴り合いがあったか？」

「どうだったかしら。幽霊が女の娘《こ》の首飾りを盗もうとしたとき、突然どしゃ降りになるの」

雨音が二人を眠りに誘った。大佐は腸の具合がいささかよくない気がした。だが不安は感じなかった。彼はまた十月を生き延びようとしていた。毛布にくるまった彼の耳に、別の眠りのなかにいる——はるか遠い存在の——妻の荒い息づかいがしばらく聞こえた。そのとき彼が、完全に意識のある声で、何か言った。

妻が目を覚ました。

「誰と話してるの？」

「誰とも」と大佐は答えた。「マコンドの会議で、我われがアウレリアノ・ブエンディーア大佐に、降伏しないよう進言したのは正しかったと考えていたんだ。あれがもとですべてがだめになり始めたんだからな」

雨はまるまる一週間降り続いた。十一月二日——大佐の意に反し——妻がアグスティンの墓に花を供えに行った。墓地から戻ると彼女は喘息が再発した。なんとも厳しい一週間だった。大佐自身が生き延びられるとは思えなかった十月の四週間に勝《まさ》る厳しさだった。妻の容態を診にきた医者が、寝室から出てきたとたん大声で言った。「あの程度の喘息だったら、町中の人間を葬ることになりますよ」。だがそのあとで、大佐と二人きりで話し、特別な食餌療法《しよくじりようほう》を指示した。

大佐の体調もまた思わしくなかった。便所のなかで、腸のなかの植物が腐敗し、細かくちぎれて落ちるような感覚を味わいながら、何時間も冷や汗を流し、苦しみ悶《もだ》えた。「冬だからだ」と彼は苛立ちもせず、何度も自分に言い聞かせた。「雨季が終われば何もかも変わるだろう」と本気でそう思った。手紙が来るとき自分は必ず生きていると確信していたのだ。

家計を切り回すのは、今度は彼の番だった。近所の店でつけを頼むのに、何度となく歯を食いしばらなければならなかった。「来週までだ」。それが本当かどうか自分自身確信が持てぬまま、彼は口癖のように言った。「金曜日に着くはずだった少しばかりの金さ」発作が治まったとき、妻は夫の姿を見て仰天した。

「あなたったら骨と皮だけじゃない」

「自分を売りに出すために身体には気をつかってるからな」と大佐は応じた。「もうクラリネット工場から注文があったよ」

しかし、実際には手紙が届くことを期待し、その期待になんとか支えられているにすぎなかった。疲労しきっていた彼は、夜眠れないために全身が痛み、自分たちの生活に必要なことをこなすと同時に軍鶏の世話をすることはできなかった。十一月の後半、餌のトウモロコシを二日間欠いたため、軍鶏が死ぬのではないかと思った。そのとき彼は、七月にインゲン豆をひとつかみばかりかまどの上に吊るしておいたことを思い出した。彼はさやを剝《む》き、乾燥した豆を缶に入れて、軍鶏の前に置いてみた。

「こっちに来て」と妻が言った。

「ちょっと待った」と大佐は応え、軍鶏の反応を見守った。「空きっ腹にまずいものなしだな」妻を見ると、ベッドの上で起き上がろうとしていた。衰えた身体からは薬草の匂いがしていた。彼女はひと言ずつ計ったように正確に言った。

「その鶏を今すぐ手放して」

大佐はこのときが来るのを予想していた。息子が蜂の巣にされ、自分が軍鶏を守り続けようと決心したあの日の午後以来、このときを待っていたのだ。彼にはあれこれ考える時間がずっとあった。

「今は売り時じゃない」と彼は応じた。「あと三か月で闘鶏があるから、そのときならもっと高い値で売れるだろうよ」

「お金の問題じゃないわ」と妻が言った。「またあの子たちが来るようなら、その鶏を持って行って、好きなようにしろと言ってちょうだい」

「アグスティンのためさ」と大佐はあらかじめ準備していた理由を盾に応じた。「あの鶏が勝ったと知らせに来たときのあの子の顔を思い出してごらん」

妻は実際に息子のことを考えてみた。

「そのいまいましい軍鶏のせいであの子は死んだのよ」と彼女は大声で言った。「一月三日に家にずっといたら、あんなひどい目に遭《あ》ったりしなかったのに」。彼女は痩《や》せ細《ほそ》った人差し指で戸口を指し、叫んだ。

「あの子が軍鶏を小脇に抱えて出て行くときの姿が目に見えるようだわ。闘鶏場なんかに行くとろくな目に遭わないからよしなさいって言ってやったの。するとにやっと笑って、こう言ったわ。『よしてくれ、今日の午後はうんざりするほど金が儲かるんだから』とね」

彼女はぐったりして倒れ込んだ。大佐は枕の位置まで妻をそっと押しやった。彼の目が自分とそっくりな目にぶつかった。「動くんじゃない」と大佐は、妻が立てるひゅーひゅーという音を自分の肺のなかに感じながら言った。彼女は一瞬気を失い、目を閉じた。ふたたび目を開けたとき、息づかいは前より穏やかになったようだった。

「こんな暮らしぶりのせいよ」と彼女は言った。「自分たちがパンを食べずに軍鶏にやるなんて、罪作りだわ」

大佐はシーツで額を拭いてやった。

「誰も三か月で死にはしない」

「だったらその間、あたしたちは何を食べるの?」と彼女は訊いた。

「さあな」と大佐は答えた。「だが腹が減って死ぬんだったら、もう死んでるはずだ」

空になった缶を前に軍鶏はすっかり元気になっていた。大佐の顔を見ると、まるで人間が独り言を言うように喉《のど》を鳴らし、頭を後ろにそらした。大佐は共犯者のように軍鶏に笑いかけた。

「人生は厳しいな、相棒」

彼は外に出た。昼寝で寝静まった町を当てもなくぶらついたものの、何も考えず、今抱えている問題に解決策はないと自分に言い聞かせることもしなかった。すっかり忘れていた通りをいくつも歩いているうちにくたびれた。そこで家に戻ることにした。夫が家に入るのに気づいた妻が、寝室に呼んだ。

「なんだ？」

彼女は夫を見ずに応えた。

「時計を売れるわよ」

大佐も同じことを考えていた。「きっとアルバロが即金で四十ペソ出してくれるわ」と妻は言った。「ミシンだって二つ返事で買ってくれたもの」

それはアグスティンが働いていた仕立屋の主だった。

「午前中だったら話せるな」と大佐は提案を認めた。

「午前中に話をするんじゃだめ」と彼女は踏み込んだ。「今すぐ時計を持って行って、机の上に置いてこう言わなくちゃ。『アルバロ、あんたに買ってもらうつもりでこの時計を持ってきたんだ』って。あの人、すぐにわかってくれるわ」

彼はみっともない気がした。

「キリストの墓を担いで歩くみたいなものだぞ」と彼は文句を言った。「表であんな展示品みたいな代物を持って歩くところを見られたら、ラファエル・エスカローナの流行り歌に取りこまれちまうじゃないか」

しかし、今度もまた妻は夫を説き伏せてしまった。彼女自ら時計をはずすと、新聞紙でくるみ、大佐の手に持たせた。「四十ペソなしでここへ帰ってきちゃだめよ」と彼女は言った。大佐は包を脇に抱えて仕立屋に向かった。アグスティンの仲間が何人か戸口に座っているのに出くわした。

そのうちのひとりが大佐に椅子を勧めた。彼は考えが混乱していた。「すまない」と彼は言った。「ちょっと寄っただけだ」。アルバロが仕事場から出てきた。廊下の二本の柱の間に張られた針金に、濡れたズックの布が吊ってあった。彼はがっちりとして角ばった体つきの若者で、心ここにあらずという目つきをしていた。彼も大佐に椅子を勧めた。大佐はほっとした。背もたれのない椅子を扉の框《かまち》に寄せて座ると、アルバロがひとりになるのを待って、話を持ち出そうとした。そのとき突然自分が不可解な表情の顔に囲まれているのに気づいた。

「邪魔にならないかな？」と彼は言った。

とんでもないと彼らは応じた。ひとりが彼に身を寄せた。そして辛うじて聞き取れる声で言った。

「アグスティンが書いたんです」

大佐は人気《ひとけ》のない通りを見やった。

「なんと書いてある？」

「いつもと同じです」

大佐はその秘密文書を渡された。彼はそれをズボンのポケットにしまった。それから黙ったまま包の上を叩いていると、誰かがそれに気づいたのがわかった。彼は叩くのを止めた。

「中身はなんですか、大佐？」

大佐はヘルマンの人を射るような緑色の目を避けた。

「なんでもない」と彼はとぼけた。「時計を直してもらいにドイツ人のところへ持って行くだけだ」

「そんなばかなことしちゃだめですよ、大佐」とヘルマンは、包をつかみ取ろうとしながら言った。

「ちょっと待って、おれが見ますから」

大佐は抵抗した。何も言わなかったが、まぶたが赤紫色に変わった。ほかの連中がせがんだ。

「任せたらどうです、大佐。そいつは機械《メカ》に強いから」

「面倒を掛けたくないんだ」

「ちっとも面倒じゃありませんよ」とヘルマンは言い張った。彼は大佐から時計を奪い取った。

「あのドイツ人ときたら、人から十ペソもふんだくりながら、時計は前のまんまにしとくんだから」

彼は時計を持って仕事場に入った。アルバロがミシン掛けをしていた。奥のほうの、釘に吊るされたギターの下では、女の娘がボタンをつけている。ギターには貼り紙があり、こう書かれていた。〈政治の話題厳禁〉。大佐は身の置き所がなかった。彼は足を椅子の横木に掛けた。

「おったまげたな、大佐！」

彼はぎょっとした。「そんな言い方はよしてくれ」と言った。

アルフォンソは鼻の眼鏡を掛け直し、大佐の半長靴を調べるようにじっくり見た。

「靴のことだったのか」と彼は言った。「大佐はそのぼろ靴を見せびらかしてるんですね」

「だからといって、そんな乱暴な言い方はしなくてもいいはずだ」と言って大佐はエナメル革の半長靴の底を見せた。「この不恰好な代物は履き出して四十年になるが、悪罵を浴びたのはこれが初めてだ」

「できたぞ」と、時計が鳴るのと同時にヘルマンが仕事場でどなった。隣の家で女が仕切りの壁を叩き、大声で叫んだ。

「ギターはそのままにしとくのよ、アグスティンはまだ一周忌も済んでないんだからね」

どっと笑いが起きた。

「時計のことだ」

ヘルマンが時計の包を持って出てきた。

「何ということもありませんでした」と彼は言った。「よければお宅まで一緒に行って、真っ直ぐ掛けてあげますよ」

大佐は申し出を断った。

「いくらかね？」

「心配いりませんよ、大佐」と応えてヘルマンは仲間のところへ戻った。「一月に軍鶏が払ってくれますから」

そのとき大佐は絶好の機会だと思った。

「実は提案があるんだ」と彼は言った。

「何ですか？」

「君に軍鶏をあげるよ」そう言うと大佐はまわりの連中の顔色を窺《うかが》った。「君たちみんなにあの軍鶏をあげよう」

ヘルマンは当惑したように彼を見た。

「ああいうことをやるには、わしはもう歳を取り過ぎた」と大佐は続けた。説得力が増すように、厳めしい調子で話した。「わしには荷が重すぎる。何日か前からあの鶏が死にかけているように見えるんだ」

「心配しなさんな、大佐」とアルフォンソが言う。「だってこの時期に軍鶏は羽が抜け替わるんだから。今は羽の軸に熱があるんですよ」

「来月には元気になります」とヘルマンが請け合った。

「とにかくいてほしくないんだ」と大佐は言った。

ヘルマンが瞳をこらして大佐を見つめた。

「わかってください、大佐」と彼は引き下がらない。「大事なのはアグスティンの軍鶏を闘鶏場に立たせるのがあなただってことです」

大佐はそのことを思ってみた。「わかった」と大佐は言った。「そのために今までずっと飼い続けてきたんだからな」。歯を食いしばると、先を続ける気力が湧いた。

「困ったことにまだ三か月もある」

事情を察したのはヘルマンだった。

「それだけなら問題なしだ」と彼は言った。

そして彼は自分の解決策を披露した。仲間はそれを受け入れた。日が暮れるころ、大佐が包を抱えて家に入ってくると、妻はがっかりした。

「何もなし？」と妻が訊いた。

「何もなしだ」と大佐は答えた。「だがもう平気だ。若い連中が鶏に餌をやってくれるはずだからな」


「待ちなさい、傘を貸すから」

ドン・サバスは事務所の壁に作りつけた戸棚を開けた。中は雑然としていて、丸まった乗馬靴、あぶみ、手綱、拍車がぎっしり詰まったアルミのバケツがあらわになった。上の方に五、六本の雨傘と女物の日傘が一本ぶらさがっていた。大佐は大災害の残骸を思い浮かべた。

「ありがとう」と彼は窓に肘をついたまま言った。「雨が上がるのを待つことにするよ」。ドン・サバスは戸棚を閉めなかった。彼は扇風機の風が当たる事務机に座った。そして引き出しから脱脂綿にくるんだ注射器を取り出した。大佐は雨をとおして鉛色のアーモンドの並木を眺めた。人気のない午後だった。

「この窓からだと雨が違って見えるな」と大佐は言った。「なんだか他の町に降っているみたいだ」

「どこから見ようと雨は雨だよ」とドン・サバスは返した。彼は事務机のガラス板の上で注射器を煮沸し始めた。「ここはしょうもない町《ミエルダ》さ」

大佐は肩をすぼめてみせた。彼は事務所の中のほうへ歩いて行った。そこは鮮やかな色の布で覆った家具のある、緑のタイルを張った大広間になっていた。奥には、塩の袋、蜂蜜の入った革袋、乗馬用の鞍が無造作に山積みになっていた。ドン・サバスは大佐の動きをまるきりうつろな目で追った。

「わしがあんたの立場だったら、そうは思わないね」と大佐は言った。

彼は腰を下ろすとあぐらをかき、机の上に身を乗り出している男に穏やかな眼差しを注いでいた。背は低かったがでっぷりして、身体にしまりがなく、目にはヒキガエルのような哀しみが漂っていた。

「医者に診てもらったらどうかな」とドン・サバスは言った。「葬式の日からというもの、あんたは少しばかり陰気くさいから」

大佐は顔を上げた。

「わしは健康そのものだよ」

ドン・サバスは注射器の煮沸が済むのを待った。「こちらもそう言えるといいんだが」と彼は嘆いた。「銅のあぶみだって食べられるんだから、大佐は幸せだ」。そう言って、褐色のしみだらけの毛深い手の甲を見つめた。結婚指輪のほかに、黒い石の指輪をはめていた。

「そうなんだ」と大佐はうなずいてみせた。

ドン・サバスは、事務所と家の他の部分をつなぐ戸口から夫人を呼んだ。それから自分の食餌療法の辛さについて説明しだした。シャツのポケットから小さな瓶を取り出し、事務机の上にインゲン豆ほどの大きさの白い錠剤を置いた。

「どこへ行くにもこいつを持って歩くなんて、まるで殉教者だね」と彼は言った。「ポケットに死神を詰め込んでいるようなものだ」

大佐は机に近づいた。掌《てのひら》に錠剤を載せ、ドン・サバスに味見するよう言われるまで、それをじっくり調べ回した。

「コーヒーに甘味《あまみ》をつけるものだよ」とドン・サバスは説明した。「砂糖なんだけれど、糖分はない」

「そりゃそうだ」と大佐は言ったが、唾《つば》がかすかに甘味を帯びた。「鐘がないのに鐘が鳴ってるみたいなものだな」

ドン・サバスは、夫人に注射を打ってもらったあと、机に頬杖をついた。大佐は身の置き場に困った。夫人は扇風機のプラグを抜いて金庫の上に置くと、戸棚に向かった。

「雨傘というのは何か死と関係があるようですね」と彼女は言った。

大佐は彼女の言葉に注意を払わなかった。彼は郵便物を待つつもりで四時に家を出てきたのだが、雨に遭い、やむをえずドン・サバスの事務所に逃げ込んだのだった。ランチの汽笛が鳴ったとき、雨はまだ降っていた。

「死神は女なんだって言われてますね」と夫人がまた言った。でっぷり太った女で、夫よりも背が高く、上唇のところに毛の生えたいぼがあった。そのしゃべり方は扇風機の唸る音を思い出させた。

「でもわたしには女とは思えないの」と彼女は言った。戸棚の扉を閉めてから、ふたたび大佐の目の色を窺った。

「わたしはひづめのある動物だと思うんです」

「そうかもしれないね」と大佐は認めた。「ときにはえらく奇妙なことが起きるからな」

彼はゴムのカッパを着てランチに飛び移る郵便局長のことを考えた。弁護士を代えてからすでにひと月が過ぎていた。彼には返事を待つ権利があった。ドン・サバスの妻はあいかわらず死神について しゃべり続けていたが、ついに大佐が上の空であることに気づいた。

「あの」と彼女は言った。「きっと何か気掛かりなことがあるのね」

大佐は姿勢を正した。

「そのとおり」と大佐は嘘をついた。「もう五時なので、軍鶏に注射しそこねたなと考えていたところだ」

彼女はとまどった顔をした。

「人間みたいに軍鶏に注射するなんて」と彼女は大きな声を出した。「それこそ冒瀆《ぼうとく》だわ」

ドン・サバスはもはや我慢できなかった。彼は真っ赤になった顔を上げた。

「ちょっと口を閉じたらどうだ」と妻に命じた。彼女は言われたとおり、両手で口をふさいだ。

「馬鹿げたことで、さっきから三十分も友人の大佐に迷惑をかけっぱなしだぞ」

「とんでもない」と大佐は不満気に言った。

夫人はドアを激しく閉めた。ドン・サバスはラベンダー水を染み込ませたハンカチで首の汗を拭いた。大佐は窓辺に寄った。雨は執拗《しつよう》に降り続いている。黄色い脚が長く伸びた雌鶏が、人のいない広場を横切っていった。

「軍鶏に注射するって本当かね？」

「本当だよ」と大佐は応えた。「来週からトレーニングが始まるんだ」

「そりゃ無謀というものだ」とドン・サバスが言った。「あんたはそれどころじゃないはずだ」

「確かに」と大佐は応じた。「だからといって、あれの首をひねるわけにはいかんのだよ」

「それは無謀なうえに愚かというものだよ」とドン・サバスは窓辺に向かいながら言った。大佐の耳にふいごのようなため息が聞こえた。友人の目には哀れみの色が浮かんでいた。

「わたしの忠告に従うことだ」とドン・サバスが言った。「手遅れにならないうちに、あの軍鶏を売ってしまいなさい」

「何ごとも遅すぎるということはないよ」と大佐は言った。

「まあ、そんな理屈に合わないことは言わずに」とドン・サバスは負けなかった。「これは一石二鳥の話なんだ。なにしろその頭痛の解消にはなるし、おまけに九百ペソが懐に入るときてる」

「九百ペソだって」と大佐は大声で言った。

「九百ペソだよ」

大佐はその金額についてあれこれ考えた。

「あの軍鶏にそんな大金を出してくれると思うかね？」

「思うかどうかじゃない」とドン・サバスは応えた。「絶対に確実だ」

それは革命軍の軍資金を返却して以来、大佐の頭にのぼった最も大きな数字だった。ドン・サバスの事務所を出ると、腸がよじれるような強い痛みを覚えたが、今回は天候が原因ではないことを自覚していた。郵便局に入ると、真っ直ぐ局長のところに向かった。

「速達を待っているんですよ」と彼は言った。「航空便なんだが」

局長は仕分け用の箱の中を調べた。何通もの手紙を調べ終えると、アルファベット順に分かれている場所にそれぞれ戻したが、何も言わなかった。彼は手を叩いて埃を払い、意味ありげな眼差しを大佐に向けた。

「今日必ず来るはずだったんだが」と大佐は言った。

局長は肩をすぼめた。

「間違いなくやって来るのは死神だけですよ、大佐」

大佐の妻はトウモロコシ粥《がゆ》で彼を迎えた。彼は黙ったまま、ひと匙《さじ》食べては長い間を置き、物思いにふけった。彼と向き合って座った妻は、家の中で何かが変わったことに気づいた。

「どうしたの?」と彼女は訊いた。

「恩給を扱っている係のことを考えていたんだ」と彼は嘘をついた。「五十年先には、我われは土の下で安らかに眠っているだろうが、哀れなことにその係の男は金曜日になると恩給が来るのを待ちながら、ひどく辛い思いをするだろうよ」

「よくない兆しだわ」と妻が言った。「それはあなたがもう諦めかけているということだもの」。彼女はトウモロコシ粥をすすり続けた。だが、そのすぐあと、夫があいかわらず上の空であることに気がついた。

「それはそうと、いまはお粥を食べなくちゃだめよ」

「すごくうまい粥だ」と大佐は言った。「どこから出てきた?」

「軍鶏からよ」と妻が答えた。「あの子たちが軍鶏にとトウモロコシをたくさん持ってきてくれたので、軍鶏があたしたちに分けてくれたというわけ。これが人生よ」

「そうだな」と大佐はため息をついた。「人生というのはこれまでに発明された最高のものだ」

彼はかまどの支柱につないである軍鶏を見たが、いまは別の生き物のように見える。妻も軍鶏を見た。

「今日の午後は子供たちを棒で追い払わなければならなかったわ」と彼女は言った。「歳を取った雌鶏を連れてきて、軍鶏と交尾させようとしたんだもの」

「それが初めてというわけじゃない」と大佐は言った。「あちこちの町でアウレリアノ・ブエンディーア大佐にやっていたのと同じことだからな。若い娘を大佐のところへ連れて行って、種付けしようとしたものだ」

妻はそのとっぴな話を面白がった。軍鶏が喉を鳴らす音が、まるでひそひそ話のように廊下まで聞こえた。「ときどきあの鶏が話し出すんじゃないかと思うことがあるわ」と妻が言った。大佐はあらためて軍鶏を見た。

「あいつは金のなる木だよ」と彼は言った。トウモロコシ粥をひと匙すすりながら、彼は計算してみた。「二人が三年食っていける分ぐらいは稼いでくれるだろう」

「夢は食べられないわ」と彼女は言った。

「食べられはしないが、滋養にはなる」と大佐は返した。「わが友サバスの不思議な薬みたいなものさ」

その夜、彼は、頭の中の数字を消そうとしたために、よく眠れなかった。翌日、妻は昼食にトウモロコシ粥を二皿用意し、うつむいたまま一言もしゃべらずに、自分の分を食べきった。大佐は彼女の憂鬱な気分が移った気がした。

「どうした?」

「別に」と妻は答えた。

今度は妻が嘘をつく番らしいと大佐は思った。彼は妻を慰めようとした。だが彼女は言い張って聞かなかった。

「別に変なことじゃないわ」と妻は言った。「死んでかれこれふた月になるのに、まだお悔やみに行ってないと思ってただけ」

そんなわけで妻はその晩悔やみに出かけた。大佐は死者の家まで彼女を送っていき、そのあとスピーカーが流す音楽に誘われて映画館に向かった。アンヘル神父が自分の事務所の戸口にでんと座り、十二の警鐘を鳴らしたにもかかわらず誰が上映を観にきたかを知ろうと、入り口を見張っていた。あたりは光の洪水、耳をつんざく音楽、子供たちの叫び声に満ちていて、それが物理的な抵抗を感じさせた。子供たちのひとりが木の鉄砲で彼を脅した。

「軍鶏はどうした、大佐？」と子供が威張りくさった調子で言った。

大佐は両手を挙げた。

「軍鶏ならいつもどおりだ」

四色刷りの看板が映画館の正面全体を覆っていた。『真夜中の処女』。踊りの衣装を着た女が片足を太股まで剝き出しにしている。大佐が近所をぶらついていると、遠くで雷が鳴り、稲妻が走った。そこで彼は妻を迎えに戻った。

彼女は死んだ男の家にはいなかった。自分の家にもいなかった。大佐は消灯ラッパまでもう間もないと見当をつけたが、時計は止まっていた。嵐が町のほうへやってくるのを感じながら家で待った。もう一度外に出ようとしていたとき、妻が家に入ってきた。

大佐は軍鶏を寝室に移した。彼が時計のゼンマイを巻き終え、時間を合わせようと消灯ラッパが鳴るのを待っていると、ちょうどそのとき、服を着替えた妻が居間へ水を飲みにきた。

「どこにいた？」と大佐が訊いた。

「そこらへんよ」と妻は答えた。彼女は夫のほうを見ずにコップを水瓶《みずがめ》の上に置き、寝室に戻った。

「あんなに早く雨が降り出すなんて、思ってもみなかったわ」。大佐は何も口を出さなかった。消灯ラッパが鳴ると時計を十一時に合わせ、窓を閉めて椅子をもとの位置に戻した。

見ると妻はロザリオの祈りを唱えている。

「まだ質問に答えてないぞ」と大佐は言った。

「どの質問？」

「どこにいた？」

「そこらでおしゃべりしてたのよ」と妻は言った。「長いこと外に出ていなかったから」

大佐はハンモックを吊った。家の戸締りをして、部屋に殺虫剤を撒いた。それからランプを床に置き、寝る態勢を整えた。

「わかった」と彼は悲しげに言った。「状況が悪いとき一番やっかいなのは、それが人に嘘をつかせることだ」

妻は長々とため息をついた。

「アンヘル神父のところにいたのよ」と彼女は言った。「結婚指輪を形《かた》にお金を借りようと思って」

「で、何て言われたんだ？」

「神聖なものを使って取引するのは罪だって」

彼女は蚊帳の中から話を続けた。「二日前に時計を売ろうとしたの」と言った。「だけど誰も興味をもってくれないの。だって数字が光るモダンな時計を月賦《げっぷ》で売ってるんだもの。暗闇でも時間がわかるのよ」。四十年も暮らしを共にし、飢えを共にし、苦労を共にしてきても、妻のことを知るにはまだ十分ではなかったことを、大佐は思い知った。愛の内でも何かが古びてしまった気がした。

「絵もほしがらないわ」と彼女は言った。「ほとんどの人が同じのを持ってるもの。あたし、トルコ人のところまで行ったのよ」

大佐は苦い思いを味わった。

「つまり我われが飢え死にしかけてることを、もうみんなに知られているわけだな」

「あたし疲れたわ」と妻は言った。「男の人は家の中の問題には気づかないのよ。この家では何日も鍋を火にかけてないってことを近所の人たちに知られないように、石を煮たことだってずいぶんあるわ」

大佐は侮辱された気がした。

「それこそまさに侮辱じゃないか」と彼は言った。妻は蚊帳から出てきて、ハンモックに近寄った。

「あたしはこの家で気取ったりもったいぶったりするのをやめるつもりよ」と彼女は言った。その声は怒りで陰りを帯び始めた。「気取ったり堂々と振る舞ったりするのはもう限界だわ」

大佐は表情ひとつ変えなかった。

「この二十年、選挙のたびにあなたが約束されたプレゼントをずっと待ち続けたけれど、その結果というのが息子に死なれたことよ」と彼女は続けた。「息子がひとり死んだだけ」

大佐はその手のとがめ立てにはもはや慣れっこになっていた。

「我われは果たすべきことはきちんと果たしたよ」と彼は言った。

「でもってあちらは、二十年の間に上院議員として毎月千ペソきちんと稼いできたんじゃない」と妻は応じた。「あのドン・サバスときたら、二階屋を建ててもお金が入りきらないんだから。首に蛇を巻きつけて薬を売りにこの町へやってきた男だというのに」

「だが糖尿病で死にかけてるぞ」と大佐は言った。

「で、あなたは食べられずに死にかけてるわ」と妻が返した。「誇りは食べられないってことを思い知るためにね」

稲妻が彼女の続く言葉をさえぎった。表で雷鳴が炸裂《さくれつ》し、寝室に入り込んできて、さながら大量の石のようにベッドの下を転げ出ていった。妻は蚊帳のほうへ飛んでいき、ロザリオを探した。

大佐は苦笑した。

「口が減らないからそんなことになるんだ」と彼は言った。「いつも言ってるだろう、神はわしの味方だって」

しかし、本当のところは苦々しい思いだった。そのあとランプを消し、稲妻で切り裂かれる闇の中で、もの思いにふけった。大佐はマコンドを思い出した。彼はネエルランディアの約束が果たされるのを十年待ったのだった。うつらうつらしていると、暑さで息をつまらせた男や女それに動物を車両の屋根まで満載した、埃まみれの黄色い列車が到着するところが目に浮かんだ。それはバナナ・ブームの訪れだった。彼らは二十四時間で町を変えてしまった。「おれは出ていく」とそのとき大佐は言った。「バナナの匂いで腸が腐りそうだ」。そして彼は一九〇六年六月二十七日午後二時十八分に、帰りの列車でマコンドをあとにしたのだった。ネエルランディアの降伏のあと、安らげる時間が一分たりともなかったことに気づいたのは、それから半世紀も経ってからだった。

彼は目を開けた。

「それならこれ以上考える必要はないな」と言った。

「何を？」

「軍鶏のことだ」と大佐は答えた。「明日にでもサバスに九百ペソで売ろう」

去勢された動物たちのうめき声に交じってドン・サバスのどなり声が、窓から事務所の中に入り込んできた。「十分経って来なかったら帰るぞ」と、すでに二時間待ち続けた大佐は自分に誓った。だが、さらに二十分待った。そろそろ腰を上げようとしていたとき、ドン・サバスが人夫たちを引き連れて事務所に入ってきた。彼は大佐の前を何度も行き来したが、大佐には見向きもしなかった。人夫たちが出て行くと、ようやく大佐を見つけた。

「わたしを待っていたのかね?」

「そうなんだ」と大佐は答えた。「けれどえらく忙しいんだったら、もっとあとで来てもかまわないよ」

ドン・サバスはドアの向こう側にいて、大佐の言うことを聴いていなかった。

「すぐ戻るよ」と彼は言った。

焼けつくように暑い真昼だった。事務所は通りの照り返しで輝いていた。暑さのためにぐったりしていた大佐は、無意識のうちに目が閉じて、たちまち妻の夢を見始めた。そのときドン・サバスの夫人が事務所に爪先だって入ってきた。

「目をつぶったままでいてください」と彼女は言った。「いま鎧戸《よろいど》を閉めます。この事務所ときたらそれこそ地獄みたいですからね」

大佐はまったく無意識のうちに彼女を目で追った。彼女は窓を閉めると、薄暗がりのなかで話しかけてきた。

「夢はよくご覧になるの?」

「ときたまだけどね」と大佐は眠り込んでしまったことを恥じ入りながら答えた。「ほとんどいつも自分が蜘蛛の巣に絡まる夢だよ」

「わたしは毎晩悪夢を見るわ」と夫人は言った。「夢の中で出会うあの知らない人たちが今じゃ誰だかわかるようになったの」

彼女は扇風機を点けた。「先週はひとりの女が枕元に立ったの」と彼女は続けた。「そこで勇気を奮って誰なのか訊いたら、こう答えたわ。あたしは十二年前にこの部屋で死んだ女ですとね」

「この家が建てられたのはほんの二年前だよ」と大佐は言った。

「そのとおりよ」と夫人は言った。「だから死人だって間違えるということね」

扇風機のうなる音に薄暗がりは凝固した。大佐は睡魔と夢の世界から不可思議な化身となっていきなり現れたそのさまよえる女に悩まされ、もはや我慢できなくなった。話が途切れるのを待って帰ろうとしていると、そのときドン・サバスが人夫頭とともに事務所に入ってきた。

「スープを四回も温め直したわ」と夫人が言った。

「そうしたけりゃ十回でも温め直すがいい」とドン・サバスは応じた。「だけど今は世話を焼かせないでくれ」

彼は金庫を開け、人夫頭に丸めた札束を渡し、あれこれ指示を与えた。人夫頭は鎧戸を開けて、金額を数えた。ドン・サバスは事務所の奥にいる大佐を見たが、何の反応も示さなかった。彼は人夫頭と話を続けた。二人がふたたび事務所を出て行こうとしたとき、大佐が上体を起こした。ドン・サバスはドアを開ける前に足を止めた。

「どんな用かね?」

大佐は人夫頭が確かに自分を見ていると思った。

「いや別に」と大佐は答えた。「ただあんたと話ができればと思ってね」

「どんなことでもいいから、今すぐ言ってくれないか」とドン・サバスは言った。「一分たりとも無駄にできないんだ」

彼はドアの取っ手に手を掛けたまま立ち止まっていた。大佐は自分の人生で最も長い五秒間が過ぎていく気がした。彼は歯を食いしばった。

「軍鶏のことなんだが」と彼はぽつりと言った。

そのときドン・サバスはドアを開けたところだった。「軍鶏のこと」と笑顔で大佐の言葉をなぞり、人夫頭を廊下の方に押しやった。「こっちは一大事だというのに、大佐は軍鶏にかまけておいでだ」そのあと大佐の方を向いて言った。

「わかった。すぐ戻る」

二人の足音が廊下の端で聞こえなくなるまで、大佐は事務所の真ん中に立ち尽くしていた。それから彼は外に出て、日曜日の昼寝《シエスタ》どきで動きの止まった町を歩いた。仕立屋には誰もいなかった。診療所は閉まっている。シリア人の店に並ぶ商品を見張る者も誰ひとりいない。河はまるで鋼鉄の板のようだった。船着場では、ひとりの男が石油のドラム缶四個の上で、顔の上に載せた帽子を日よけにして眠っている。大佐は町で動いているのは唯一自分だけだと確信しながら家に向かった。

妻は申し分のない昼食を用意して彼の帰りを待っていた。

「明日早いうちに払うと約束して、つけで買ったの」と彼女は説明した。

食事を取りながら、大佐はそれまでの三時間に何があったかを話した。妻は我慢ならないという様子でそれを聞いた。

「問題はあなたが意気地なしだってことよ」と彼女はすぐさま言った。「あなたときたら、堂々と乗りこんであの人を呼び出し、『あんたに軍鶏を売ることにしたよ』と言うべきところを、それこそ施しでもしてもらいにきたみたいな態度を取るんだから」

「そんな風にできれば、人生なんて楽なものだ」と大佐は返した。

妻は見るからに張り切っていた。その日は午前中、家を整頓したのだが、その恰好ときたら夫の古い靴を履き、ゴムの前掛けをつけ、頭にはぼろきれを被って耳の上で結ぶという具合でなんとも珍妙だった。「あなたには商売のセンスがこれっぽっちもないんだわ」と彼女は言った。「何かを売ろうとするときは、買うときとおんなじ顔をしなくちゃだめなのよ」

大佐は彼女の姿が何だか滑稽《こっけい》な気がした。

「今の恰好のままでいてくれよ」と大佐は軽く笑いながら彼女の言葉をさえぎった。「クエーカー教徒印のオートミール缶のおやじそっくりだ」

彼女は頭のぼろきれを取った。

「真面目に言ってるのに」と彼女は言った。「あたしが今すぐ軍鶏をあの人のところへ届けに行って、三十分経ったら九百ペソ持って帰ってくるから。賭けてもいいわよ、何でもあなたがほしいものをね」

「頭の中は数字でいっぱいだな」と大佐は言った。「軍鶏の金でもってもう賭けを始めてるじゃないか」

大佐は苦労して妻の心づもりに歯止めをかけた。彼女はその日の午前中ずっと頭の中で、金曜日に苦しまずに済むこれからの三年間の計画を立てていたのだ。家の中のことを整え、九百ペソを迎える用意を行った。絶対に必要なのに欠けているもののリストを作り、そこに大佐用の新しい靴を加えるのを忘れなかった。寝室の一か所は鏡の置き場にした。その計画が一瞬にして水の泡となっために、彼女は恥ずかしさとも恨みともつかぬ気持ちを味わった。

彼女は短い昼寝をした。起き上がると、大佐が中庭に座っていた。

「今何してるの?」と彼女が訊いた。

「考えてるんだ」と大佐は答えた。

「じゃあ一件落着ね。五十年後にはそのお金を当てにできるってわけね」

だが大佐は、実は軍鶏をその日の午後に売るつもりでいた。彼は、事務所でひとり扇風機に当たりながら、日課の注射を打つ準備をしているドン・サバスのことを思った。答えは予想できた。

「軍鶏を持って行ったら」と出がけに妻が勧めた。「本物を見れば奇跡が起きると言うから」

大佐は反対した。彼女は気が気でないと言わんばかりに、戸口までついてきた。

「事務所に敵の軍勢がいたってかまわないから」と彼女は言った。「あの人の腕をつかんで、九百ペソもらわないうちは放しちゃだめ」

「強盗でもしでかすんじゃないかと思われるぞ」

彼女は素知らぬ顔だった。

「自分が軍鶏の持ち主だってことを忘れないで」と彼女は強い調子で言った。「ためになることをしてあげるのはこっちなんだから」

「わかったよ」

ドン・サバスは医者と一緒に寝室にいた。「今がチャンスですよ」と彼の妻が大佐に言った。「農園に出かけられるように先生が診てくれていて、主人は木曜日まで帰ってきませんから」大佐は二つの相反する力の間で葛藤《かっとう》した。軍鶏を売ると決めたにもかかわらず、ドン・サバスに出くわさないためにあと一時間遅くくればよかったと思った。

「待ってもかまわないよ」と彼は言った。

だが、夫人は譲らなかった。彼を寝室へ連れて行くと、夫がパンツ一枚の姿で王侯貴族を思わすベッドに腰掛け、色の抜けた目で医者をじっと見ていた。大佐は、医者が患者の尿の入った試験管を温め、気体の臭いを嗅ぎ、ドン・サバスに合格という仕草をしてみせるまでじっと待った。

「銃殺でもしなけりゃ死にませんよ」と医者は大佐の方を向いて言った。「糖尿病は金持ちを殺すにはのろすぎる」

「あの忌々《いまいま》しいインシュリン注射でもって、あんたにはもうさんざんやっつけられたじゃないか」とドン・サバスは言って、たるんだ尻を上げてひょいと立った。「だがわたしは打たれ強いんだ」

それから大佐に向かって言った。

「入ってくれ、大佐。今日の午後あんたを探しに行ったけれど、帽子さえ見つからなかった」

「人前で脱がずに済むように、被らないものだから」

ドン・サバスが服を着始めた。医者は上着のポケットに検査用の血液が入った試験管を突っ込んだ。それからカバンの中を整理した。大佐は彼が帰り仕度をしているのだと思った。

「わしが医者の立場なら、ドン・サバスに十万ペソ請求してやるよ」と大佐は言った。「そうすれば先生も今みたいに忙しくしなくて済むはずだ」

「そんな話ならもう持ちかけたことがありますよ。ただし請求は百万ペソです」と医者は返した。「糖尿病に一番効く薬は貧乏ですから」

「ありがたい処方だ」とドン・サバスは太鼓腹を乗馬ズボンに突っ込もうとしながら言った。「ただしその処方はお断りだ、先生を金持ちになるという不幸から救うためにね」。医者はカバンのニッケルメッキを施した錠に映る自分の歯を見た。そして別に急ぐ風でもなく自分の時計を見た。ドン・サバスは、乗馬靴を履く段になると、唐突に大佐に話しかけた。

「さてと、大佐、軍鶏がどうかしたかな?」

大佐は医者もまた自分の返事を待っていることに気づいた。彼は歯を食いしばった。

「大したことじゃない」と彼はつぶやくように言った。「あんたに売るつもりできたものだから」

ドン・サバスは乗馬靴を履き終えた。

「なるほど」と彼は感情を込めることなく言った。「あんたが考えつくこととしては最も賢明だね」

「あの手のややこしいことに関わるにはもはや歳を取りすぎたよ」と大佐は不可解な顔をしている医者に向かって弁明するように言った。「もう二十若ければ違っているんだろうが」

「あなたはいつだって二十若い」と医者は返した。

大佐は気力を取り戻した。ドン・サバスがさらに何か言うのを待ったが、何も言わなかった。彼はファスナーのついた革のジャケットを着ると、寝室を出ていこうとした。

「よかったら、来週話すことにしよう」と大佐が言った。

「わたしもそう言おうとしたところだよ」とドン・サバスは言った。「ひとり依頼人がいて、どうやら四百ペソ払ってくれそうなんだ。けれど木曜日まで待たなければならない」

「いくらだって?」と医者が訊いた。

「四百ペソだ」

「もっと価値があると耳にしましたが」と医者が言った。

「九百ペソだとあんたは前に言ってたよ」と大佐は医者が納得できないという顔をしているのに勇気づけられて言った。「この州で一番の軍鶏だから」

ドン・サバスは医者に向かって返事をした。

「以前だったら千ペソ出しただろうね」と彼は説明した。「だが今は、誰もいい軍鶏を闘鶏場で闘わせようなんてしないよ。鉄砲玉を食らって命を落としかねないからね」。彼はいかにも残念という顔で大佐の方を振り返った。

「つまりそういうことなんだよ、大佐」

大佐はうなずいた。

「わかったよ」と彼は言った。

大佐は二人のあとについて廊下を歩いた。医者は居間でドン・サバスの妻に呼び止められた。彼女は「突然襲ってきて、だけどそれが何だかわからないもの」の療法を教えてほしいと言った。大佐は事務所で医者を待った。ドン・サバスは金庫を開けると、金をあらゆるポケットにねじ込み、大佐に紙幣を四枚差し出した。

「ここに六十ペソある」と彼は言った。「軍鶏が売れたときに清算しよう」

午後涼しくなったために活気を取り戻し始めた船着場の店の間を、医者と一緒に歩いた。砂糖キビを積んだはしけが流れを下って行く。大佐は医者がただならないほど黙りこくっているのに気がついた。

「あんたの体調はどうなのかね、先生?」

医者は肩をすくめた。

「まあまあですよ」と彼は応えた。「どうやらわたしにも医者が要るみたいだ」

「冬だからね」と大佐は言った。「こちらは腸がめちゃくちゃだ」

医者は職業的関心などまるでなさそうな目で大佐を調べた。彼は雑貨屋の店先に座っているシリア人につぎつぎと挨拶《あいさつ》した。診療所の戸口に着くと、大佐は軍鶏を売ることについて自らの考えを述べた。

「こうするしかなかったんだ」と彼は釈明した。「あの動物は人の肉を餌にしてるんだから」

「人の肉を餌にしている唯一の動物はドン・サバスですよ」と医者は言った。「彼は買った軍鶏を九百ペソで他人に売り渡すにちがいありません」

「そう思うかね?」

「きっとそうです」と医者は答えた。「町長と交わしたあの有名な愛国的協定と同じくらい都合のいい話だ」

大佐はその話を信じようとしなかった。「ドン・サバスがその協定を結んだのは自分の命を救うためだった」と大佐は言った。「だから町に留まれたんだ」

「しかも、だから彼は町長が町から追放した他ならぬ自分の同志たちの財産を半値で買えたんですよ」と医者は返した。彼はポケットの鍵が見つからなかったのでドアを叩いた。それから大佐の半信半疑の顔と向き合った。

「お人好しでいちゃだめです」と彼は言った。「ドン・サバスは自分の命よりもずっと金に関心があるんですから」

大佐の妻はその晩買い物に出かけた。大佐は医者から明かされたことをあれこれ考えながら、シリア人の店まで妻に付き添った。

「すぐにあの子たちを探して、軍鶏は売れたと伝えてちょうだい」と彼女は夫に言った。「期待させておいちゃいけないから」

「軍鶏はドン・サバスが戻らないうちは売れたことにならないよ」と彼は応じた。

大佐はアルバロがビリヤード場のルーレットで遊んでいるのを見つけた。店は日曜日の夜とあって沸きかえっていた。目一杯の音量で鳴り響くラジオの刺激で暑さはいや増すようだった。大佐は、長い黒のゴム引き布に描かれ、テーブルの中央にある箱の上に置かれた石油ランプの光に照らし出されている、鮮やかな色の数字を眺めて楽しんだ。アルバロは二十三にこだわっては負けていた。彼の肩ごしにゲームの行方を追っていた大佐は、ルーレットが九度回るうち、十一が四回出たのに気づいた。

「十一に賭けるんだ」と彼はアルバロの耳元でささやいた。「一番出てる数だぞ」

アルバロはテーブルを調べるように見た。次の回は賭けなかった。彼はズボンのポケットから金を取り出し、金と一緒に一枚の紙を出した。それをテーブルの下で大佐に手渡した。

「アグスティンのだよ」と彼は言った。

大佐はその秘密の文書をポケットにしまった。アルバロは十一に大きく賭けた。

「最初は小さく始めるんだ」と大佐は言った。

「いい予感かもしれないからね」とアルバロは応えた。隣にいた連中が、他の数字に賭けていた金を引っ込めて、何色もの色彩が施された巨大な輪がもう回り始めたときに十一に賭けた。大佐は胸が締めつけられる気がした。彼は初めて運というもののもつ魅力と恐さと苦しみを味わった。

当たりは五だった。

「すまなかった」と大佐は恥ずかしげに言い、自分のせいで負けたという抗いがたい気持ちに襲われながら、アルバロの金を掻き集める木の熊手をじっと目で追った。「余計なことに口を出すと、決まってこうなる」

アルバロは彼を見ずに笑顔を作った。

「気にしなくていいですよ、大佐。好意は受け入れよと言いますから」

突然、マンボを演奏していたトランペットが鳴り止んだ。ゲームに興じていた者たちは両手を挙げ、ちりぢりになって逃げた。大佐は、ライフルの撃鉄を起こす、冷たく明瞭な乾いた音を背後に感じた。彼は運悪く、ポケットに秘密文書を突っ込んだまま警察の捜査に引っ掛かったことを理解した。彼は手を挙げずに後ろを向いた。するとそのとき初めて、息子を撃った男を間近に見た。男はライフルで彼の腹に狙いをつけ、真正面に立っている。背が低く日に焼けた、インディオのような顔つきの男で、子供じみた匂いがした。大佐は歯を食いしばり、指先でライフルの銃身をそっと遠ざけた。

「すまないが」と彼は言った。

そして、小さく丸い、コウモリを思わす目と向き合った。そのとたん、その目に飲み込まれてかみ砕かれ、消化され、たちまち排出される気がした。

「行ってよろしいです、大佐」

十二月になったことを確かめるのに、窓を開ける必要はなかった。台所で軍鶏の朝飯のために果実を刻んでやっているときに、大佐は自分の骨にそれを感じ取った。そこで戸を開けると、自分の直感が当たっていたことを、中庭の眺めが証明していた。見事な中庭で、草木が茂り、便所の小屋が澄み切った空気の中で、地面からほんの一ミリばかり浮いていた。

妻は九時までベッドにいた。台所に姿を見せたときには、大佐はすでに家を片づけ終え、軍鶏を囲む子供たちと話をしていた。

彼女はかまどのところまで行くために、遠回りしなければならなかった。

「どいてちょうだい」と彼女は怒鳴った。そして軍鶏を陰気な眼差しで見た。「いったいいつになったらこの縁起の悪い鶏はいなくなるのよ」

大佐は軍鶏を通じて妻の機嫌を窺った。軍鶏には何ら恨みを買う要素がなかった。トレーニングはいつでも始められそうだった。首といい、羽毛のない紫がかった腿といい、のこぎりの歯のようなとさかといい、この鶏は剝き出しの姿、無防備な雰囲気を備えていた。

「窓から外でも眺めて、軍鶏のことは忘れたらどうだ」。子供たちがいなくなると大佐は言った。「こんな朝は、なんだか写真でも撮ってほしい気がするな」

妻は窓から外を眺めたが、顔にはまったく感情が表れなかった。「薔薇でも植えたいところね」と、彼女はかまどのところへ戻りながら言った。大佐はひげを剃ろうと、柱に鏡を掛けた。

「薔薇を植えたいなら、植えればいいさ」と彼は言った。

彼は動作を鏡に映った自分の動作に合わせようとした。

「豚に食べられちゃうわ」と彼女は言った。

「なおいい」と大佐は応じた。「薔薇で太った豚ならさぞかし美味《うま》いにちがいない」

鏡の中に妻の姿を探すと、相変わらず同じ表情をしているのがわかった。炎に照らされた彼女の顔はかまどと同じ材料でできているように見える。彼女をじっと見つめていた大佐は、無意識のうちに、長年やってきたように手探りでひげを剃り続けていた。妻はしばらく無言で考え込んでいた。

「だけど薔薇は植えたくないの」と彼女は言った。

「なるほど」と大佐は応じた。「だったら植えなきゃいい」

彼の気分は上々だった。十二月のおかげで腸の中の植物はしぼんでいた。その朝、新しい靴を履こうとして反対の気分を味わった。だが、何度も試してから無駄な努力であることがわかり、彼はエナメルの半長靴に履き替えた。妻がその変化に気づいた。

「新品を履かないと、いつまでも足に馴染まないわよ」と彼女は言った。

「ありゃ足が麻痺した人間が履く靴だよ」と大佐は言い張った。「履物というのはひと月使った上で売らなくちゃいけないんだ」

その日の午後に通知が届く予感がしたため、大佐は勇んで外に出かけた。ランチが着くまでにまだ時間があったので、ドン・サバスの事務所で彼の帰りを待とうとした。しかし、月曜日でないと戻らないとはっきり言われた。その予想外の事態にもかかわらず、彼は失望しなかった。「遅かれ早かれ戻ってくるに決まってるんだ」。自分にそう言い聞かせ、船着場に向かった。まだ無垢なままの明るく透明感に包まれた、奇跡的瞬間だった。

「一年中十二月だといいんだが」と彼は、シリア人のモイセスが営む雑貨屋の店先に腰を下ろすとつぶやくように言った。「自分がガラスでできているみたいな気分だよ」

シリア人のモイセスはその気分というのを、ほとんど忘れているアラビア語に訳すのに苦労した。彼は頭のてっぺんまで滑らかで張りのある皮膚に覆われた東洋人で、溺《おぼ》れかけた男のように動作がぎこちなかった。実際、彼は、水から助け上げられたばかりみたいに見えた。

「昔はそうだった」と彼は言った。「今も同じだとしたら、こっちは八百九十七歳ってことになる。で、あんたは？」

「七十五だ」と答えながら、大佐は郵便局長を目で追った。そのとき初めて、サーカスがやってきたのに気がついた。郵便船の屋根の上に山と積まれた色とりどりの用品に交じって、継ぎを当てたテントがあるのを認めた。他のランチに積まれたいくつもの箱の中に猛獣がいないかと探すうちに、郵便局長を一瞬見失ってしまった。猛獣は見つからなかった。

「サーカスだよ」と彼は言った。「ここ十年で初めてだな」

シリア人のモイセスは大佐の知らせが本当かどうか目で確かめた。彼は自分の妻にアラビア語とスペイン語が入り混じった言葉で話しかけた。彼女は店の奥から返事をした。彼はそれについて何か独り言を言い、それから自分の心配事を大佐に訳して聞かせた。

「猫を隠さなくちゃ、大佐。子供たちが盗んでサーカスに売り飛ばすからね」

大佐は郵便局長の後を追おうとした。

「こいつは猛獣サーカスじゃないな」と彼は言った。

「どっちでもいい」とシリア人は言い返した。「軽業師《かるわざし》は骨が折れないように猫を食うんだよ」

大佐は郵便局長の後を追い、船着場の店の間を抜けて広場まで行った。すると突然闘鶏場から大歓声が沸き起こった。誰かが通りがかりに彼の軍鶏のことで何か言った。そのとき初めて、彼はその日がトレーニングを開始することに決まっていた日であることを思い出した。彼は郵便局の前を素通りした。そしてたちまち闘鶏場の沸き返る空気に浸っていた。彼が目にしたのは、闘鶏場の真ん中で、蹴爪を布きれにくるまれ、無防備な恰好で脚が震えていることからいくらか恐れているのがわかる、自分の軍鶏だった。相手はさえない灰色の軍鶏だった。

大佐は少しも興奮しなかった。同じような攻撃の連続だった。大歓声が上がる中で一瞬羽と脚と首が連動して動く。相手は囲い板に向けて追いやられてはくるっと向きを変え、ふたたび攻撃を仕掛けてくる。彼の軍鶏は攻撃しなかった。襲ってくるのをはね返してはまた元の位置に舞い降りた。だがもう脚は震えていなかった。

ヘルマンが囲いを飛び越え、軍鶏を両手で高々と持ち上げて、スタンドの観客に見せた。熱狂的な拍手と叫びが炸裂した。大佐はその熱狂的な喝采が今見た闘いの強度とは不釣り合いであることに気づいた。彼にはそれが茶番劇で、軍鶏たちもまた――自発的かつ意識的に――手を貸しているように見えた。

彼はいささか蔑《さげす》みが混じった好奇心に駆られて、円形の闘鶏場を調べるように周囲を見回した。興奮した群衆がスタンドから砂場に向かって突進している。熱を帯び、じれ、ひどく生気に満ちた顔の氾濫を大佐はじっくり観察した。それは新しい人々だった。すべて町にやってきた新しい人々だったのだ。彼の記憶の地平の彼方に消え去っていたある一瞬が――予感のように――甦《よみがえ》った。そこで彼は囲いを越え、砂場に群がっている人々を掻き分けて前に進み、ヘルマンの穏やかな目と向き合った。二人は瞬きもせずに見つめ合った。

「今日は、大佐」

大佐はヘルマンから軍鶏を取り上げた。そして「やあ」とつぶやくように言った。だがそれ以上何も言わなかった。鶏の熱くて深い鼓動にびっくりしたからだ。こんなにも生きいきしたものを両手にしたことはなかったと思った。

「あなたが留守だったものだから」とヘルマンがうろたえながら言った。

ふたたび歓声が上がり、彼の言葉をさえぎった。大佐は脅された気がした。彼は拍手喝采に当惑しながら、誰の顔も見ずに、軍鶏を小脇に抱えて外に出た。

町中の人々――下層の人々――が家から飛び出し、大佐が学童たちを従えて進むのを見た。広場の角で、首に蛇を巻きつけた黒人の大男が台に上り、許可なしで薬を売っていた。船着場から戻ってきた集団が立ち止まってその口上を聴いていた。しかし、大佐が軍鶏を抱えて通りかかると、彼らの関心は大佐に移った。家に帰る道がそれほど長かったことはかつて一度もなかった。

彼は後悔しなかった。十年の歴史ですっかり荒れ果てた町は、ずいぶん前から一種の昏睡状態にあった。その日の午後――また手紙の届かなかった新たな金曜日に――人々は目覚めたのだ。大佐は昔を思い出した。雨にもかかわらず中止にならなかった見世物を、あの傘の下で妻そして息子と一緒に眺めている自分が見えた。丁寧に髪をなでつけた味方の政党の指導者たちが、彼の家の中庭で音楽に合わせて扇子を動かしていたのを思い出した。腸の中で悲しげに響く太鼓の音がふたたび聞こえた。

河に沿った通りを歩いて行くと、そこでも選挙があった遠い日曜日に何度も見たのと同じ群衆に出くわした。彼らはサーカスの荷降ろしをじっと見守っていた。一軒の店の中から女が軍鶏のことで何かを大声で言った。大佐は家に着くまでぼんやりしていたが、まるで闘鶏場の歓声が残響となってあとを追ってくるように、まだ人声がとぎれとぎれに聞こえていた。

家の戸口で彼は子供たちの方を向いた。

「みんな家に帰るんだ」と言った。「家の中に入ってきたりしたら、叩き出すぞ」

彼はドアに閂《かんぬき》をかけると、まっすぐ台所に向かった。妻が息苦しそうに出てきた。

「無理やり連れてったのよ」と彼女は叫んだ。「あたしの目が黒いうちはこの家から決して出さないって言ってやったのに」。大佐は軍鶏をかまどの支えにつないだ。妻の逆上したような声に追い立てられて、缶の水を取り替えた。

「あの連中ったら、あたしたちの亡骸《なきがら》を踏み越えてでも連れて行くと言ったわ」と彼女は言った。「この軍鶏はあたしたちのものじゃなく、町全体のものなんだって」

軍鶏の世話を終えると、初めて大佐は妻の落ち着きを失った顔と向き合った。彼は後悔する気持ちも同情する気持ちも湧かないことに気づいたが、別に驚きはしなかった。

「連中は悪いことをしたわけじゃない」と彼は穏やかな調子で言った。それからポケットの中を探り、計り知れない優しさのようなものをこめて言い足した。

「軍鶏は売らないよ」

妻は寝室まで彼のあとについて行った。彼女は夫が、映画のスクリーンで観ているかのように、非の打ちどころがないほど人間的だが、捉えどころがないという気がした。大佐はタンスから巻いた札束を取り出すと、ポケットの中の分と合わせて合計を数え、タンスにしまった。

「そこにサバスに返す金が二十九ペソある」と彼は言った。「残りは恩給が届いたら払えるよ」

「でも届かなかったら？」と妻が訊いた。

「届くさ」

「でももし届かなかったら？」

「そうだな、そうなると払えないな」

彼は新しい靴がベッドの下にあるのを見つけた。そこで戸棚に戻るとボール箱を取り出し、ぼろきれで靴底を拭いてから、日曜日の晩に妻が持ってきたとおり箱に詰めた。彼女は身動きひとつしなかった。

「靴は返す」と大佐は言った。「サバスに十三ペソ分足して返せるぞ」

「引き取りゃしないわよ」と彼女が応じた。

「引き取るべきだろう」と大佐は言い返した。「二度履いただけだ」

「そんなことトルコ人にはわかりゃしないわ」と彼女が言った。

「わかるべきだ」

「でももしわからなかったら？」

「だったらわからなくていい」

二人は食事もせずに床に就いた。大佐は妻がロザリオの祈りを終えるのを待って、ランプを消した。だが眠れなかった。映画の検閲を知らせる鐘が聞こえ、そのあとまもなく——三時間後に——消灯ラッパが聞こえた。明け方の冷え込みで、妻の騒音混じりの息づかいが苦しげになった。彼女が和解を求めるような穏やかな声で話しかけてきたとき、大佐はまだ目を開けていた。

「まだ起きてるの？」

「ああ」

「どうかわかってちょうだい」と妻は言った。「明日ドン・サバスと話したら？」

「月曜まで戻らないよ」

「その方がいいわ」と彼女が応じた。「だったらじっくり考え直すのに三日間あるもの」

「考え直すことなんか何もない」と大佐は言った。

十月のべたつく空気はここちよい涼しさにかわっていた。大佐はイシチドリが活動し出す時間の中に十二月が来たことをふたたび感じ取っていた。二時になってもまだ眠れなかった。しかし、妻も目を覚ましたままなのが彼にはわかっていた。ハンモックの中で、姿勢を変えてみた。

「眠れないの？」と妻が訊いた。

「ああ」

彼女は一瞬考えた。

「あたしたち、こんなことしてる場合じゃないのよ」と彼女は言った。「全部で四百ペソというのがどのくらいなのか考えてみて」

「もうじき恩給が届くさ」と大佐は応じた。

「十五年前から同じことを言い続けてるじゃない」

「だからだよ」と大佐は返した。「これ以上そんなに遅れるはずがない」

彼女は黙った。だが、ふたたび口を開いたとき、大佐には少しも時間が過ぎなかったように思えた。

「あのお金は決して届かないという気がするわ」と妻は言った。

「届くよ」

「もし届かなかったら？」

もはやそれに答える声が見つからなかった。軍鶏が最初の鬨《とき》の声《こえ》を上げると現実に戻ったものの、密度が濃く、安全で、辛いことのない眠りの中にふたたび沈んでいった。目を覚ますと、もう日は高く昇っていた。妻はまだ眠っていた。大佐は二時間遅れで、朝の仕事をいつものように要領よく済ませ、妻が朝食に起きてくるのを待った。

彼女は無愛想な顔つきで起きてきた。二人は朝の挨拶を交わすとテーブルに着き、無言で朝食を食べた。大佐はブラックコーヒーをすすり、チーズをひとかけらと菓子パンをひとつ食べた。彼は午前中ずっと仕立屋で過ごした。一時に家に戻ると、妻はベゴニアの間で繕い物をしていた。

「昼飯の時間だぞ」と大佐は言った。

「お昼なんてないわよ」と妻は応じた。

彼は肩をすぼめた。子供たちが台所に入ってくるのを防ぐため、中庭の柵の穴をふさごうとした。廊下に戻ると、テーブルに食事の用意がしてあった。

昼食の間、大佐には妻が泣くのをこらえているのがわかった。そう確信すると、彼は不安を覚えた。生まれつき強情という妻の性格を知ってはいたが、四十年も辛酸《しんさん》を嘗《な》めてきたために彼女はさらに強情になっていた。息子が死んだときでさえ、涙ひとつこぼさなかった。

彼は咎《とが》めるような眼差しで妻の目をじっと見据えた。彼女は唇を噛みしめ、袖で目頭を拭うと、昼食を続けた。

「思いやりのない人ね」と彼女は言った。

大佐は口を利《き》かなかった。

「気まぐれで、頑固で、思いやりのない人だわ」と彼女はまた言った。皿の上にナイフとフォークを十文字に置いたが、迷信ゆえか、すぐにその位置を直した。「これまでずっと泥を食べてきたようなものなのに、その結果、軍鶏ほどにも思いやってもらえないんだから」

「それは違うぞ」と大佐は言った。

「同じよ」と彼女は答えた。「あたしが死にかけてることをわかるべきだったのよ、この症状は病気じゃなく、臨終の苦しみなんだから」

大佐は昼食を食べ終えてからようやく口を開いた。

「もしも医者が、軍鶏を売ればお前の喘息が治ると保証してくれるなら、今すぐ売るよ」と彼は言った。「だが、そうでなければ売らない」

その日の午後、大佐は軍鶏を闘鶏場に連れて行った。帰宅すると妻は発作を起こす寸前だった。彼女は髪を背中に垂らし、両腕を広げ、肺で口笛みたいな音を立てながら息をしようと、廊下を行きつ戻りつしていた。彼女は宵《よい》の口《くち》までそうしていた。それから夫には何も言わずにベッドに入った。

彼女は消灯ラッパの直後まで祈りの言葉を繰り返していた。そのあと、大佐はランプを消そうとした。ところが彼女は嫌がった。

「暗闇で死にたくないの」と彼女は言った。

大佐はランプを床に置いた。どっと疲れが出てきた。彼は何もかも忘れ、四十四日間ぶっ続けに眠り、一月二十日の午後三時、闘鶏場で軍鶏を放つまさにその瞬間に目を覚ましたいと思った。だが彼は、妻が眠れずにいることに自分が怯《おび》えているのを知っていた。

「やっぱりいつもと同じね」とやや間をおいて彼女が始めた。「他人《ひと》に食べさせるために自分たちはお腹を空かせてる。四十年前から同じじゃない」

妻が話を区切り、起きているかどうか訊いてくるまで、大佐は黙っていた。彼は起きていると答えた。妻は容赦のない調子で、よどみなく執拗に話を続けた。

「みんなはあの軍鶏で儲けるんでしょうよ、あたしたち以外はね。賭けるお金が一銭もないのはあたしたちくらいなものだわ」

「軍鶏の持ち主には二割の権利があるぞ」

「そう言えば、選挙で一肌脱いであげたときだって、あなたは仕事をもらう権利があったわ」と妻は返した。「それに内戦で命を擲《なげう》ったあとも、軍人恩給をもらう権利があったじゃないの。いまじゃ誰もが生活を保障されてるのに、あなたは死ぬほどお腹を空かしてる、それもまったくひとりきりで」

「ひとりきりなんかじゃない」と大佐は言った。

彼は何かを説明しようとしたが、眠気に負けた。ぼそぼそしゃべり続けていた妻は、ついに夫が眠っていることに気づいた。そこで蚊帳を出て、真っ暗な居間を歩き回った。そこでもまだしゃべり続けていた。明け方、大佐が妻を呼んだ。

戸口に現れた彼女は、ほとんど消えかかったランプに下から照らされて、幽霊のように見えた。彼女はランプを消してから蚊帳に入った。だがあいかわらずしゃべり続けている。

「ひとつやってみよう」と大佐は彼女の言葉をさえぎった。

「できることはただひとつ、軍鶏を売ることよ」と彼女は言った。

「時計だって売れるぞ」

「買ってもらえないわよ」

「明日、アルバロに四十ペソ出させてみるよ」

「出しちゃくれないわ」

「だったら絵を売るさ」

妻がまたしゃべり始めた。今度も蚊帳の外に出ていた。大佐は薬草の匂いがする息を感じた。

「買う人なんかいやしないわ」

「さあどうだろう」と大佐は声の調子を少しも変えることなく、静かに言った。「今は寝なさい。もし明日何も売れなかったら、他のことを考えるさ」

彼は目を開けていようとしたが、眠気に勝てなかった。時間も空間もない物質の底まで落ちていき、そこでは妻の言葉は異なる意味を持っていた。だが一瞬ののち、肩を揺すられているのを感じた。

「答えてよ」

大佐はその言葉が聞こえたのが眠りに入る前だったか後だったかわからなかった。夜が明けようとしていた。日曜日の緑の薄明かりの中に、窓の輪郭がくっきりと浮かび上がっている。熱があるのだと彼は思った。目が熱く火照《ほて》り、意識をはっきりさせるのにひどく苦労した。

「何も売れなかったらどうするの?」と妻が繰り返し訊いた。

「そのときにはもう一月二十日になってるさ」と大佐は、すっかり意識を取り戻して答えた。「二割分はその日の午後に払ってくれるよ」

「うちの軍鶏が勝てばでしょ?」と妻が言った。「だけど、もし負けたら? 負けるかもしれないなんて考えたこともないんだから」

「あいつは負けることができない軍鶏なんだ」

「でも負けるかもしれないって考えてよ」

「そう考え始めるまでにはまだ四十五日あるよ」と大佐は言った。

妻はかっとなった。

「その間《あいだ》あたしたちは何を食べるのよ?」と問い詰め、大佐の下着の襟をつかむと、力いっぱい揺さぶった。

「答えて、何を食べるの?」

大佐は七十五年の歳月――七十五年の人生の一分《いっぷん》、また一分――をかけて、この瞬間に行き着いた。答えたとたん、澄み切って、紛れようがなく、びくともしない気持ちを味わった。

「糞食《ミエ》らえ《ルダ》だ」

一九五七年一月　パリ

火曜日のシエスタ

列車は赤い岩の崖が切り立つ間を地響きを立てながら抜け出ると、均整のとれたバナナプランテーションが果てしなく続く地帯に入る。空気は湿り気を帯び、海からの微風はもはや感じられない。客車の窓から入り込む煙が息を詰まらせる。線路に並行して走る細い道には、青いバナナの房を積んだ牛車が見える。ときおり道の向こう側にバナナの植えられていない土地が不意に現れ、そこには扇風機の回るオフィスや赤レンガのキャンプがあり、埃《ほこり》まみれのヤシの樹とバラの間のテラスに白い椅子と小さなテーブルを置いた人家が建っている。午前十一時、暑さはまだ始まっていなかった。

「窓を閉めたほうがいいよ」と母親が言う。「髪の毛が煤《すす》だらけになるから」

少女は閉めようとするが、錆《さ》びついたブラインドがびくともしない。

飾り気のない三等車の客は二人きりだった。機関車の煙があいかわらず入ってくるので少女は席を立ち、座っていた場所にわずかな持ち物を置く。食べ物と新聞紙にくるんだ花束が入ったビニール袋だ。彼女は窓から離れた反対側の席に移り、母親と向き合って座った。二人とも上から下まで粗末な喪服に身を包んでいる。

少女は十二歳で、旅をするのはこれが初めてだった。女は、瞼《まぶた》に青い血管が浮き、僧衣を短くしたような服をまとった小柄な体は張りがなく凹凸がないので、少女の母親にしては老けすぎて見える。旅の間、座席の背もたれに背筋をぴったりくっつけ、膝の上のエナメルが剝《は》げたバッグを両手で支え、貧しさに慣れた人間特有の潔癖さと落ち着いた雰囲気を漂わせている。

十二時には暑さが始まっていた。列車は水を補給するため、あたりに人家の見当たらない無人駅に十分ほど停車した。外のプランテーションの神秘的な静けさのなかで、影は混じり気がなく黒々としていた。だが客車のなかの淀んだ空気はなめしていない皮の臭いがする。列車はもはや速度を上げなかった。その後、鮮やかな色のペンキで塗られた木造の家が建つ、よく似た二つの町で停まった。女は頭を傾けると眠り込んだ。少女は靴を脱ぐ。それからトイレに行き、しおれた花束を水に浸す。

席に戻ると、母親が食事にしようと待っていた。母親は娘にチーズを一かけ、トウモロコシの丸パンを半分、それに甘いビスケットを与え、ビニール袋から自分用に同じ食べ物を取り出す。二人が食事している間に、列車はゆるゆると鉄橋を渡り、前と同じような町を、時間をかけて通り過ぎた。ただし、この町の広場には人が大勢いて、頭を強引に押さえつけるような日差しの下で楽隊が陽気な曲を演奏していた。町の反対側の乾いてひび割れた平野でプランテーションは尽きていた。

女は食事をやめた。

「靴を履いて」と彼女は言った。

少女は窓の外を見やる。列車はふたたび動き出し、見えるのは荒涼とした平野だけだったが、少女は残ったビスケットのかけらを袋にしまい、急いで靴を履く。女は櫛《くし》を手渡した。

「梳《と》かしなさい」と彼女は言った。

少女が髪を梳かしていると、列車が汽笛を鳴らし始めた。女は首筋の汗を拭き、顔の脂を指で拭う。少女が髪を梳き終えると、列車はこれまでよりも大きいが寂しげな町の、最初の人家数軒の前を通りすぎたところだった。

「したいことがあれば、今しておくのよ」と女は言った。「あとで喉《のど》が渇いて死にそうになっても、どこであろうと水を飲んじゃだめ。何よりも泣かないこと」

少女はこくりとうなずく。窓から機関車の汽笛と古びた車両の立てる大きな音に混じって、乾いた熱風が入ってきた。女は食べ物の残りが入った袋を丸めると、バッグのなかにしまう。一瞬、眩《まばゆ》い八月の火曜日のさなかにある町の全景が、窓枠のなかで輝いた。少女は花を濡れた新聞紙でくるみ、窓からもう少し離れると、母親をじっと見つめる。母親は穏やかな表情で見返す。列車は汽笛を鳴らし終え、速度を落とした。そしてまもなく停まった。

駅に人影はない。通りの向こう側の、アーモンドの並木が影を落とす歩道では、ビリヤード場だけが開いている。町は暑さのなかに浮かんでいた。女と少女は列車を下りると、雑草の力で敷石にひびがいくつも入りはじめている、見捨てられたような駅を横切り、通りを渡って木陰のある歩道まで歩いた。

二時になるところだった。その時間、睡魔に苦しめられた町は昼寝《シエスタ》の最中だった。食料・雑貨店、役場、公立学校は十一時から閉まり、帰りの列車が通る四時ちょっと前まで開《あ》かなかった。開いたままだったのは、駅前のホテル、その食堂、ビリヤード場、それに広場の脇にある電報局ぐらいだった。多くがバナナ会社のモデルに基づいて建てられた人家は、ドアを内側から閉め、ブラインドを下ろしていた。なかにはあまりの暑さに、家の中庭で昼食を取っている人々がいる。またアーモンドの木陰に椅子を置き、往来で座ったまま昼寝をしている者もいる。

女と少女は、アーモンドの樹の庇護を絶えず求めながら、昼寝の邪魔をすることなく町に入っていく。二人はまっすぐ司祭館に向かった。女は爪でドアの網戸を引《ひ》っ掻《か》くと、ほんのしばらく待ち、ふたたび引っ掻いて合図した。なかでは扇風機がうなっている。足音は聞こえなかった。ドアがかすかに軋《きし》る音がしたとたん、金網のすぐそばでひどく用心深い声がこう言った。「どなた？」女は金網越しに相手を見ようとする。

「神父様に用事が」と彼女は言った。

「今はお休み中です」

「急ぐんです」。女は退《ひ》かない。

その声は穏やかだが執拗《しつよう》だった。

ドアが音もなく半分開き、肌がやけに青白く髪が鉄色の、ずんぐりした中年の女が現れた。その目は眼鏡の分厚いレンズのうしろであまりに小さく見える。

「中へどうぞ」と言って、彼女はドアを閉めた。

三人は居間に入った。鮮度を失った花の臭いが染みついている。その家の女は、母親と娘を木のベンチまで案内し、そこに座るように合図した。少女は合図に従ったが、母親は両手でバッグを握りしめたまま、ぼんやり立ちつくしている。扇風機の背後からは何の物音も聞こえてこない。

奥のドアからその家の女が現れた。

「三時過ぎにまたいらっしゃいとのことです」と彼女は声を潜めて言った。「五分ほど前に横になったところなのです」

「汽車は三時半に出るんです」と母親は応じた。

それは短いが確信にみちた受け答えだった。だが声は相変わらず穏やかで、さまざまなニュアンスを含んでいた。その家の女は初めて微笑んだ。

「わかりました」と彼女は言った。

奥のドアがふたたび閉まると、母親は娘の隣に腰掛けた。狭い待合室は粗末ではあるが片付けが行き届き、清潔な感じがする。部屋を仕切る木の手すりの向こう側には、ゴムのテーブル敷きで覆った簡素な事務机があり、上に旧式なタイプライターと花を活《い》けたコップが並んでいる。その後ろには教区関連の記録類があった。そこが独身女性によって整理された書斎であることが見て取れる。

奥のドアが開き、今度は司祭がハンカチで眼鏡を拭《ふ》きながら現れた。その眼鏡をかけたときに初めて、彼が最初にドアを開けた女の兄であることがはっきりした。

「ご用件は？」と司祭が訊く。

「墓地の鍵です」と女は答える。

少女は膝の上に花を置いて座り、ベンチの下で足を交差させていた。司祭は少女に目をやり、それから女を見ると、今度は窓の金網越しに、雲ひとつない輝く空を見やった。

「こんなに暑いのだから」と彼は言う。「日が傾くのを待ってもよかったのに」

女は何も言わずに頭《かぶり》を振った。司祭は手すりの向こうに行き、戸棚からカバーがゴム引きのノートとペン軸、それにインク瓶を取り出し、机に着いた。彼の頭に足りない毛が、手にはあり余っていた。

「誰の墓参りですか？」と司祭が訊く。

「カルロス・センテーノのお墓です」と女は答える。

「誰？」

「カルロス・センテーノです」と女は繰り返す。

司祭は相変わらず思い当たらない。

「先週ここで殺された泥棒です」と女は調子を変えることなく言う。「私は母親です」

司祭はまじまじと女を見た。女が穏やかな表情でじっと見返すので、顔を赤らめる。彼はうつむき加減になってペンを走らせた。書類を埋めながら、身元を明らかにする情報を求めると、彼女はこまごまとした正確な事実をあたかも読み上げるかのように挙げ、動揺することなく応じる。司祭は汗を掻きはじめた。少女は左足の靴のバンドのボタンをはずして踵《かかと》を出すと、靴の踵の上に乗せる。続いて右の踵も同じようにする。

すべては前の週の月曜日、午前三時に、そこから何区画と離れていない場所で始まった。がらくただらけの家に住む孤独な寡婦のレベーカ夫人は、小雨の音をとおして、誰かが通りに面したドアをこじ開けようとしているのを聞きつけた。夫人は起き出すと、アウレリアノ・ブエンディーア大佐の時代以来誰も撃ったことがなかった旧式のピストルを、洋服ダンスのなかから手探りで見つけだし、明かりをつけずに居間まで行った。錠の音よりも二十八年の孤独のなかで募った恐怖心を頼りに、頭のなかでドアの位置だけでなく正確な錠の高さまで思い浮かべた。ピストルを両手で握ると、目をつぶり、引き金を引いた。ピストルを撃つのは生まれて初めてだった。銃声の直後は小雨がトタン屋根にあたる微《かす》かな音しか聞こえなかった。そのあと、コンクリートの歩道に金属が打ち当たる小さな音と、穏やかだがひどく疲れた声が微かに聞こえた。「ああ、母さん」。夜が明けたとき、家の前で死んでいた男は鼻を撃ち砕かれていた。色のついた縦縞のTシャツを着て、粗末なズボンをベルト代わりの縄で留め、裸足だった。町にはその男を知っている者は誰もいなかった。

「するとカルロス・センテーノという名前だったんだ」と司祭は書き終えたときにつぶやいた。

「センテーノ＝アヤラです」と女は言う。「家でただひとりの男でした」

司祭はまた戸棚のところへ行った。扉の内側に釘が一本打ちつけてあり、聖ペテロの鍵だと少女が想像し、母親が少女時代に想像し、当の司祭自身がいつか想像したにちがいない、大きな錆びた鍵が二本懸かっている。彼はそれをはずすと、手すりに載せた開いたノートの上に置き、女を見やりながら、書き込んだページの一か所を人差し指で示した。

「ここにサインを」

女はバッグを小脇に抱えながら、自分の名を書きつける。少女は膝の上の花束を取り上げ、靴を引きずりながら手すりのところへ行って、母親を注意深く観察する。

教区司祭はため息をついた。

「息子さんに正しい道を歩かせようとしたことは一度もないのですか？」

女はサインし終えると応えた。

「あれはとても良い人間でした」

司祭は母親と少女をかわるがわる見て、二人が泣きそうにならないのを確かめ、一種の敬虔な驚きを味わった。

女は相変わらず同じ態度でいる。

「食べるのに必要だからといって、何かを盗んだりしちゃいけないと、あの子にはいつも言い聞かせていて、あの子はそのとおりにしてたんです。それどころか、前に、ボクシングをやってたときなんか、さんざんパンチを浴びて体が綿みたいになり、三日も寝込んでいました」

「歯を全部抜かなくちゃいけなかったの」と少女が口をはさむ。

「そうなんです」と女が言った。「あのころは、何かを一口食べるたびに、毎週土曜日の夜にあの子が浴びるパンチの味がしたものです」

「神のご意志というのは人の知り得ないものなのです」と司祭は言った。

だが、そう言ってみたものの、経験によりいくらか懐疑的になっていたこと、それに暑さのためもあって、それほど確信がもてなかった。司祭は二人に、日射病を防ぐため頭に何か被《かぶ》るよう勧めた。彼は欠伸《あくび》をしながら、今やほぼ完全に眠った状態で、カルロス・センテーノの墓を見つけるにはどうすべきかを指図した。帰りにはノックをしなくてかまわない。鍵はドアの下から差し入れ、教会への寄付があれば同じ場所へ置くように。女は説明を注意深く聞くと礼を言ったが、にこりともしなかった。

通りに面したドアを開ける前に、司祭は誰かが金網に鼻を押しつけ、中を覗《のぞ》いているのに気づく。子供たちの群れだ。ドアが開ききると、子供たちは四方に散った。普段ならその時間だと通りには誰もいない。だが今は、子供たちだけではない。アーモンドの木陰に人々が集まっている。司祭は反射熱で歪んで見える通りを観察して初めて理解した。彼はドアをもう一度そっと閉めた。

「ちょっと待ちなさい」と彼は女を見ずに言った。

奥のドアから、寝巻に黒い上着をはおり、解《ほど》いた髪を肩に垂らした妹が現れた。彼女は黙って司祭を見た。

「どうした?」と彼は尋ねる。

「みんなが気づいたのよ」と妹が小声で言う。

「中庭のドアから出たほうがいいな」と司祭は応える。

「同じことよ」と妹が言う。「みんな窓から見てるわ」

母親はそのときまでわかっていなかったようだ。金網越しに通りを見ようとした。そのあと少女から花束をひったくるように取り上げ、ドアに向かって歩き出した。少女が追いかける。

「日が傾くのを待ちなさい」と司祭は言った。

「溶けてしまいますよ」と居間の奥でじっと立っていた妹が言う。「ちょっと待って、日傘《ひがさ》を貸しますから」

「ありがとうございます」と女は応えた。「私たちはこのままで大丈夫です」

女は少女の手を取ると、通りに出た。

ついにその日が

月曜日の夜明けは生暖かく、雨は降っていなかった。資格をもたない歯医者で、かなり早起きのドン・アウレリオ・エスコバルは、六時に診察室を開けた。ガラス戸棚からまだ石膏《せっこう》の型にはまったままの入れ歯を取り出し、机の上に一握りの治療器具を置くと、展示でもするように、大から小へと順番に並べた。襟《えり》なしのストライプのシャツを着て、一番上を金ボタンで留め、ズボンをサスペンダーで吊っていた。背筋が伸び、瘦《や》せていて、眼差《まなざ》しは耳が不自由な者のように、周りの状況と釣り合うことはめったになかった。

机の上にあれこれ物を並べ終えると、ドリルをスプリング付きの肘《ひじ》かけ椅子《いす》のほうへ動かし、腰を下ろして入れ歯を磨き始めた。自分のしていることに意識がないようだったが、頑《かたく》なに働き続け、必要がないときもペダルを踏んでいた。

八時を過ぎると一息入れて、窓から空を眺めると、隣の家の棟で二羽のヒメコンドルが考え深げに日光浴をしているのが見えた。彼は、昼飯前にまた降り出すだろうと考えたりしながら、作業を続けた。十一歳になる息子の調子っぱずれの声に、ふと我に返った。

「父さん」

「何だ」

「町長さんが歯を抜いてもらえるか訊いてるよ」

「留守だと答えておけ」

金歯を磨いているところだった。腕を伸ばしてそれを遠ざけ、目を細めて点検した。小さな待合室で、息子がまた叫んだ。

「父さんの声が聞こえるから絶対いるはずだって」

歯医者はあいかわらず金歯を調べていた。他の出来上がったものと一緒にそれを机の上に置くと、初めて言った。

「放っておけ」

ふたたびドリルを使い始めた。まだ手を付けていないものが入った小さなボール箱から、歯がいくつもついたブリッジを取り出し、金歯を磨き始めた。

「父さん」

「何だ」

まだ声の調子は変わらなかった。

「歯を抜いてくれないと、一発ぶち込むって」

慌《あわ》てることもなく、極端に落ち着いた動作でドリルのペダルを踏むのを止めると、椅子から離し、机の低い方の引き出しをいっぱいに開けた。中に銃があった。

「そうか」と彼は言った。「ぶち込みにくるようにと伝えろ」

片手を引き出しの縁に掛けたまま、ドアに向き合うまで椅子を回転させた。町長が戸口に現れた。

左の頰《ほお》は髯《ひげ》が剃《そ》ってあったが、右は痛々しく腫れ上がり、五日分の髯が伸びていた。歯医者は町長のしょぼしょぼした目に、絶望的な夜を何度も過ごしたことを見て取った。彼は指先で引き出しを閉めると、穏やかな調子で言った。

「椅子に掛けなさい」

「お早う」と町長は言った。

「お早う」と歯科医は返した。

器具が煮え立つあいだ、町長は椅子の枕に頭をもたせ掛けた。すると楽になった。彼はひんやりする匂いを吸っていた。粗末な診察室だった。古い木の椅子、ペダル式のドリル、取っ手が陶器のガラス戸棚。椅子の向かいには、人の背の高さまで布で目隠しした窓があった。歯医者が近づいてくるのを感じると、町長は踵《かかと》に力を入れ、口を開けた。

ドン・アウレリオ・エスコバルは彼の顔を明かりのほうへ向けた。傷んだ歯を観察し終えると、用心深く指に力を入れて顎《あご》を合わせた。

「麻酔なしだな」と彼は言った。

「なぜだ」

「化膿《かのう》しているからね」

町長は歯医者の目をじっと見た。

「わかった」と言って、彼は笑顔を作った。歯医者はそれに応えなかった。煮立った器具の入った両手鍋を仕事机に運び、相変わらず急ぎもせずに、冷たいピンセットでお湯の中から器具を取り出した。それから痰壺《たんつぼ》を靴の先で押して椅子に近寄せると、洗面器のところへ行って手を洗った。彼は何もかも町長には目もくれずに行った。だが町長は、彼から目を離さなかった。

それは下の知歯《おやしらず》だった。歯医者は足を開き、熱い鉗子《かんし》で歯を挟《はさ》んだ。町長は椅子の肘かけにしがみつき、足に全身の力を込めた。腰のあたりがひやっとして空っぽになった気がしたが、ため息ひとつ漏らさなかった。歯医者は手首を動かしただけだった。そして恨みよりもむしろ苦い優しさを込めて言った。

「ここで我々の死者二十人分の償いをしてもらうよ、中尉」

町長は顎の骨がきしむのを感じ、目に涙が溢《あふ》れた。しかし歯が抜けるのを感じないうちは、ため息をつかなかった。そのとき、涙の向こうにそれが見えた。それは痛みとおよそ無関係に思えたので、彼には過去五日間の夜の苦痛が理解できなかった。汗を掻《か》き、喘《あえ》ぎながら痰壺の上に身を屈め、軍服のボタンをはずし、手探りでズボンのポケットのハンカチをさがした。歯医者は清潔な布を渡してやった。

「涙を拭《ふ》くがいい」と彼は言った。

町長は言われたとおりにした。全身がわなないていた。歯医者が手を洗っている間に、板のない天井とクモの卵や虫の死骸がくっついたクモの巣を見た。歯医者は手を拭きながら戻ってきた。「横になるんだな」と彼は言った。「塩水でうがいをすること」。町長は立ち上がり、別れ際に、よそよそしく軍隊式の敬礼をすると、軍服のボタンも掛けずに、足を引きずりながら戸口に向かった。

「勘定はこっちに回してくれ」と彼は言った。

「あんたにかね、それとも役場に」

町長は彼を見なかった。ドアを閉めると、金網越しに言った。

「どっちでも同じだ」

この町に泥棒はいない

一番鶏《いちばんどり》が鬨《とき》の声《こえ》を上げるころ、ダマソは部屋に帰ってきた。六か月の身重《みおも》だった妻のアナは服を脱がず、靴も履いたまま、ベッドに腰掛けて彼を待っていた。ランプは灯油が尽きかかっている。ダマソは妻が一晩中まんじりともせずに待っていたこと、しかもダマソが目の前に見えているはずなのに、まだ彼を待ち続けていることがわかった。もう大丈夫だという仕草をしてみせても、なんの反応もなかった。だが、夫が手に持つ赤い布の包を驚いた目で見すえると、唇を嚙《か》みしめ、震えだした。ダマソは黙って妻の胴衣を強くつかんだ。彼の身体はすえくさかった。

アナはあやうく宙に浮きかけた。彼女は泣きだし、体の重みをすべて縦縞《たてじま》のTシャツ姿の夫に預けると、自分の感情の高ぶりが治まるまで腰にしがみついていた。

「座ったまま寝ちゃったの」と彼女は言った。「突然ドアが開いて、あんたが突き飛ばされるように入ってきた、それも血まみれでよ」

ダマソは何も言わずに妻を引き離し、またベッドに腰掛けさせた。それから彼女の膝の上に包を置くと、中庭へ用足しに出た。そこで彼女は結び目をほどき、中身を見た。ビリヤードのボールが三個あり、二個は白、一個は赤で、艶《つや》はなく、キューで撞《つ》かれた傷あとだらけだった。

ダマソが部屋に戻ってくると、アナはけげんそうな顔でボールを見つめている。

「これ、何に使うの？」と彼女が訊く。

彼は肩をすくめた。

「ビリヤードさ」

ダマソはそれを包み直し、即席に作った鍵、懐中電灯、ナイフとともにトランクの底にしまい込んだ。アナは服を脱がず、壁を向いて横になった。彼はズボンだけ脱ぎ、ベッドに寝そべる。暗がりの中で煙草を吸い、あちこちから聞こえてくる明け方のさまざまなささめきを耳にしながら、自分の冒険の跡をたどってみようとする。そのとき、妻が眠っていなかったことに気づいた。

「何考えてんだ？」

「何も」と彼女は答えた。

ただでさえバリトンみたいな調子の声が、恨みがこもってよけい重たく響く。ダマソは最後のひと口を吸い終えると、吸殻《すいがら》を床でもみ消した。

「ほかに何もなかったんだ」と彼はため息交じりに言った。「一時間ぐらい中にいたけどな」

「撃たれててもおかしくないわ」と彼女は言った。

ダマソはぞっとした。「くそっ」、と言って、ベッドの木枠を拳《こぶし》で叩いた。そして床に置いておいた煙草とマッチを手探りで探した。

「あんたには人の心がわかんないのよ」とアナが言う。「あたしがここで眠れずにいたってこと、考えてくれなけりゃ。だって、表で物音がするたびに、あんたが死体で運ばれてきたんじゃないかと思ったんだから」。そしてため息をつくと言い足した。「そのあげくがビリヤードのボール三個だなんて」

「引き出しには二十五センターボしかなかったんだ」

「だったら何も取ってこなけりゃよかったのよ」

「入るのに苦労したんだぞ」とダマソは言った。「手ぶらじゃ戻れねえだろう」

「何でもいいからほかの物を取ってくればよかったのよ」

「それしかなかったんだ」とダマソが言う。

「ビリヤード場ぐらい物がたくさんある場所なんてないのに」

「そう見えるだろ」とダマソが応じる。「けれど、中に入って、周りに何があるかくまなく調べてみろ、めぼしい物なんて何ひとつありゃしねえ」

アナはしばらく黙り込んでいた。ダマソは彼女が目を開けたまま、記憶の闇の中で何か値打ちのある物を見つけようとしているのだろうと想像した。

「そうかもね」と彼女は言った。

ダマソはまた煙草を吸う。酔いは同心円を描くように刻一刻とさめていき、身体の重みと大きさが戻ってくると、だんだん自分が自分だという気がしてきた。

「店ん中に猫がいたよ」と彼は言った。「どでかい白猫だ」

アナは寝返りを打ち、ふくらんだお腹を夫のお腹にくっつけると、片脚を彼の膝の間に突っ込む。あたりは玉ネギの匂いがしていた。

「びくびくした？」

「俺がか？」

「あんたよ」とアナが言う。「男もびくつくっていうから」

アナがくすっと笑うのがわかったので、ダマソも笑い返す。

「ちょっとばかりな」と彼は言った。「小便がしたくてたまんなかったよ」

アナに口づけされるままになっていたが、返しはしなかった。それから、危険だったことに気づいたものの、悔やむでもなく、旅の記憶をたどるようにして、自分の冒険をあれこれつぶさに語った。

アナはしばらく黙っていたが、やがてぽつりと言った。

「正気の沙汰じゃないわね」

「何だって始まりが肝心なんだ」と言ってダマソは目をつぶった。「それに、初めてにしちゃ、それほどドジを踏んだわけでもねえしな」


日差しはなかなか強くならなかった。ダマソが目を覚ますと、妻はしばらく前に起きていた。彼は中庭の蛇口の下に頭を突っ込み、目が覚めきるまで、何分間もその恰好《かっこう》でいた。二人が暮らしていたのは、よく似た部屋が共同の中庭の周りに円形に連なる部屋のひとつで、それぞれ独立し、中庭には物干し用の針金が何本も張られていた。アナは壁を背にしてブリキ板で中庭と仕切り、そこに簡易コンロをしつらえて調理をしたりアイロンを熱したりするのに使い、小さなテーブルも置いて食事とアイロン掛けに利用していた。夫が近づいてくるのが目に入ると、アイロンを掛け終えた衣類を脇にやり、コンロから鉄製のアイロンを外し、コーヒーを温めた。アナは年上で、ひどく青白かったが、そのよどみない身のこなしは心地よく、世間慣れした人々に見られる類のものだった。

頭痛の霧がかかりながらもダマソには、妻が目で何か言おうとしているのがわかった。そのときまで、中庭の人々の声に気をとめていなかったのだ。

「朝からずっとあのことでもちきりよ」とアナはコーヒーを注いでやりながらささやいた。「男たちはちょっと前に現場へ出かけたわ」

ダマソは男も子供も中庭から消えていることを確かめた。コーヒーを飲みながら、洗濯ものを干している女たちのおしゃべりに黙って耳を傾けていた。最後に煙草に火を点けると、台所を出た。

「テレサ」と呼んだ。

濡れた服が身体に張り付いた少女が、呼ばれて返事をした。

「気をつけてよ」とアナが言った。少女が近づいてきた。

「何があったんだ?」とダマソが訊いた。

「ビリヤード場に泥棒が入ってね、何もかも盗んでったんだって」と少女は答えた。

少女はこまごまとしたことまで噂《うわさ》を聞かされているらしかった。店の中の部屋を順に荒らし、ビリヤード台まで運んで行ってしまった模様を説明した。あまりに確信ありげに話すものだから、ダマソはそれが事実ではないとは思えないほどだった。

「くそっ」と彼は台所に戻るときに吐き捨てるように言った。

アナは何やら歌を口ずさみはじめた。ダマソは中庭の壁に椅子をもたせかけ、不安をまぎらそうとした。三か月前、二十歳を迎えたときに密かな犠牲的精神と慈しみをこめてたくわえ始めた真一文字の口ひげは、疱瘡《ほうそう》の痕《あと》の残るごつごつしたあばた面に、成熟した男の雰囲気を与えていた。それ以来、彼は自分が大人になった気がした。だがその朝、前の晩の記憶が頭痛の湿地の中を漂っていたために、どこから日常生活に戻ったらいいものか分かりかねていた。

アイロン掛けを終えるとアナは、きれいになった衣類を同じかさになるように二つに分け、出かけようとした。

「遅くなるなよ」とダマソが言った。

「いつもと同じ」

彼は部屋まで妻のあとに続いた。

「そこにチェックのシャツを置いとくわ」とアナは言った。「フランネルのはもう着ないほうがいいわよ」。彼女は猫みたいに澄み切った夫の目をまともに見た。「誰に見られたかわかりゃしないもの」

ダマソは両手の汗をズボンで拭った。

「誰にも見られちゃいねえよ」

「わかりゃしないわよ」とアナはまた言った。彼女は両腕にそれぞれ洗濯物の包を抱えていた。「それに、あんたは外には出ない方がいい。まずあたしがあのあたりを見回って来るから、知らんふりしてね」

町では例の噂でもちきりだった。人によって解釈が異なったり矛盾したりするものだから、アナは同じ話の細々としたことに何度も聞き耳を立てる必要があった。洗濯物を配り終えると、いつもの土曜日のように市場に行く代わりに、まっすぐ広場に向かった。

ビリヤード場の前には想像したほど人はいなかった。アーモンドの木陰で話し合っている男たちもいた。シリア人たちは昼飯のために色とりどりの布をしまっていたし、雑貨を売る店はどれもこれも日よけの幌《ほろ》の下で、居眠りをしているみたいだった。ホテルのロビーでは、揺り椅子で手足を広げ、口を開けたまま、だらしのない恰好で眠りこけている男もいた。すべてが正午の暑さの中で、麻痺したようにぐったりしていた。

アナはビリヤード場に沿って歩いていき、船着場の向かいの何もない空き地を通りかかると、人だかりがしていた。するとダマソが言っていたことを思い出した。誰もが知ってはいるが、頭に入っているのは店の客だけというある事実、つまりビリヤード場の裏口はその空き地に面しているということだ。ただちにアナは、お腹を両腕で抱えながら、人だかりに紛れ込み、壊された扉をじっと見やった。錠前は無傷だったが、下の留め金は片方が奥歯のように引き抜かれていた。アナは少しの間、その孤独でつつましい仕事による破壊の跡を眺めたが、夫のことを思うと、なんだか哀れになった。

「誰がやったのかしら?」

アナは周りを見ようとはしなかった。

「それがわからないんだ」と人々が答えた。「よそ者がやったらしい」

「絶対そうよ」とひとりの女が背後で言った。「この町に泥棒はいないんだから。みんな顔見知りだもの」

アナは振り返った。

「そうよね」と微笑みながら言った。汗をぐっしょりかいていた。隣に首筋に深い皺《しわ》の刻まれたひどく年老いた男がいた。

「何もかも持ってったのかしら?」と彼女は訊いた。

「二百ペソにビリヤードのボールだ」と老人は答えた。その場にそぐわない目つきで老人はアナを眺めまわした。「そのうち目を開けたまま眠んなきゃならなくなりそうだな」

アナは目を逸らした。

「そうね」と彼女はまた答えた。頭に布を被《かぶ》るとその場を離れたものの、老人がまだ目で追っているという気がしてならなかった。

空き地に群れていた人々は、十五分ばかり、壊された扉の向こうに死者がいるかのように、丁重な態度を示していた。その後はがやがやし始め、向きを変えると、広場にぞろぞろ戻っていった。ビリヤード場の店主は、町長それに二人の警官と一緒に入り口にいた。背は低く丸々太り、ズボンは出っ張ったお腹の圧力だけで支え、子供がするみたいな眼鏡をかけていたものの、貫録が薄れていくように見えた。

野次馬が彼を取り囲んでいた。アナは壁にもたれ、店主の報告することを、人々が散り始めるまでじっと聞いていた。それから部屋に戻ったが、隣近所の連中が喧《やかま》しく騒ぎ立てる中にいて、息苦しく、頭に血が上っていた。

ベッドに大の字になっていたダマソは、前の晩煙草も吸わずにアナがどうやって自分の帰りを待っていたのだろうと、繰り返し自問していた。彼女が笑顔で入ってきて、汗でぐっしょりの布を頭からはずすのを見ると、ダマソは、まだほとんど吸っていなかった煙草を土間でもみ消したが、吸殻はすでに川を成していた。彼はひどく苛立ちながら待ちかまえた。

「でどうだった?」

アナはベッドの前に跪《ひざまず》いた。

「泥棒だけじゃなく、あんたは嘘《うそ》つきよ」と彼女は言った。

「なんでだよ?」

「だって、引き出しには何もなかったって言ったじゃない」

ダマソは眉をひそめた。

「何もなかったよ」

「二百ペソあったのよ」

「そんなの嘘だ」彼は大声を上げて否定した。ベッドに胡坐《あぐら》をかくと、打ち明けるような調子を取り戻して言った。「たった二十五センターボしかなかった」

アナは納得した。

「あの盗人《ぬすっと》のくそじじい」と言ってダマソは拳を握った。「顔をぶっつぶしてもらいてえんだな」

アナはあけすけに笑った。

「乱暴はよしてよ」

ダマソもついに笑い出した。彼が髭《ひげ》を剃っている間、妻は調べがついたことを伝えた。警察はよそ者を捜していた。

「そいつは木曜日にやってきたらしいの、昨夜、船着場のあたりをうろついているところを目撃されてるんだって」と彼女は言った。「まだどこにも見つからないそうよ」。ダマソは一度も見たことのないよそ者のことを考え、一瞬本気でその男に疑いを抱いてしまった。

「もう逃げちゃったかもよ」とアナは言った。

いつものようにダマソは身づくろいするのに三時間かけた。まずは口髭をミリ単位で整えた。次は中庭の水道の水を浴びた。アナは、彼の厄介な髪の手入れを着実に進めていく。その熱の入れかたは、初めて彼に会った夜から少しも変わらなかった。赤いチェックのシャツを着た夫が、出かける前に鏡に姿を映しているのを見ると、アナは自分がもう若くなく、身だしなみに気を配っていないことに気づいた。ダマソは彼女の前で、プロのボクサーのように軽いステップを踏んで見せた。彼女はその両手首をつかんだ。

「お金はあるの？」

「俺は金持ちさ」とダマソは機嫌よく答えた。「二百ペソ持ってるんだからな」

アナは壁のほうを向くと、胸元から丸めた札束を取り出し、夫に一ペソ渡しながら言った。

「ほら取って、ホルヘ・ネグレーテ（メキシコの俳優）」

その晩、ダマソは友人グループと広場にいた。日曜日の市で売るための物を担いで田舎からやってきた人々は、揚げ物の屋台と宝くじを売る台の間にテントを張り、着いた日の夜から彼らがいびきをかくのが聞こえた。ダマソの友人たちは、野球の選手権のラジオ放送ほどにはビリヤード場の盗難事件のことに興味を抱いていないようだったが、その晩は店が閉まっているので、どうやら放送を聴けそうになかった。野球の話をしているうちに、別に意見が一致したわけでも、あらかじめどんなプログラムをやっているのかを知っていたわけでもないのに、みんなは映画館に入った。

中ではカンティンフラス（メキシコの俳優）の喜劇をやっていた。ダマソは最前列に座り、屈託なく笑った。彼はすっかり気が晴れた。六月の晴れた晩で、映写機がスクリーンに小糠雨《こぬかあめ》しか映さない空白の瞬間には、屋根のない映画館に星空が静かにのしかかっていた。

突然、スクリーンの映像がぼやけ、観客席の奥で大きな音がした。場内がいきなり明るくなったとき、ダマソは自分が見つかって指を差された気がし、走り出そうとした。だがすぐに、客席の観客が身動きせずにいるのと、ベルトを手に巻いた警官が重そうな銅のバックルで、ひとりの男を狂ったように殴りつけているのが目に入った。相手は黒人の大男だった。女たちが悲鳴を上げ出すと、黒人を殴っていた警官はそれより大きな声で叫び出した。「このこそ泥！　こそ泥野郎が！」黒人は二人の警官に左右の腰を殴りつけられながら、客席の間を転げまわっていたが、ついに背中を押さえつけられてしまった。それからバックルで殴りつけていたほうの警官が、ベルトで腕のあたりを後ろ手に縛りあげ、三人で扉のほうへ引き立てた。何もかもがあっという間の出来事だったので、ダマソは、シャツが破れ、汗と血にまみれた顔に埃《ほこり》がべっとりくっついた黒人が、自分のそばを通りすぎるときに「人殺し、人殺し」と言いながら泣きじゃくっていたので、初めて何が起きたかが理解できたのだった。やがて照明が消え、上映が再開された。

ダマソはもう笑えなかった。煙草をひっきりなしにふかしながら、ストーリーがつながらなくなった映画をところどころ見ているうちに、場内の明かりが点き、客たちは現実に怯《おび》えたように互いに顔を見合わせた。「いい映画だった」と隣の誰かが大声で言った。ダマソはその男を見なかった。

「カンティンフラスは最高だな」と彼はその男に言った。

人の流れに押されて出口までできた。食べ物を売っていた女たちは、道具を背負って、家路を急いでいた。すでに十一時を回っていたが、外には人が大勢いて、出てくる客に黒人が捕まったときの様子を教えてもらおうと、待ち構えていた。

その夜、ダマソは非常に用心深く自分の部屋に戻ったので、アナが夢うつつで気づいたときには、夫はもうベッドに寝そべり、二本目の煙草を吸っていた。

「食事は熾火《おきび》にかけてあるから」と彼女が言った。

「腹なら減ってない」とダマソは応えた。

アナはため息をついた。

「ノラがバターで人形を作っている夢を見たわ」と彼女はまだ目を覚まさないまま言った。そのあと急に、自分がいつの間にか眠っていたことに気づき、ダマソのほうを向くと、まぶしそうに目をこすりながら言った。

「よそ者が捕まったの」

ダマソはとっさに言葉が出なかった。

「誰が言った？」

「映画館で捕まったんだって」とアナは言った。「みんなまだあのあたりにたむろしてるわよ」

彼女は歪められた逮捕劇の一部始終を語って聞かせた。ダマソは間違いを正さなかった。

「可哀そうに」アナはため息をついた。

「なんで可哀そうなんだよ」とダマソは気色ばんで言い返した。「だったらお前は、パクられたのが俺だったらよかったって言うのか？」

彼女は夫のことがわかり過ぎるほどわかっていたので、言い返さなかった。一番鶏が鬨の声を上げるまで、喘息もちみたいな息遣いで夫が煙草を吸い続けるのがわかった。そのうち、彼が起き上がり、部屋のあちこちで目よりも手探りのほうが必要らしい怪しげな作業をしているのが感じられた。やがてベッドの下の土を十五分以上も掘り返し、そのあと音を立てないようにしながら、暗い中で服を脱ぐのがわかったが、アナが、自分がすっかり寝入っていると思わせることで一瞬たりとも手を抜くことなく夫の手助けをしていたことなど知る由もなかった。彼女のそれこそ素朴な勘が働いた。ダマソが映画館にいたことがわかり、なぜベッドの下にビリヤードのボールを今しがた埋めたのか納得した。

ビリヤード場は月曜日に再開し、興奮した客が押し寄せた。ビリヤード台が紫色の布で覆われていたので、店に喪中のような雰囲気が漂っていた。壁には〈ボールがないため休業します〉という貼り紙があった。人々は店内に入ってきて、何か目新しいことででもあるかのようにそれを読んだ。中には長いことその前に立ちつくし、不可解なまでに熱心に何度も読み返す者もいた。

ダマソは最初の客たちに交じっていた。彼は人生の一部をビリヤードの見物客用の長椅子の上で過ごし、店が再開してからもそこに陣取った。彼はカウンター越しに店主の肩を軽く叩き、そして言った。それは悔やみの言葉のようでひどく言いづらかったが、ほんの一瞬のことでもあった。

「とんだ災難だったね、ドン・ロケ」

店主は頭《かぶり》を振って悲しげに微笑むと、ため息交じりに言った。「見てのとおりさ」。そして客の相手を続ける一方、ダマソはカウンターの高椅子に腰掛け、紫の布が掛かった不気味に見えるビリヤード台を眺めていた。

「なんか変だな」とダマソが言った。

「まったく」と隣の椅子の男がうなずいた。「まるで聖週間って感じだ」

客のほとんどが昼食のために出て行ってしまうと、ダマソはジュークボックスにコインを入れ、表示板のどの位置にあるか覚えてしまっているメキシコの歌謡曲を選んだ。ドン・ロケはテーブルや椅子をビリヤード場の奥へ運んでいた。

「何してるんだい？」とダマソは訊いた。

「カードができるようにするんだ」とドン・ロケは答えた。「ボールが届くまで何かやらなくちゃな」

両腕にそれぞれ一脚ずつ椅子を持ち、おっかなびっくり運んでいる姿は、寡《やもめ》になりたての男みたいだった。

「ボールはいつ届く？」とダマソは訊いた。

「ひと月たらずだと思うが」

「それまでに前のが出てくるかもよ」とダマソは言った。

ドン・ロケはテーブルの列を満足そうに眺めた。

「出てきそうもないな」と言って、袖で額の汗を拭った。「あの黒人ときたら、土曜日から何も食わせてもらってないのに、どこにあるのか吐こうとしないんだ」

彼は汗で曇った眼鏡をとおしてダマソの顔色を窺《うかが》った。

「きっと川に放り込んだんだろうよ」

ダマソは唇を噛みしめた。

「それで二百ペソのほうは？」

「それもだめだ」とドン・ロケは答えた。「奴からは三十ペソしか見つからなかったとさ」

二人の目が合った。ダマソは、理由は説明できそうもなかったが、自分との間に交わされたその眼差しによって、ドン・ロケとの間に共犯関係ができあがっているという印象を受けた。その日の午後、アナは洗濯場から、夫がボクサーみたいにステップを踏みながら帰ってくるのを見た。彼女は後を追って部屋に入った。

「もう平気だ」とダマソは言った。「あの親爺《おやじ》、すっかり諦めて、新しいボールを発注したよ。あとは覚えている奴がいなくなるのを待つだけだ」

「じゃああの黒人は？」

「別にどうってことねえさ」とダマソは両肩を上げて答えた。「あいつからボールが見つからなきゃ、釈放せざるをえないもんな」

食事の後で、二人は通りに面した戸口に座り、映画館のスピーカーが鳴り止むまで隣近所の連中と喋っていた。寝るときになると、ダマソは興奮していた。

「この世で最高の商売を思いついたぞ」

彼が夕方からずっと同じことばかり考えていたことがアナにはわかった。

「田舎町を次から次へと回ってさ」とダマソは続けた。「ビリヤードのボールを盗んじゃ、別の町でそいつを売るんだ。どの町にだってビリヤード場はあるからな」

「一発撃たれるまではね」

「冗談言うな、撃たれるなんて」とダマソは言った。「そんなのは映画の中でしか起こらねえよ」

彼は部屋の真ん中に突っ立ったまま、ひとり興奮して息を切らしていた。アナは知らんふりをして服を脱ぎ始めたが、実際には彼の話を哀れみをこめて聞いていた。

「服を買うぞ、一列分な」とダマソは言って、人差し指で壁の大きさほどある頭の中の衣装部屋を描いて見せた。「ここからあそこまでな。それと靴を五十足ばかり」

「運が良ければね」とアナは応じた。

ダマソはきっとなって彼女を睨んだ。

「俺のすることが気に食わねえんだな」と彼は言った。

「あたしにとっちゃ気が遠くなるような話だもの」とアナは応じた。彼女はランプを消して壁向きに横になり、ある種の苦々しさをこめて言い添えた。「あんたが三十になったときにはあたしは四十七なんだから」

「馬鹿言うな」とダマソは応じた。

彼はポケットに手を突っ込み、マッチを探した。

「お前だってもう洗濯物を叩いて暮らさなくて済むんだぞ」と彼はちょっぴり動揺しながら言った。アナは火を点けてやった。マッチの炎が燃え尽きるまで見つめ、そして燃え殻を捨てた。ダマソはベッドに寝そべったまま喋り続けた。

「ビリヤードのボールは何から作るか知ってるか?」

アナは答えなかった。

「象牙からだ」と言って彼は続ける。「見つけるのが相当難しいから、店に届くまでひと月はかかる。わかったか?」

「寝たらどう」とアナが口を挟んだ。「こっちは朝五時起きなんだから」

ダマソはいつもどおりの状態に戻っていた。午前中はベッドで煙草を吸って過ごし、昼寝をしたあと身支度を始め、そして出かけるのだった。夜はビリヤード場で、ラジオの野球放送を聴いた。彼の長所は、夢中になって何か計画を思いつくのだが、それを実にあっさりと忘れてしまうところにあった。

「金持ってるか?」と土曜日に彼は妻に尋ねた。

「十一ペソなら」と彼女は答えた。それからやんわりと言い添えた。「家賃だけど」

「もうけ話があるんだ」

「どんな?」

「そいつを貸してくれよ」

「家賃を払わなけりゃ」

「あとで払えばいい」

アナは首を振った。ダマソは彼女の手首をつかみ、朝食を食べ終えテーブルから立ち上がろうとするのを阻んだ。

「二、三日のことさ」と言って、彼は妻の腕をわざとらしく撫でさすった。「ボールが売れりゃ、金が入って何にだって使えるんだ」

アナは譲らなかった。その晩、映画館でダマソは、休憩時間に友人たちと喋っているときでさえ、彼女の肩を抱いたままだった。二人はとぎれとぎれにしか映画を観なかった。ついにダマソが切れた。

「だったら俺に金を盗ませる気だな」と彼は言った。

アナは肩をすくめた。

「最初に出遭《であ》った奴を棒で殴りつけてやるからな」とダマソは、映画館から立ち去る大勢の人々の中へ彼女を押しやりながら言った。「そうすりゃ俺は人殺しってことでしょっ引かれてブタ箱入りだ」

アナは心の内で微笑んだ。それでも相変わらず折れなかった。夜、嵐が吹き荒れた。翌朝、ダマソはアナに見せつけるように素早く服を着た。妻の脇を通るとき、捨て台詞のように言った。

「二度と戻らないからな」

アナは軽い身震いが治まらなかった。

「元気でね」彼女は声を張り上げて言った。

勢いよくドアを閉めたあと、ダマソにとって果てしなく続く空しい日曜日が始まった。公設市場の彩《いろど》り豊かな陶磁器を売る店や、目にも鮮やかな色とりどりの服を着て八時のミサから出てくる子連れの女たちが、広場に明るい色調を添えていたが、空気は暑さで次第に耐え難くなり始めてきた。

ダマソはその日をビリヤード場で過ごした。午前中は一組の男たちがカードゲームをしていて、昼食前には一時的に客で込み合った。だが、店が魅力を欠いてしまったことは明らかだった。夜になって野球の放送が始まると、初めて店は以前の活気をいくらか取り戻すことになる。

ビリヤード場が閉店してしまうと、ダマソは行くあてもなしに、血の気の失せたような広場にいた。遠くから聞こえる陽気な音楽に誘われて、船着場に沿った通りを下っていった。通りの尽きるあたりに、色褪《いろあ》せた紙の花飾りが施されてはいるものの、ばかでかいだけでぱっとしないダンスホールがあり、ホールの奥の板張りの壇上にバンドがいた。室内はむっとする口紅の匂いが漂っていた。

ダマソはカウンターに腰掛けた。曲が終わるとバンドでシンバルを叩いていた若者が、踊ってい

た人々の間を回ってチップを集めた。ひとりの娘がダンスの相手をホールの真ん中に置き去りにし

て、ダマソのところへ近づいてきた。

「どう、元気、ホルヘ・ネグレーテ？」

ダマソは彼女を隣に座らせた。顔に白粉《おしろい》をはたき、耳にカーネーションの花をあしらったバーテ

ンダーが裏声で訊いた。

「あんたたち何飲むの？」

娘はダマソに尋ねた。

「何飲む？」

「いらねえよ、何も」

「あたしがおごるから」

「そうじゃなく」とダマソが言った。「腹が減ってんだ」

「まあ残念ね」とバーテンダーはため息をついた。「そんなにすてきな目をしてるのに」

二人はホールの奥の食堂に行った。体つきからするとその娘はひどく若そうだったが、厚く塗っ

た白粉や頰紅《ほおべに》、それに口紅のせいで、本当の歳がわからなかった。食事を終えると、ダマソは彼女

について、暗い中庭の奥にある部屋に行った。中庭では、動物の寝息が感じられた。ベッドは色と

りどりの布にくるまれた生後間もない男の赤ん坊が占めていた。娘は布を木箱の内側に敷いて子供

を中に寝かせ、その箱を床に置いた。

「ネズミがかじるぞ」とダマソは言った。

「かじったりしないわよ」と彼女が応えた。

彼女は赤いドレスから、もっと胸の開いた大きな黄色い花柄のドレスに着替えた。

「父親は誰なんだ？」とダマソが尋ねた。

「それが全然わかんないの」と娘は答えた。そしてドアから出るとき言った。「すぐ戻るわ」

彼女が錠《かぎ》を掛ける音がした。ダマソは服を着たままベッドにあお向けになり、煙草を何本も吸った。背中の下の粗布がマンボのリズムに合わせて揺れている。彼はいつしか眠り込んでいた。目が覚めると、音楽が止んだせいで、部屋は前より大きく見えた。

娘はベッドの前で服を脱いでいるところだった。

「何時だ？」

「四時ごろよ」と彼女は答えた。「この子泣かなかった？」

「たぶんな」とダマソは言った。

娘は彼にぴったり寄り添って横になり、いくらか定まらない目で見つめながら、彼のシャツのボタンを外した。ダマソは彼女が相当飲んできたことがわかった。彼はランプの灯を消そうとした。

「点けておいて」と彼女は言った。「あんたの目を見るのが好きなの」

部屋は夜明けから田舎の騒音に満ちた。子供が泣いた。娘はその子をベッドに連れてきて、単純な歌を口ずさみながら、子供に乳を吸わせた。そのうち三人とも眠り込んでしまった。娘が七時ごろ目を覚まし、部屋を出て、子供を置いて戻ってきたことに、ダマソは気づかなかった。

「みんな船着場に向かってるわよ」と彼女は言った。

ダマソはその晩一時間も寝ていない気がした。

「何しに？」

「ビリヤードのボールを盗んだ黒人を見るためよ」と彼女は言った。「今日しょっ引かれるの」

ダマソは煙草に火を点けた。

「可哀そうに」と娘はため息をついた。

「何で可哀そうなんだ」とダマソは言った。「誰もあいつを無理やり泥棒にしたてたわけじゃあるまいし」

娘は彼の胸に頭をもたせかけ、ちょっと考えた。そしてかすかな声で言った。

「あの人じゃなかったから」

「誰が言った？」

「あたし知ってるのよ。ビリヤード場に泥棒が入った夜、あの黒人はグロリアと一緒にいたし、次の日も夜までずっとあの子の部屋にいたの。そのあとだもの、映画館で捕まったってみんなから聞かされたのは」

「グロリアが警察にそう言えばいいじゃねえか」

「黒人はそのことを言ったわ」と娘は続けた。「町長がグロリアの部屋に乗り込んできて、そこらじゅう引《ひ》っ掻《か》き回したあげく、あの子を共犯として監獄にぶち込むって言ったの。結局、二十ペソで話がついたけど」

ダマソは八時前に起きた。

「行かないで」と娘は彼に言った。「お昼用に鶏を潰すから」

ダマソは櫛《くし》を掌で軽く叩いてから、ズボンの後ろのポケットにしまった。

「無理だ」と娘の手首を握って引き寄せながら言った。彼女はすでに顔を洗ったあとで、素顔を見ると実に若く、大きな黒い瞳のせいで、棄てられた女のような雰囲気が感じられた。

彼女はダマソの腰にすがりついた。

「行かないで」彼女は譲らなかった。

「ずっとか？」

彼女は顔をぽっと赤く染め、引き留めるのをやめた。

「嘘つきなんだから」


その朝アナはくたびれきっていた。それでも町の興奮に染まってしまった。その週に洗うはずの衣類を普段よりも急ぎ足で集めて回ると、例の黒人が船に乗せられるところを見ようと船着場に出かけた。出航準備の整った小型船《ランチ》を前に待っていた群衆は、すでに痺《しび》れを切らしていた。ダマソはそこにいた。

アナは彼の脇腹を両手の人差し指で突っついた。

「こんなところで何してるんだ？」ダマソは飛び上がり、彼女に訊いた。

「あんたと別れるために来たのよ」とアナは答えた。

ダマソは拳で街灯を殴った。

「畜生」と彼は言った。

煙草に火を点けると空箱を川に放り投げた。アナは胴着から一箱取り出すと、彼のシャツのポケットに入れてやった。ダマソは初めて微笑んだ。

「お前も懲《こ》りないな」と彼は言った。

「アハハ」とアナは笑った。

間もなく黒人がランチに乗せられた。綱で後ろ手に縛られた彼は、綱の端を握った警官に広場の真ん中を引き立てられてきたのだった。銃を携えた警官二人が付き添って歩いていた。黒人はシャツを着けず、ボクサーのように下唇が裂け、片方の眉《まゆ》のあたりが腫《は》れ上がっていた。プライドから か群衆の視線をそれとなく避けている。ビリヤード場の入り口は、その光景に最初から最後まで立ち会おうとする人々でごった返していたが、店主は黒人が黙って首を振りながら通り過ぎるのを見た。他の連中はまるで熱に浮かされたかのように黒人を見守っていた。

ランチはすぐに出て行った。黒人は屋根に乗せられ、手足を石油用のドラム缶につながれていた。ランチが川の真ん中で反転し、最後に汽笛を鳴らしたとき、黒人の背中が一瞬きらめいた。

「可哀そうな人」とアナはつぶやいた。

「犯罪人だよ」と彼女のそばにいた誰かが言った。「まともな人間ならこんな日差しに耐えられるもんか」

ダマソはその声がとてつもなく太った女が発したものだと知った。そして広場の方へ歩き出した。

「おまえしゃべりすぎるぞ」と彼はアナの耳元でささやいた。「まだあのことをでかい声で言いふらしてないだけじゃねえか」

アナはビリヤード場の入り口まで彼と一緒に行った。

「せめて着替えたらどう」と彼女は別れ際に言った。「まるで物乞いじゃない」

この事件によって、ビリヤード場にかまびすしい客の群れがやってきた。すべての客をもてなすために、ドン・ロケはいくつものテーブルに同時に応じていた。ダマソは彼がそばを通るのを待った。

「手伝ってやろうか？」

ドン・ロケはダマソの前に、コップを被せたビールを半ダース置いた。

「ありがとよ」

ダマソはビールをテーブルに運んだ。客たちが昼食を取りに出ていくまで、彼は何度も注文を取り、ビールを運んだり下げたりし続けた。明け方、部屋に戻ると、アナには夫がずっと飲んでいたことがわかった。彼女は夫の手を取ると自分のお腹の上に乗せた。

「ここを触って」と彼女は言った。「感じない？」

ダマソは興奮した様子をまったく示さなかった。

「もう動くの」とアナは言った。「一晩中お腹の中から蹴るのよ」

それでも彼は反応しなかった。ひとりで考えに耽《ふけ》った末に、彼は翌朝やけに早く出かけ、真夜中まで帰ってこなかった。そんな調子で一週間が過ぎた。家で過ごす時間はほんのわずかで、ベッドに寝転がって煙草を吸い、妻との会話は避けていた。アナは彼が沈黙を守れるように細心の注意を払った。二人が同棲を始めたころにも、彼がよく似た振る舞いをしたことがあったが、そのときは夫のことがそれほどわかっていなかったために、うっかり口をきいたことがあった。するとダマソはベッドの上で彼女に馬乗りになり、血が出るほど殴りつけたのだった。

今回はじっと待った。夜にはランプのそばに煙草の箱を置いてやったのも、夫が空腹やのどの渇きには耐えられたが、煙草は欠かせないのを知っていたからだ。七月半ばの日暮れ時に、ようやくダマソが部屋に帰ってきた。そんな時間にやってくるのは、よほど途方に暮れてのことにちがいないと思い、アナは落ち着かなかった。二人は口もきかずに食事した。だが、寝る前に、彼は思い悩んだように力なく、自分から言い出した。

「出ていきてえんだ」

「どこへ？」

「どこだっていい」

アナはあらためて部屋を見回した。壁は彼女が雑誌の表紙から切り抜いて貼り付けた俳優の似顔絵で壁紙になるほど埋め尽くされていたが、それも今や古び、色褪せていた。ベッドからさんざん見つめるうちにしだいに色を失っていった男優の数はもはやわからなくなっていた。

「あたしに飽きたのね」とアナは言った。

「そうじゃねえ」とダマソは答えた。「この町だ」

「他の町とおんなじじゃない」

「ここじゃボールが売れねえんだ」

「そのボールはそのままにしておきなさいよ」とアナは言った。「あたしが元気で洗濯物の棒打ちができるうちは、あんたはやばいことなんかしなくていいから」。それからひと呼吸おくと、穏やかに言い添えた。「なぜそんなことをする気になったのか、あたしにはわからないわ」

ダマソは話を切り出す前に、煙草を吸い切った。

「こんなに簡単なのに誰も思いつかなかったなんて、俺には理解できねえよ」

「お金が目当てだったのね」とアナは納得した。「でもボールを持ち帰るなんて馬鹿げたことをする人いないわよ」

「考えなしにやったんだ」とダマソは言った。「もうずらかろうとしたとき、カウンターの陰に見えたんだ、箱に入ったあのボールがな。で、あれだけ仕事して、手ぶらで戻るってのはねえだろうと思ったのさ」

「ついてなかったのね」とアナは言った。

　ダマソは気が軽くなる気がした。

「それはそれとして、新しいボールは届かねえんだ」と彼は言った。「ボールは今じゃもっと値が上がってると言ってきたらしい。そこでドン・ロケはそれじゃ商売にならねえと答えた」。ダマソはもう一本煙草に火を点けた。そして話しているうちに、自分の心が面倒な問題から解き放たれていく気がした。

　彼は店主がビリヤード台を売る決心をしたという話をした。さして値の張るものではなかった。習いたての連中が荒っぽく使うために破れ目のできたラシャ布は、四角い色違いの布の継ぎはぎだらけだったので、全面張り替える必要があった。一方、ビリヤード台の周りで歳を取ってきた常連には、目下のところ野球放送以外に楽しみはなかった。

「要するに」とダマソはこう言って話を締めくくった。「そんなつもりはなかったのに、俺たちは町の連中に迷惑を掛けてるってことだ」

「面白いことがまるっきりないものね」

「野球だって来週には終わっちまう」

「だけどそれが最悪ってわけじゃないわ。最悪の目に遭ったのはあの黒人よ」

　最初のころのように彼の肩にもたれかかったアナには、夫が何を考えているかわかっていた。煙草を吸い終えるのを彼女は待った。それから用心深い声で言った。

「ダマソ」

「何だよ?」

「あれ、返したら」

彼はまた煙草に火を点けた。

「俺もそれを何日も前から考えてたんだ」と彼は言った。「だけど問題は、返す方法が見つかんねえってことだ」

そこで二人はボールを人目につきやすい場所に捨てることにした。アナはそれでビリヤード場の問題は解決すると思ったが、まだ黒人の件が片づかずに残っていた。ボールが見つかったところで、警察はなんだかんだ理屈をつけて、黒人を釈放はしないだろう。それに、誰かに見つかり、店に返す代わりに猫糞《ねこばば》されて取引に使われる危険もないとは言えなかった。

「やるとなったら」とアナが締めくくった。「うまくやるほうがいいわ」

二人はボールを掘り出した。アナはそれを、中身の形がわからないように注意して新聞紙でくるむと、トランクにしまい込んだ。

「時機をまたないと」

だが好機を待つうちに二週間が過ぎた。八月二十日の夜――店に押し入ってから二か月後のこと――、ダマソはドン・ロケがカウンターの後ろに腰掛けて、ヤシのうちわで蚊を追い払っているところに出くわした。ラジオが掛かっていないので、彼はいっそう孤独をつのらせているように見えた。

「言っただろう」。ドン・ロケは予想が当たったことでいささか嬉しそうに叫んだ。「万事休すさ」

ダマソはジュークボックスにコインを入れた。音楽の音量と装置の派手な色彩が、騒々しいが忠実に働いている証拠のように思えた。しかしドン・ロケはそんなことに気づいていない様子だった。そこでダマソは椅子をカウンターに近づけ、取り留めのない話をして店主を慰めようとしたが、彼はうちわをだらしなく扇ぎながら、生返事をするばかりだった。

「手の打ちようがないよ」と彼は言った。「野球の試合がいつまでも続いてくれるわけじゃないしな」

「だけどボールが出てくるかもよ」

「出てくるもんか」

「あの黒人が食っちまったわけじゃねえだろう」

「警察はくまなく探したさ」とドン・ロケは諦め顔で言い切った。「奴は川に放り込んだんだ」

「奇跡が起きることだってあるし」

「夢みたいなことを言うのはよしてくれ」とドン・ロケは言い返した。「不幸ってのは蝸牛《かたつむり》みたいで、なかなか去っちゃくれない。おまえさんは奇跡を信じているのか？」

「たまにはね」とダマソは答えた。

ダマソが店を出たとき、映画はまだはねていなかった。スピーカーから聞こえるときれとぎれのばかでかい会話が明かりの消えた町に響き渡り、まだ開いたままの家はわずかで、それもどこか一時しのぎという感じがした。ダマソはしばらく映画館の近所をぶらついていた。それからダンスホールに行った。

バンドは、同時に二人の女と踊っているひとりの客だけのために演奏していた。他の女たちは賢明にも壁を背に腰掛け、まるで手紙でも待っているようだった。ダマソはテーブルのひとつに着くと、バーテンダーに合図してビールを持ってこさせ、ビール瓶越しに二人の女と踊っている男を眺めるように、ときおり息を継ぎながらラッパ飲みした。男は二人の女より背が低かった。

夜半になると、映画館にいた女たちが一群の男たちに追い立てられるようにしてやってきた。ダマソの女友だちもその中にいたが、彼女は他の男どもをほったらかして彼のテーブルに座った。

ダマソは彼女を見なかった。すでにビールを六本ほど空け、あいかわらずじっと男を見据えていた。男は、今は三人の女と踊っていたが、彼女たちのことはそっちのけで、自分の複雑なステップを楽しんでいる。えらくご機嫌で、脚と腕の他に尻尾《しっぽ》があればもっとご機嫌だっただろう。

「あの野郎、いけすかねえな」とダマソは言った。

「だったら見ないようにすれば」と娘は言った。

彼女はバーテンダーに一杯頼んだ。フロアはカップルで混み合い出したが、三人の女を独り占めにしながらも例の男はあいかわらず自分の独り舞台のつもりでいた。くるりと一回転したとき、ダマソと目が合った。するとますます踊りに勢いが加わり、ダマソに向かってウサギみたいな前歯を見せて笑いかけた。ダマソは瞬きもせずに男の眼差しを受け止めたので、ついに男は真顔に戻り、彼に背を向けた。

「やけにご機嫌だな」とダマソは言った。

「いつも機嫌がいいの」と娘が言った。「町に来ると決まって自前で音楽を掛けるのよ、旅回りのセールスマンはみんなそうだけど」

ダマソは視線を逸らし、彼女のほうを見た。

「だったらあいつんとこへ行けよ」と彼は言った。「三人食おうが四人食おうがおんなじだろう」

彼女は何も言い返さず、顔をフロアのほうに向け、飲み物をちびちびすすっていた。薄黄色のドレスが彼女の臆病さを際立たせていた。

次はセールスマンと女のひとりがペアで踊った。しまいにダマソはうんざりした。

「腹ペコで死にそう」と言って娘はダマソの腕を取り、カウンターのほうへ引っ張っていった。

「あんたも何か食べなきゃ」。陽気な男は三人の女を引き連れて、向こうからやってくる。

「なあ」とダマソは男に声を掛けた。

男は微笑んで見せたが立ち止まらなかった。ダマソは連れの腕を振りほどくと、男の行く手を遮った。

「あんたの歯が気に入らねえんだよ」

男は青ざめたものの、あいかわらず笑顔を絶やさなかった。

「こちらも同じだ」と彼は言った。

娘が止めに入る前に、ダマソは男の顔を一発殴ったので、男はフロアの中央で尻もちをついてしまった。客は誰ひとり関わろうとしなかった。三人の女が悲鳴を上げながらダマソの腰にしがみつくと、娘は彼をホールの奥へと押しやった。男はパンチを浴びて目も当てられないほど腫れ上がった顔で上体を起こした。それでもフロアの真ん中で跳ね上がると、叫んだ。

「音楽を続けてくれ!」

二時ごろになると、ホールはがらがらになり、客のない女たちは食事を取り始めた。暑かった。娘はフリホール豆とライス、炒めた牛肉を盛った皿をテーブルに運んできて、スプーン一本ですっかり平らげた。ダマソはびっくりしたような顔でそれを見ていた。娘は彼に向かってライスをひと匙差し出した。

「口を開けて」

ダマソは顎を胸にくっつけ、首を横に振った。

「そんなのは女の食い物だ」と彼は言った。「俺たち男《マッチョ》は食わねえよ」

椅子から立つとき、彼はテーブルに両手をつかなければならなかった。身体のバランスを取り戻すと、目の前に腕組みをしたバーテンダーが立っていた。

「九ペソ八十センターボ」とバーテンダーは言った。「うちは政府お抱えの慈善事業やってるわけじゃないんだから」

ダマソはバーテンダーを突き放した。

「オカマは好かねえ」と彼は言った。

バーテンダーは彼の袖をつかんだが、娘が合図したので通してやると、こう言った。

「ふん、どんなにいいか知りもしないくせに」

ダマソは千鳥足で店を出た。月の光を浴びた川面の神秘的な輝きに、彼の脳裏に正気の裂け目が一瞬口を開けたが、それはたちまち閉じてしまった。町の反対側にある彼の部屋のドアが目に入ったとき、ダマソはきっと自分が歩きながら眠ってしまったのだと思った。彼は頭を振った。ぼんやりとではあったがたちまち、今からは自分の動きのひとつひとつに用心が要ることがわかった。蝶《ちょう》番《つがい》が軋《きし》らないように注意しながらドアを押した。

アナは夫がトランクを探っているのに気づいた。ランプの光にあたらないように壁の方に寝返ったが、すぐに、彼が服を脱ごうとしていないことがわかった。すると突然はっと思い当たり、ベッドの上に正座した。ダマソはトランクのそばでビリヤードのボールをくるんだ包と懐中電灯を手にしていた。

彼は人差し指を唇に当ててた。

アナはベッドから飛び降りた。「あんた狂ってるわよ」と小声で言うとドアに駆け寄り、急いで閂《かんぬき》をかけた。ダマソはズボンのポケットに懐中電灯と一緒に小刀と細身のやすりを突っ込むと、包を腕でしっかり抱え、妻のほうに向かって歩いた。アナは背をドアに預けた。

「あたしが生きているうちは、ここから出さないから」と彼女はつぶやくように言った。

ダマソは彼女をどけようとした。

「どいてくれ」と彼は言った。

アナは両手をドアの框《かまち》から離さなかった。二人は瞬きもせずににらみ合った。

「馬鹿じゃないの」とアナは小声で言った。「きれいな目をしている分、脳みそが足りないんだから」

ダマソは彼女の髪をつかみ、手首をねじり上げ、頭を下げさせると、歯を食いしばって言った。

「どけと言ってんだ」

アナは軛《くびき》につながれた牛みたいに歪んだ横目で夫を見やった。一瞬痛みを痛みと思わず、夫より自分のほうが強い気がしたが、髪の毛をねじり続けられるうち、ついに涙で喉を詰まらせた。

「お腹の子が死んじゃうわよ」と彼女は言った。

ダマソは彼女を吊るすようにしてベッドまで運んだ。自由になったとわかったとたん、彼女は夫の背中に飛びつき、両手と両足でしがみついたので、二人ともベッドに倒れ込んでしまった。二人は息苦しくなり、体に力が入らなくなってきた。

「叫ぶわよ」とアナは夫の耳元でささやいた。「動いたら、大声で叫ぶから」

ダマソは無言だったが怒りで息を荒らげ、彼女の膝を、ボールをくるんだ包で殴りつけた。アナは呻《うめ》き声を上げ、足の力を緩めたが、ふたたび彼の腰にしがみつき、ドアに向かわせまいとした。そして悲痛な声で訴えた。

「明日あたしが持ってってあげると約束するから」と彼女は言った。「誰にも気づかれないように置いてくる」

ドアに近づくごとに、ダマソは彼女の両手をボールで殴った。アナは痛みが治まるまでの間、力を緩めた。それからまたしがみつき、訴え続けた。

「犯人はあたしだって言ってあげる」と彼女は言う。「身重のあたしをブタ箱にぶち込んだりできっこないもの」

ダマソは身を振りほどいた。

「町中の人に見られるわよ」とアナは言った。「あんたは月が照ってることに気づかないほどお人好しなんだから」。夫がドアの閂をすっかり外し終える前に、彼女はまた彼に抱きつき、目をつぶり、「人でなし、人でなし」とほとんど叫ぶようにして彼の首や顔を叩きまくった。ダマソが攻撃から身を守ろうとすると、彼女は閂にしがみつき、彼の手から奪い取ってしまった。そしてそれでもって彼の頭に殴り掛かった。ダマソは頭への攻撃はかわしたが、閂は彼の肩の骨に当たってガラスみたいな音を立てた。

「このあばずれが!」と彼は叫んだ。

そのときにはもはや音を立てないようにすることなど気にもしていなかった。彼女の耳のあたりを拳で殴りつけると、低い呻き声とともに身体が激しく壁に打ち当たる音が聞こえたものの、目もくれなかった。彼はドアも閉めずに部屋を出た。

アナは痛みでぼうっとなったまま土間から動けず、お腹の中で何かが起こるかもしれないと思った。壁のあちら側から、埋葬された人間のような声がした。泣くまいと唇を噛んだ。それから立ち上がり、服を着た。だが最初のときと同様、まだ部屋の前にいたダマソが計画は失敗だったと独り言を言いながら、彼女が叫び声を上げて飛び出してくるのを待っているなどとは考えもしなかった。だがアナは同じ間違いを繰り返してしまった。夫を追う代わりに、靴を履くと、ドアをきっちり閉め、夫の帰りを待とうとベッドに座り込んだのだ。

彼女が戸締りをしっかりし終えたとき、ダマソはもはや後戻りできないことを初めて悟った。犬どもの激しく吠える声が通りのはずれまで追いかけてきたが、その後は不気味なまでに静まり返った。寝静まった町に不釣り合いに大きく響く自分の足音から逃れようとして、彼は舗道を避けた。ビリヤード場の裏口の前に広がる荒れ地に着くまでは、何の用心もしなかった。

今回は懐中電灯を使うまでもなかった。ドアは壊された円い留め金の部分が補強されただけだった。そこは木がレンガ大にくり抜かれて新しい木がはめ込まれ、元の留め金が取りつけられていた。それ以外はそのままだった。ダマソは左手で錠前を引っ張り、補強されていないほうの留め金の根元にやすりの先を突っ込み、激しくはないが力を込めて車の変速レバーのように何度か前後に動かした。すると木は鈍い音を立てて崩れ、腐った屑がぱっと飛び散った。ドアを押し開ける前に、戸板を持ち上げ、床のレンガに引っ掛からないように歪みを直した。そしてほんの少しだけ開けた。最後に靴を脱ぎ、ボールの包といっしょに中に滑り込ませると十字を切り、月明かりに照らされたビリヤード場に入り込んだ。

まず空き瓶と空き箱でぎっしりの暗い通路があった。その向こうに、ガラスの天窓から差し込む月の光を浴びたビリヤード台があり、続いて戸棚の背が並び、最後に入り口のドアの内側に向き合う形でテーブルや椅子が置かれていた。何もかも前のときと同じだったが、違うのは月光が差し込んでいることと、静けさに濁りがないことだけだった。ダマソは、そのときまで神経が張りつめるのに耐えなければならなかったのに、なぜか陶然とした気分を味わった。

今回は緩んだレンガも気にならなかった。靴でドアをきっちり閉め、月光が差し込んでいる場所を横切ると、懐中電灯をつけ、カウンターの裏にあるはずのボールのケースを探した。彼は用心することもなく動き回っていた。懐中電灯を左から右へ動かすと、埃まみれの瓶の山、拍車のついた鐙《あぶみ》、機械油が染み込んだ丸められたシャツ、置きっぱなしにしたボールのケースが前と同じ場所に見えた。だが彼は光をいつまでも照らし続けた。するとそこに猫がいた。

猫は不思議がりもせず、光の束の向こうから彼を見つめた。ダマソは光を当て続けるうちに、日中はビリヤード場で一度もその猫を見かけたことがなかったのに気づき、いささかぞっとした。懐中電灯を前方に動かして、「しっ!」と言ってみた。だが猫は平然として動かない。そのとき、頭の中で、無音の爆発みたいなものが起きて、猫のことは記憶からすっかり消し飛んでしまった。何が起きつつあるのか理解できたときには、もはや懐中電灯を放り出し、ボールの包をしっかり胸に抱えていた。ビリヤード場には明かりが点いていた。

「こらっ!」

ドン・ロケの声だとわかった。ダマソは腰のあたりにひどい疲れを感じながら、ゆっくりと姿勢を正した。ドン・ロケは店の奥からパンツ一枚の姿で、鉄の棒を手にこちらに向かって進んできたが、まだ明るさに目が慣れていないようだった。ダマソが入ってきたときに通った場所の目と鼻の先、空き瓶と空の箱の陰にハンモックが吊ってあった。そのこともまた前回とはちがっていた。

十メートル足らずまで近づいてきたとき、ドン・ロケはわずかに飛び上がると身がまえた。ダマソは包を持った手を隠した。ドン・ロケは眼鏡なしで相手の正体を見極めようと、鼻にしわを寄せながら顔を突きだした。

「お前だったのか」と彼は叫んだ。

ダマソは、何か限りなく続くものがついに終わりを迎えた気がした。ドン・ロケは鉄の棒を下ろし、口をあんぐり開けたまま近づいた。眼鏡ははずしていて、入れ歯をはめていなかったので、彼は女みたいに見えた。

「こんなところで何してるんだ?」

「別に何も」とダマソは答えた。

身体を相手に分からない程度動かして、姿勢を変えた。

「そこに何を持ってる?」とドン・ロケが訊いた。

ダマソは後ずさりした。

「何でもないよ」と彼は答えた。

ドン・ロケは顔が紅潮し、身体がわななき出した。

「何を持ってるんだ?」と怒鳴ると彼は棒を振り上げ、一歩前に出た。ダマソは包を渡した。ドン・ロケは警戒を怠ることなく左手でそれを受け取ると、指で中身を探った。そのとき初めて彼は悟ったのだった。

「まさか」と彼は言った。

ドン・ロケは当惑のあまり、棒をカウンターの上に置き、包を開けるあいだダマソのことをすっかり忘れているかのようだった。彼は無言でボールを眺めた。

「返そうと思って来たんだ」とダマソが言った。

「当たり前だ」とドン・ロケは応じた。

ダマソは蒼白になっていた。酔いはすっかり醒め、ただ舌にざらついた砂みたいな滓《かす》と、漠然とした孤独感が残っているだけだった。

「じゃあこれが奇跡ってことだな」とドン・ロケは、包を閉じながら言った。「お前がこんな間抜けだったなんて信じられないよ」

顔を上げたとき、彼の声は調子が変わっていた。

「それで二百ペソはどうなった？」

「引き出しには何もなかった」とダマソは答えた。

ドン・ロケは口をもごもごやりながら、何か魂胆がありそうにダマソをじっと見てから、にやっとした。

「何もなかった」とドン・ロケは何度も繰り返した。「すると何もなかったってわけだ」

それから彼はふたたび棒をつかむと言った。

「じゃあ今すぐ、その話を町長に聞いてもらいに行こうじゃないか」

ダマソは両手の汗をズボンで拭いた。

「何もなかったって、あんたは知ってるじゃねえか」

ドン・ロケはあいかわらずにやにやしていた。

「二百ペソあったんだよ」と彼は言った。「それなら、これからお前は皮をひん剝かれて、二百ペソ出させられるだろうよ、こそ泥よりも、間抜けとしてな」

バルタサルの奇跡の午後

鳥かごはもう仕上がっていた。バルタサルは日頃の習慣に従って、それを軒先に吊るした。すると、昼食を食べ終えるころには、それが世界一美しい鳥かごだという噂《うわさ》があちこちで囁《ささや》かれていた。見物人があまりに多く、家の前がごった返してしまったので、バルタサルはそれを取り外し、大工の仕事場を閉めざるをえなかった。

「髭《ひげ》を剃《そ》りなさいよ」と妻のウルスラが言う。「カプチン会の修道僧みたい」

「昼飯のあとで髭を剃るのはよくない」とバルタサルが応じる。

髭は二週間伸ばしっぱなしで、髪は短くて硬く、ラバのたてがみのように突っ立っている。そして見かけは怯《おび》えた子供みたいな顔をしていた。だが、その顔つきは本物ではなかった。二月に三十歳を迎え、ウルスラとは、正式な結婚はせず子供もいなかったが、四年前から一緒に暮らしていた。生活するなかで、あれこれ身がまえることはかなりあったが、怯えるようなことは一度も起きなかった。そんなわけで、自分が作り終えたばかりの鳥かごを、世界一美しいと見なす人々がいるなどとは知りもしなかった。子供の頃から鳥かごを当たり前のように作ってきた彼にとり、今度の仕事がそれまでより骨が折れたわけではなかった。

「だったら少し休めば」と妻が言う。「でもその髭じゃ、人前には出られないわね」

休んでいる間にも、何度となくハンモックから降りて、鳥かごを近所の人々に見せてやらなければならなかった。このときまでウルスラが彼を気づかうことなどまったくなかった。夫が大工仕事をほったらかしにして、一心不乱に鳥かごづくりにかまけてきたのが気に食わなかったのだ。この二週間というもの、夫はよく眠れず、寝返りを打ったり、わけのわからないことを口走ったりするという具合で、髭を剃ることなど考えつきもしなかった。だが、出来上がった鳥かごを前にしたとたん、彼女の苛立ちは消え失せてしまった。バルタサルが昼寝から覚めると、アイロン掛けしたズボンとシャツがハンモックの脇の椅子に掛けてあり、鳥かごは食堂のテーブルの上に運んであった。彼女は黙ってそれを眺めている。

「いくらもらうの？」と彼女が訊く。

「さあ」とバルタサルが応える。「三十ペソとふっかけて、二十ペソいただくとするか」

「五十ペソほしいと言いなさいよ」とウルスラが言う。「この二週間、ずいぶん徹夜したんだから。しかも、すごく大きいじゃない。これまで見たうちで一番大きなかごだと思うけど」

バルタサルは髭を剃り出した。

「五十ペソくれると思うか？」

「ドン・チェペ・モンティエルにとっちゃただ同然よ、それにこのかごならそれだけの値打ちがあるもの」とウルスラが応える。「六十ペソほしいと言ってもいいくらいよ」

家の中は薄暗く、むっとしている。四月の一週目で、セミの声が暑さをいっそう耐えがたくしている。着替えが済むとバルタサルは、家の空気を入れ替えるために中庭の扉を開けた。そのとたん子供たちがどっと食堂になだれ込んだ。

噂はもう広まっていた。老医師のドクトル・オクタビオ・ヒラルドは、満ち足りた生活を送ってはいたが、仕事には飽き飽きしていて、よぼよぼの妻と昼食を取っているあいだ、バルタサルの鳥かごのことを考えていた。暑い日にはいつもテーブルを出す中庭のテラスには、花の咲いた植木鉢が所せましと並び、カナリアのかごが二つ置いてある。

妻は小鳥が好きだった。それだけに、小鳥を食い殺しかねない猫をひどく嫌っていた。彼女のことを頭に浮かべ、ドクトル・ヒラルドはその日の午後、ある患者の往診から帰る途中、噂の鳥かごを見てやろうと、バルタサルの家に立ち寄った。

食堂には人が大勢詰めかけていた。鳥かごは見物できるようにテーブルの上に置かれ、その針金製の巨大なドームの内側は三層からなり、細い通路や、餌《えさ》を食べたり寝たりするための特別室があったばかりか、鳥が遊べるようにと設けられた空間にはブランコが吊り下がっていて、どこか巨大な製氷工場の模型を思わせた。医師はそのかごを触らずに注意深く調べ、実際評判を上回る見事な出来であるばかりか、妻にプレゼントしようと思い描いていたものよりずっと美しいと思った。

「まさに想像力のたまものだな」とつぶやくと、医師は人ごみの中からバルタサルを見つけだし、子を見る母親のような目でじっと見つめながら続きを言った。「並外れた建築家になってもおかしくなかったね」

バルタサルは顔を赤らめた。

「ありがとうございます」と彼は応えた。

「今のは本当だ」と医師は言った。彼は若いころ美しかった女性のようにふくよかで、肌はやわらかくすべすべしていた上に、手は繊細《せんさい》そのものだった。声は司祭がラテン語で話すときの声に似ている。「小鳥を入れなくてもいいくらいだよ」、そう言って医師は、自分が売っているかのように、鳥かごを人々の前で回して見せた。「木の生えているところへ吊るすだけで、勝手に歌い出すだろう」。それからテーブルの上に置き直し、じっと見ながらちょっと考えて言った。

「じゃあ、私が買うとしよう」

「もう売れちゃったんです」とウルスラが言う。

「ドン・チェペ・モンティエルの坊ちゃんに頼まれた品物なので」とバルタサルが言う。「これを作ってほしいとはっきり言われました」

医師は気後《きおく》れしなかった。

「見本をよこしたのかね？」

「いいえ」とバルタサルが応える。「大きな鳥かごがほしいと言われたんです、それみたいに、ヨシキリのつがいが入る大きさのをと」

医師は鳥かごをじっと見た。

「でもこれはヨシキリ用ではないね」

「いいえ、もちろんヨシキリ用ですよ、先生」と言うと、バルタサルはテーブルに近づく。子供たちが彼を取り囲む。「きっちり寸法を測ってあります」と言って、人差し指でかごの中の部屋をそれぞれ指し示した。続いて指の節でドームを軽くたたくと、鳥かご全体が深みのある美しい音に満《み》ち溢《あふ》れた。

「こんなに強い針金は見つからないし、どの継ぎ目も内側と外側からハンダづけしてありますから」と彼は言った。

「オウムも飼えるね」と子供のひとりが口を出す。

「そのとおりだ」とバルタサルが言う。

医師はうなずいた。

「なるほど、しかし見本はよこさなかったわけだ」と医師。「ただヨシキリ用の大きなかごという ことを別にすれば、特に注文はつけなかった。違うかね？」

「そのとおりです」とバルタサルが応える。

「だったら問題はない」と医師が言う。「ヨシキリ用の大きな鳥かごとこの鳥かごは別物だ。これ が作れと言われたかごだという証拠はないんだから」

「これなんです」とバルタサルはむきになって応じる。「そのためにこれを作ったんです」

医師はじれったそうな顔をした。

「もうひとつ作れば？」と夫を見ながらウルスラが言う。それから医師の方を見やり、「お急ぎじ ゃないですよね」

「妻に今日の午後と約束したものだから」と医師が応じる。

「申し訳ないです、先生」とバルタサルが言う。「でも、もう売れている物を売るわけにはいかな いので」

医師は肩をすくめた。首筋の汗をハンカチで拭きながら、遠ざかる船を見送る者のように、どこ とは言えないある一点から目を離すことなく、黙って鳥かごを見つめている。

「いくらもらったのかね、その鳥かごで？」

バルタサルはその問いには答えず、ウルスラを見やった。

「六十ペソですよ」と彼女が答えた。

医師はあいかわらず鳥かごを見つめている。

「実に美しい」と言って彼はため息をついた。「最高だよ」

それから笑顔で戸口に向かい、扇子で激しくあおぎだした。すると今の一件はすっかり頭から永遠に消え去ってしまった。

「モンティエルは大金持ちだからね」と彼は言った。

ホセ・モンティエルは、実際には見掛けほど金持ちではなかった。しかし、金持ちになるためなら、どんなことにでも手を染めてきた。そこから数区画と離れていないところにある家に住む彼は、鳥かごの噂にはまったく関心を示さなかった。その家は馬具でぎっしり埋まり、何もかもすべて売り物の匂いがした。彼の妻は死の強迫観念にとりつかれていて、昼食後ホセ・モンティエルが昼寝をする間、窓も扉も閉めきって、寝室の薄暗がりの中で、目を見開いたまま二時間ばかり横になろうとしたところだった。そんなとき、突然、大勢の人声が聞こえてきた。そこで居間の扉を開けると、家の前が人でごった返し、人ごみの真っ只中《ただなか》に鳥かごを持ったバルタサルがいるのが見えた。白い服を着た彼は、髭を剃りたてで、貧乏人が金持ちの家に来たときの慎み深く邪気のない顔をしていた。

「なんて素敵なの」バルタサルを家の中に導きながら、モンティエルの妻が顔を輝かせて叫んだ。「こんな素敵なの、いままで見たことないわ」と言ってから、玄関に押し寄せてきた人の群れに顔をしかめて言い足した。「いいからそれを持って中に入ってちょうだい。居間を闘鶏場にされちゃうから」

ホセ・モンティエルの家で、バルタサルが見ず知らずの人間だったわけではない。腕がよく、約束どおり仕上げるというので、ときおり、ちょっとした大工仕事のために呼ばれたことがあった。だが、金持ち連中と一緒だと、彼は居心地が悪かった。金持ちたちのこと、不器量で口うるさいその妻たちのこと、そして彼らが受ける身の毛もよだつ外科手術について考えることがよくあったが、そのたびに決まって憐れみを覚えるのだった。金持ちの家に入ると、足を引きずらずには歩けなかった。

「ペペ坊ちゃんは？」と彼は尋ねた。

鳥かごは食堂のテーブルの上に置いておいた。

「学校よ」とホセ・モンティエルの妻が答える。「でももうじき戻るはずよ」そして言い足した。「モンティエルはいまシャワーを浴びてるところなの」

実際には、ホセ・モンティエルはシャワーを浴びている暇がなかった。彼はいま、何が起きているのか見に行くために、樟脳《しょうのう》入りのアルコールであわててマッサージを施しているところだった。非常に用心深い男だった彼は、眠っているあいだも家の中の物音を聞き逃すまいと、扇風機をかけずに寝るほどだった。

「アデライダ！」妻に向かって叫んだ。「何が起きたんだ？」

「見に来てちょうだい、すごく素敵なものよ」と妻が叫ぶ。

ホセ・モンティエルが寝室の窓から顔をのぞかせた。彼はがっしりして毛深く、首にタオルを引っかけていた。

「なんだ、それは？」

「ペペ坊ちゃんの鳥かごです」とバルタサルが答える。

妻は困惑した顔で彼を見た。

「誰のですって？」

「ペペ坊ちゃんのですよ」とバルタサルはきっぱり答えた。それからホセ・モンティエルのほうを向いて言った。「坊ちゃんから作るように頼まれたんです」

その瞬間は何事も起きなかった。だがバルタサルは、浴室のドアが開いたような気がした。するとホセ・モンティエルが下着姿で飛び出してきた。

「ペペ」と彼は怒鳴った。

「まだ戻ってないわ」妻が身を硬くして小声で言った。

ペペが戸口に現れた。歳は十二歳前後で、母親同様長いまつ毛が反り返り、その雰囲気は物静かで哀愁を帯びていた。

「こっちに来い」ホセ・モンティエルが命じた。「お前がこれを作らせたのか?」

少年はうつむいた。ホセ・モンティエルは彼の髪の毛をつかむと、無理やり自分の目を見させた。

「答えるんだ」

少年は唇を噛《か》みしめるばかりで、答えなかった。

「あなた」妻が小声で言う。

ホセ・モンティエルは少年を放すと、興奮した顔でバルタサルのほうを向いた。

「残念だな、バルタサル」と彼は言った。「取りかかる前に、わたしに相談するべきだった。こんな子供と契約するなんて奴はお前ぐらいなものだ」。喋《しゃべ》っているうちに、その表情はしだいに落ち着きを取り戻した。彼は鳥かごを見ようともせずに持ち上げると、バルタサルに手渡した。「さっさと持ち帰って、誰か適当な人間に売りつけるがいい」と彼は言った。「それに頼むから、言い合いはもうやめてほしい」。バルタサルの背中を軽く叩くと、そのわけを言った。「医者からかっとなっちゃいけないと言われてるんだ」

少年は瞬《まばた》きもせず、じっとしていた。そしてバルタサルが鳥かごを手に、途方に暮れたように彼を見たときだった。犬のうなり声のような音を喉《のど》から出すと、床に突っ伏し、泣きわめいたのだ。母親が懸命になだめようとする一方、ホセ・モンティエルは平然と眺めている。

「起こすんじゃない」と彼は言った。「放っておけ。床に頭をぶっつけて割りゃいいんだ。そうしたら傷口にレモン汁と塩をすり込んで、好きなだけ痛い思いをさせてやるんだ」

少年は母親に手を取ってもらいながら、金切り声を上げていたが、涙は出ていなかった。

「放っておけ」ホセ・モンティエルがまた言った。

バルタサルは、伝染病に罹《かか》った動物が悶《もだ》え苦《くる》しむのを観察でもするように、少年をじっくり眺めた。四時になるところだった。

その時間、彼の家ではウルスラが、えらく古い歌をうたいながら、玉ネギを薄切りにしていた。

「ペペ」とバルタサルは声を掛けた。

彼は微笑みながら少年のそばに寄り、鳥かごを差し出した。少年はぱっと起き上がると、自分とほぼ同じ大きさの鳥かごに抱きついた。そしてどう言えばいいかわからず、格子の向こうからバルタサルを見つめている。涙を流した跡は少しもなかった。

「バルタサル」穏やかな調子でモンティエルが言った。「持って帰れと言っただろう」

「それを返しなさい」と妻が少年に命じる。

「持っていていいよ」とバルタサルが言った。それからホセ・モンティエルに向かって、「だってそのために作ったんですから」

ホセ・モンティエルは居間まで彼のあとを追った。

「バカな真似はやめろ、バルタサル」そう言いながら彼の行く手を遮《さえぎ》った。「自分のかごは家に持ち帰るんだ、もうバカなことはするんじゃない。お前には一センターボだって払うつもりはないからな」

「かまいません」とバルタサルは言った。「それはペペ坊ちゃんにあげるためにわざわざ作ったんですから、お代をいただくことなんてまったく考えていませんでした」

バルタサルが、玄関をふさいでいる野次馬をかき分けながら出て行こうとすると、ホセ・モンティエルは居間の真ん中でどなった。顔はひどく青ざめ、目は血走っている。

「バカ者」彼はわめき続けた。「このガラクタを持って行け。わが家に来て命令するとはもってのほかだ。ふざけるな！」

ビリヤード場では人々がバルタサルを大喝采で迎えた。そのときまで彼は、他のよりも出来のいい鳥かごを作り、それをホセ・モンティエルの息子が泣きやむようにただでくれてやらなければならなかったと考えはしたが、だからといってそれが特別なことだとは思いもしなかった。

だがじきに、多くの人にとってそういうことは、すべてなにがしか重要な意味があるのだと気づき、いささか興奮を覚えた。

「すると鳥かごに五十ペソ払わせたわけだ」

「六十ペソだよ」とバルタサルは言った。

「そいつはでかした」と誰かが言った。「ドン・チェペ・モンティエルにそんな大金を出させたのはお前だけだ。こりゃお祝いしなくちゃ」

バルタサルはビールをおごられた。そこで彼は全員におごり返した。アルコールを飲むのはそれが初めてだったので、日が暮れるころにはすっかり酔いが回ってしまい、六十ペソの鳥かごを千個作り、さらには百万個作って六千万ペソ稼いでみせるなどと、途方もない計画をぶち上げていた。

「金持ちどもがくたばる前に、山のように作って買わせなけりゃ」。酔っぱらって正体を失った彼はしゃべり続けた。「どいつもこいつも病気に罹ってて、じきに死んじまうからな。みんな体が悪くて、もうむかっ腹を立てることさえできないんだぞ」

料金は彼が持ったので、ジュークボックスは二時間休みなく鳴り続けていた。一同はバルタサルの健康と、幸運と大儲けのために、そして金持ちの死を願って乾杯したが、夕食の時間になると、ビリヤード場には彼だけが残された。

ウルスラは玉ネギのスライスを散らしたビーフソテーを用意して、八時まで彼を待っていた。旦那はビリヤード場にいて、幸せで有頂天になり、みんなにビールをおごっていると誰かが教えたが、彼女は信じなかった。バルタサルが酔っぱらったことなど一度もなかったからだ。夜半近くになって彼女が床に就いたころ、バルタサルは明かりの点《とも》ったサロンにいた。周りに椅子が置かれた四人用の小テーブルがあり、屋外にはダンスホールがあったが、いまはそこをサンカノゴイどもが歩き回っていた。彼の顔は口紅だらけで、もはや一歩も歩けないから、ひとつのベッドで二人の女と寝たいなどと考えていた。金を相当使ってしまい、次の日払うと約束して、時計を形《かた》にしなければならないほどだった。そのうち通りで大の字になってしまい、靴を脱がされていることに気づいたものの、人生で最も幸福な夢から覚めたくはなかった。五時のミサに出るために通りかかった女性たちは、彼が死んでいると思い、あえて目を向けないようにしていた。

巨大な翼をもつひどく年老いた男

雨が降り始めて三日経つと、家の中で退治したカニの死骸があまりに増えてしまい、ペラーヨは水浸しになった中庭を横切って、海に捨てに行った。生まれたばかりの男の子の熱が一晩中下がらないのは、死骸が放つ悪臭のせいらしかったからだ。火曜日以来、どこもかしこもが陰気臭かった。海も空も灰色で区別がつかず、三月には火の粉みたいにきらめく浜辺の砂も、腐った魚介類と泥の入り混じったスープと化していた。カニの死骸を捨てに行ったペラーヨは、戻ってくる途中、中庭の奥で呻《うめ》きながらうごめくものを見つけた。だが真昼なのに光がひどく弱々しいせいで、それが何であるかなかなかわからなかった。すぐそばまで寄ったとき、ようやく判明したのだが、それは年老いた男で、ぬかるみに突っ伏し盛んにもがくものの、巨大な翼が邪魔をして、いっこうに起き上がれずにいるのだった。

その悪夢としか言いようのない光景にぎょっとしたペラーヨは、妻のエリセンダのところへ走って行き、病気の子供に湿布をあてがっていた彼女を、中庭の奥へと連れて行った。二人は声も出せずに呆然としながら、そこに倒れている人らしきものの姿形を眺めた。その身なりといったらまるで屑屋《くずや》だった。禿《は》げ頭には色褪《いろあ》せた糸屑のような髪の毛が少し残っているばかりで、口のなかも歯がほとんどなかった。雨でぐしょ濡れの曾祖父めいた姿からは、威厳というものがみじんも感じられなかった。大きな禿鷹のそれに似た翼は汚らしく、しかも羽毛は半ば抜け落ち、ぬかるみにすっかりはまっていた。しげしげと眺め、つぶさに観察したためか、ペラーヨとエリセンダはすぐさま驚きから覚め、ついには老人に親しみさえ覚えた。そこで果敢に話しかけてみると、老人はわけのわからない言葉ではあったけれど、船乗りの声で朗々と応えた。すると二人は、翼という都合の悪い要素はさておき、それが嵐で難破したどこかの外国船のたったひとりの生き残りであると結論づけた。それでも、生と死に関係することなら知らないことはないという近所の女に見に来てもらった。この女は一目見たとたん、二人の勘違いを言い当てた。

「天使だよ、これは」と女は言った。「きっと子供をさらう目的で来たんだ、だけどひどく老いぼれているもんだから、雨にあたって落っこっちまったのさ」

次の日になると、誰もがペラーヨの家に本物の天使が囚《とら》われの身となっていることを知っていた。物事に詳しい女によると、近頃の天使は天国で起きた陰謀で命からがら逃げてきた連中だということだったが、その意見にもかかわらず、例の年老いた男を棒で殴り殺せるほど度胸のある者は誰ひとりいなかった。ペラーヨは警棒を握ったまま、午後ずっと台所から男を見張っていたが、寝る前にはぬかるみから引きずり出し、金網張りの鶏小屋に牝鶏《めんどり》どもと一緒に閉じ込めた。真夜中になって雨は止んだが、ペラーヨとエリセンダはあいかわらずカニ退治を続けていた。そのとき子供が目を覚ました。熱は下がっていて、何か食べるものをほしがった。すると夫婦は寛大な気持ちになり、天使に三日分の水と食料を持たせて筏《いかだ》に乗せ、沖で潮の流れに任せることにした。だが、夜が明け始めるころ、中庭に出てみると、隣近所の連中が残らず鶏小屋の前に集まっていて、敬虔《けいけん》な気持ちなどこれっぽっちも感じることなく、超自然の存在どころかまるでサーカスの動物を相手にするように、ちょっかいを出したり金網の隙間から食べ物を投げ込んだりしていた。

ただ事ではない知らせにたまげたゴンサガ神父が、おっとりがたなで七時前に駆けつけた。その時刻になると、明け方の野次馬たちほどおっちょこちょいではない人々も集まり、囚われている天使の行く末についてあれこれ考えを巡らせていた。最も単純素朴な連中は、この世を治める役に就くのだろうと考えた。もっと気性の激しい者たちは、戦いという戦いで勝利を収めるために五つ星の将軍に任命されるだろうと予想した。なかには種付け用に保存して、翼を持った賢人一族を地球上に生み出し、宇宙のことを担わせようと目論む空想好きもいた。ところがゴンサガ神父は、司祭になる前はごつい体つきの木こりだった。彼は金網越しになかを覗くと、教理問答書をざっと復習し、その上で戸を開けてくれるように頼んだ。もはや卵の産めない牝鶏たちにまじった、ばかでかい老いぼれた牝鶏を思わすその惨めったらしい男を、もっとそばで観察するのが目的だった。男は小屋の隅に寝転がり、広げた翼を日に当てて乾かしていた。周りには朝っぱらから集まってきた連中が投げ込んだ果物の皮やら朝食の食べ残しやらが散乱していた。そんな野次馬の悪さを気にもせず、骨董屋に似た目をほとんど上げることもなく、ゴンサガ神父が鶏小屋に入り、ラテン語で挨拶《あいさつ》しても、何やら意味不明のことをぶつぶつ言っただけだった。神の言葉がわからず、神の僕《しもべ》に挨拶もできないことがわかったとき初めて、彼は、なんだか怪しいと思い始めた。その後、もっと近くで見ると、やけに人間めいていることに気づいた。しかも雨ざらしの耐えがたい臭いが鼻を突いた上に、翼の裏は海藻で覆い尽くされ、大きな羽は地上の風ですっかり傷んでいるという有様で、そのなんとも惨めな姿には、天使の崇高《すうこう》さも威厳もまるで感じられなかった。そこで神父は鶏小屋を出ると、野次馬たちに向かって手短に説教を行い、無邪気でいることの危険を警告した。悪魔には、騙《だま》されやすい人間が混同するように、カーニバルの道具立てを用いるという悪い習性があることを思い出させた。翼がハイタカと飛行機の違いを決める本質的な要素でないとすれば、それが天使だと認めるための要素である可能性はさらに低いと主張した。それでも彼は、上級の司教に書状を書き送ることを約束した。そうすればこの司教がさらに上級の首席司教に書状を書き送り、さらにこの首席司教がローマ教皇に書状を書き送るという具合で、最終的な判断は最高裁判所が下すはずだった。

神父の慎重な物言いも馬の耳に念仏で、少しも役に立たなかった。捕まった天使の噂はたちまち広まり、何時間と経たないうちに、中庭では市が立ったみたいな騒ぎが生じていた。そこで銃剣を担いだ軍隊に来てもらい、今や家を押し倒さんばかりの人の群れを追い払わなければならなかった。このお祭り騒ぎで出たごみを盛んに掃いたので背骨が曲がってしまったエリセンダは、このとき、中庭を塀で囲み、天使を観るための入場料として五センターボを取り立てるという巧《うま》い手を考えついた。

物好きな連中は、マルティニーク島からも訪れた。移動サーカスがやってきて、一座のなかの空飛ぶ軽業師が羽音を立てながら群れ成す人々の頭上を繰り返し飛んでみせたものの、誰ひとり相手にしなかった。なぜならその翼が天使ではなくコウモリのものだったからだ。カリブ中で最も不幸な病人たちが健康を取り戻そうと集まってきた。幼いころから心臓の鼓動を数えていて、もはや数が足りなくなってきた哀れな女、星の音が聞こえるのが苦痛で眠れないジャマイカ人の男、夜になると起き出して、目が覚めているときに作った物を破壊する夢遊病の男、それに比べればまだましな病人たちも大挙してやってきた。大地を揺さぶるこの秩序を欠いた大騒動の只中で、ペラーヨとエリセンダはくたびれながらも幸せだった。一週間も経たないうちに寝室という寝室が硬貨に埋もれ、それでもなお順番を待って入ろうとする巡礼の列は地平線の向こうまで延々と続いていたからだ。

天使だけがわれ関せずとばかりに、自分が引き起こした騒動の埒外《らちがい》にいた。彼は金網の向こうから近づけられる石油ランプや奉納用のロウソクの灼熱に困り果て、仮の宿のまだましな場所を探すのに時間を費やしていた。最初のうち人々は、天使に樟脳玉《しょうのうだま》を食べさせようとした。近所の物知りの女が、樟脳は天使の特別な食べ物だと言ったことによる。だが、彼はまるで関心を示さず、告解のために訪れた者たちが携えた贅沢《ぜいたく》な昼食にも素知らぬ顔で、手をつけようともしなかった。そして天使だからか、あるいは年老いているからか、原因はわからずじまいだったが、結局、食べたのはナス粥だけだった。その超自然的な能力というのは、どうやら忍耐力だけらしかった。わけても最初のころ、牝鶏どもが彼の翼にたかっている無数の星形の寄生虫を求めて盛んに突っついたときや、身体に障害を持つ者たちがその部分を撫でさするために彼の羽を抜き取ったとき、また最も信心深い者たちまでが、全身を見たいがために石を投げて彼を立ち上がらせようとしたときに、それは発揮された。たった一度だけ、天使を動揺させることができたのは、何時間も動かないものだからきっと死んでしまったのだろうと思った連中が、仔牛に用いる焼けた烙印《らくいん》を脇腹に押し当てたときだった。彼はびっくりして目を覚ますと、わけのわからない言葉をわめき散らし、目には涙が浮かんでいた。そして二度ばかり大きく羽ばたくと、鶏小屋の糞と月面の塵《ちり》からなるつむじ風が巻き起こり、この世のものとは思えない恐ろしい大風が吹き荒れた。多くの人々がその反応ぶりは、怒りではなく苦痛が原因だと考えたものの、それ以来、彼が嫌うことはしないように気をつけた。なぜなら、彼が示す無抵抗ぶりは、のんびり隠遁生活を送る英雄のものではなく、天変地異が今は治まっている状態なのだと、多くの者が悟ったからである。

ゴンサガ神父は、捕まっている男の本性が何か最終的判断が下り、それが届くまでの間、群衆の勝手気ままな振る舞いに対し、自分流の方法で応じた。だが、ローマからの郵便は、至急という観念を失っていた。四人に臍《へそ》はあるか、話す言葉はアラム語と関係があるか、針の穴を繰り返し通り抜けることができるか、あるいは単なる翼の生えたノルウェー人ではないのか、といった類の問題を調べることに時は費やされた。もしも折よく生じた事件が司祭の苦悩に終止符を打ってくれなければ、このなんとも悠長な書状によるやりとりは、何世紀にもわたって続いたことだろう。

そのころ、カリブ海沿岸地方を巡る移動遊園地のたくさんの出し物に交じり、両親に逆らったために蜘蛛《くも》の姿に変わってしまった哀れな女の見世物が田舎町にやってきた。その見物代が天使の拝観料よりも安かったばかりか、彼女のとんでもない状況についてどんな種類の質問をしてもかまわず、表からでも裏からでも体を調べさせてもらえたから、そのおぞましい化け物が本物であることを誰ひとり疑わなかった。それは大きさがヒツジほどはある身の毛もよだつ毒蜘蛛で、哀しげな乙女の顔がついていた。だが、哀れきわまりなかったのは、そのなんとも醜悪な姿よりも、むしろ自分の不幸について微に入り細を穿《うが》ち語るときの悲しそうな様子だった。まだほんの小娘だったころ、こっそり親の家を抜け出して踊りに行った。許しもなく一晩中踊り明かしたあと、森を通って帰ろうとすると、すさまじい雷鳴が夜空をつんざき、その裂け目から硫黄色《いおういろ》の稲妻が落ちてきて、彼女を蜘蛛に変えてしまったのだ。食べ物と言えば、慈悲深い人々が口に放り込んでくれる肉団子ぐらいなものだった。これほど人間臭い真実味と恐るべき教訓に満ちた見世物を向こうに回したのでは、軽蔑《けいべつ》の対象でしかない人間には見向きもしない天使など、どう見てもかなうわけがなかった。しかも、この天使の業績と見なされる数少ない奇跡にしても、そこには天使の錯乱状態が見て取れた。たとえば、ある盲人は、視力が回復しなかったかわりに新しい歯が三本生えた。下半身が麻痺して動かない男は、歩けるようにはならなかったものの、もう少しで宝くじが当たりそうになった。ハンセン病の男は、傷口からヒマワリが芽吹いた。むしろ冗談としか思えず、一時の慰めにしかならないその手の奇跡によって、天使の評判が今や落ち目になっていたところへ、蜘蛛に変えられた女が止《とど》めを刺した。そんな具合で、ゴンサガ神父は不眠症がすっかり癒《い》え、ペラーヨの中庭は、三日三晩雨が降り続いてカニが寝室を歩きまわっていたころと同様、ふたたび静けさを取り戻した。

その家の持ち主夫妻に、こぼすべき愚痴などあろうはずがなかった。取り立てた拝観料によって、バルコニーと庭のついた二階建ての屋敷を新しく建てることができたからで、冬場にカニが這い上がってこないように周りに高い囲いを巡らせ、窓には天使が入り込まないように鉄格子をはめ込んだ。そのうえ、ペラーヨは、町のすぐそばにウサギの飼育場を建てると、条件の悪い警官の仕事とすっぱり縁を切り、エリセンダは踵《かかと》の高い繻《しゅ》子《す》の部屋履きと、当時、日曜日になると目立ちたがり屋の婦人たちがよく身にまとった、玉虫色に輝く絹のドレスを何着も買い込んだ。だが、鶏小屋だけは二人の関心の外にあった。たまにクレオリン液で洗ったり、香料を焚いていぶしたりしたが、別に天使のためというわけではなく、亡霊のようにあらゆる場所に入り込んで新築の屋敷を古ぼけさせつつある、ごみ溜めみたいな臭いを消し去ることが目的だった。最初、男の子がよちよち歩き出したころは、鶏小屋に近づきすぎないように、皆は注意を払った。だが、そのうち、誰もが心配するのを忘れるようになったばかりか悪臭にも慣れて、肝心の子供ときたら、まだ乳歯が生え替わりもしないうちに、金網が錆びてぼろぼろ落ちる鶏小屋に入り込み、中で遊ぶという有様だった。天使は、他の人間たちが相手のときほど、子供に冷淡ではなかったが、そのため、何も期待しない犬のごとく従順に、恐ろしく凝った悪ふざけにもじっと我慢しなければならなかった。二人は同時に水疱瘡《みずぼうそう》にかかった。子供を診た医者は、天使に聴診器をあててみたいという誘惑に抗えなかった。

すると天使の心臓から聞こえるのは雑音ばかり、腎臓からもやたらと妙な音が聞こえ、とても生きているとは思えないほどだった。けれども、一番驚かされたのは、その翼が理に適っていることだった。完全に人間のものである組織とごく自然につながっていて、なぜ他の人間たちにもついていないのか納得がいかないほどだった。

子供が学校に通い出すころには、日差しと雨に曝《さら》されて、鶏小屋はもはや崩れかかっていた。天使はあっちこっち這いずりまわっていたが、その姿はまるで頼れる者のいない死にかけの病人のようだった。寝室から箒《ほうき》で追い払われたかと思うと、一瞬後には台所に現れた。いくつもの場所に同時にいるように見えるので、人々はついに、天使は分身の術を使えるので、屋敷中に自分の姿を現すことができるのだと思うに至った。苛立ちが募ったエリセンダは爆発し、天使がこんなにうじゃうじゃいる地獄で暮らさなけりゃならないなんて、とんだ災難よと叫んだ。天使は食が細ったばかりか、骨董屋を思わす目はすっかり濁ってしまい、しょっちゅう頭を柱にぶつけていた。しかも体には、羽の根っこがまばらに残っているにすぎなかった。ペラーヨは毛布を掛けて、物置で寝かせてやった。皆はこのとき初めて気づいたのだが、天使は夜熱を出し、古代ノルウェー語の早口言葉みたいなうわ言を口走った。めったに物事に動じることのない人々が、このときばかりはおろおろした。天使が死んでしまうと思ったからだ。近所の物知りの女でさえ、死んだ天使の始末をどうすればいいか答えられなかった。

しかしながら、天使は、彼にとり最も厳しい冬を乗り切っただけでなく、春の陽光が射しはじめると、元気を取り戻したようだった。中庭の奥の人目につかない隅に引きこもり、何日もずっと動かずにいたが、十二月に入るとすぐ、翼に大きくて硬い羽、それも老いさらばえた鳥らしい羽が生え出し、それはむしろ新たな老化の兆しとしか見えなかった。だが、天使はその変化の原因を知っていたにちがいない。それを他の誰にも気づかれないように、しかも時々星空の下でうたう船乗りの唄を誰にも聞かれないように、十分注意したからだ。ある朝、エリセンダは昼食のために玉ネギを刻んでいた。すると沖からとおぼしい海風が台所に吹き込んだ。そこで窓の外を見ると、天使が飛び立つための練習を始めたところが目に入った。その様は何ともぎこちなく、爪で野菜畑に畝《うね》を作ってしまうほどだった。しかも、光の中を滑るばかりでちっとも空気をつかめず、手ごたえのない羽ばたきをするものだから、あやうく物置をばらばらにするところだった。それでもとうとう舞い上がった。エリセンダはほっとして、自分のために、また天使のために、吐息をもらした。そのとき、老いさらばえた禿鷹みたいな危なっかしさはあったが、どうにか体を支えながら羽ばたき、町はずれの家々の上を飛んでいく天使の姿が目に入った。エリセンダは玉ネギを刻み終えるまで目で追い、さらに、見えなくなるまでずっと見続けた。というのも、そのとき天使はもはや彼女の生活の障害ではなく、水平線の上の、架空の一点でしかなかったからである。

この世で一番美しい水死者

海面を漂う黒い小山のようなものがこちらに向かって静かに近づいてくるのを最初に目にした子供たちは、それを敵の船だと思い込んだ。けれどもその後、旗も柱もないことから、きっと鯨だろうと考えた。ところが、浜辺に着いたところで、表面をびっしり覆っている海藻《サルガッソー》やクラゲの触手、無数の魚の死骸、難破船の残骸などを取り除くと、はじめてそれが水死者であることがわかった。

子供たちは午後の間ずっと、水死者を砂に埋めてみたり掘り出してみたりして遊んでいた。するとその様子を偶然見かけた者が、大変だと言って村の皆に知らせた。そこから一番近い家まで水死者を運んだ男たちは、これまで知ったすべての死者よりも重く、馬の重さといい勝負であることに気づき、たぶんあんまり長いこと海を漂い続けたので骨《ほね》の髄《ずい》まで海水が染み込んでいるのだと口々に言い合った。地面に横たえたところ、男たちの誰よりもはるかに大きいことがわかった。というのも家の中に入りきらないほどだったからだ。だが彼らは、水死者の中には死んでからも成長し続ける性質を備えたものがいるのだろうと考えた。水死者は海の香りがした。形を見なければ、それが人の死体だとは想像がつかなかった。なぜなら、皮膚がコバンザメみたいな殻と泥に覆われていたからだ。

その水死者がよそ者であることは、顔を洗ってやるまでもなくすぐにわかった。村は海に突き出た荒れ地の先にあり、板張りの家が二十軒ほどまばらに建つばかりだったからで、石ころだらけの中庭には花など影も形もなかった。土地があまりに乏しかったため、母親たちは子供が風に運び去られることを絶えず恐れ、数は多くないが歳を取って亡くなった者の亡骸《なきがら》は、断崖から放るしかなかった。しかし、海は穏やかで豊かだったから、男たちは皆で七艘《そう》の小船に別れて乗り込む。そんなわけで、水死者が見つかったら、互いに顔を見合わせるだけで、仲間がそろっているかどうかがわかるのだった。

その夜、男たちは漁に出なかった。彼らが近所の村に見当たらない者はいないかと調べて回る一方、女たちは残って水死者の世話をした。アフリカハネガヤのたわしで泥を落とし、髪の毛に絡まった海底の小石を取り除き、魚のうろこをこそげる道具で皮膚の殻を剥《は》がした。そんな具合にきれいにしてやっていると、体についている海藻がはるか彼方の大洋の深いところに生えているものであることに気づき、ぼろぼろになった衣服はまるでサンゴの迷宮の間を漂ってきたかのようだった。さらに気づいたのは、水死者がその死を誇らしげに受け入れていることで、海で死んだ他の溺死者《できししゃ》みたいに寂しさを感じさせなかったし、川の溺死者のように卑しくみすぼらしい顔つきをしていなかった。だが、体を清め終えたとき、はじめてそれがどんな種類の人間であるかをはっきりと知り、そのとたん誰もが息を呑んだ。これまで目にしたあらゆる男よりも背が高くて力強く、たくましく、屈強であるばかりか、現に今目の前にしていながら、自分たちの想像の枠に収まりきらなかったのだ。

村にはその水死者を横たえるのに十分な大きさのベッドはなかったし、お通夜に使えるほどがっしりしたテーブルもなかった。村中で一番のっぽな男の晴れ着のズボンも、一番太った男が日曜日に着るシャツも、一番体格のいい男の靴も、水死者には寸法が足りなかった。女たちはその並外れた巨漢ぶりと美しさに魅せられて、水死者が威厳に満ちて死んでいられるように、縦帆の布でズボンを、花嫁衣裳用の麻布でシャツを仕立ててやることにした。皆で輪になって座り、ひと針縫うごとに遺体に目をやったのだが、その夜はこれまでになく強い風が吹きやまず、カリブ海がこれほど焦燥に駆られたことはかつてなかったように思えた。そこで女たちは、この時化《しけ》は水死者と何か関係がありそうだと考えた。またこうも考えた。もしもこの堂々とした男が村に住んでいたとしたら、家の戸口はどこよりも広く、天井はどこよりも高く、床はどこよりも頑丈だったはずだ。ベッドの枠には船の肋材《ろくざい》が使われ、鉄のボルトで締めてあり、彼の妻はきっと世界一幸せな女だっただろう。さらにこうも考えた。きっと大きな能力の持ち主で、海で名前を呼びさえすれば魚が集まってきただろうから、たやすく漁ができただろう。実に根気よく働いて、およそ不毛な石だらけの土地から水を湧《わ》き出《だ》させ、崖《がけ》に種をまいて花を咲かせたことだろう。女たちはこっそり自分の夫とこの男を比べてみて、この男なら一晩でやりおおせることでも、自分の夫には一生かかってもできないだろうと考え、しまいには夫のことを、この世で一番さもしくつまらない存在であると、心の底でうとんじはじめる始末だった。そんな妄想に囚《とら》われていると、最年長の女が、歳の功ぶりを発揮して、恋心よりも同情心のこもった眼差しで遺体をじっと眺めると、ため息をついてこう言った。

「顔からすると、名前はエステバンだね」

そのとおりだった。女たちの大半は、遺体の顔をもういちど見ただけで、他の名前はありえないということに納得した。だが、もっとも年下の女たちは簡単には納得せず、ちゃんと服を着せてエナメルの靴を履かせ、周りを花で飾ってやれば、ラウタロという名前のほうが似つかわしいと言い張った。けれども、それは虚しい夢にすぎなかった。ズボンは布が足りなかったばかりか、裁縫が下手くそだったのでつんつるてんだったし、心臓が人知れず鼓動したのか、シャツのボタンははじけてしまっていたからである。夜半を過ぎると、風の唸《うな》りは弱まり、海は水曜日の深い眠りについた。静けさが戻ると、年若い女たちのそれまでの不平も治まり、やっぱり名前はエステバンだということになった。彼に服を着せてやった女たち、髪を梳《と》かしてやった女たち、爪を切ってやった女たち、髭《ひげ》を剃《そ》ってやった女たちは、彼を地面に横たえておかざるをえないとなったとき、気の毒がって身を震わせた。死んでからも厄介の種となるのなら、生きているうちは、そのとてつもなく大きな体にどんなに惨めな思いをさせられたことかと、そのとき初めて女たちは彼の不幸に思い至った。すると生前の運命づけられた姿が目に浮かんだ。戸口をくぐるとき身体を斜めにし、それでも上の木枠に頭をぶつけ、訪れた先で、ジュゴンみたいなバラ色の柔らかい手をどうしていいかわからず立ちつくしていると、家の女主人が一番頑丈な椅子を見つけてきて、それでもひどくびくつきながら、これに腰掛けてくださいな、エステバン、お願いだから、だが彼は壁にもたれたまま、笑顔で応える、ご心配なく、奥さん、これでいいんです、どこへ行っても裸足のまま、恐縮しながら同じ言葉を何度も繰り返す、ご心配なく、奥さん、これでいいんです、唯一の理由は椅子を壊して恥をかきたくないということだった、また、立ち寄った家で、まだ帰るなよ、エステバン、せめてコーヒーを淹れるまで待ったらどうだと言った人々が、そのあと、やっと帰ったぞ、あのウドの大木めが、美男子だけれどおつむが弱いのがいなくなってほっとしたよ、とささやき合っていたことなど知る由もなかっただろう。女たちは遺体を前に、夜が明ける寸前までそんなことを考えていた。それから、朝の光がまぶしくないように顔をハンカチで覆ってやったときだった、永遠の死を迎え、助ける者もいないこの男が、自分たちの夫にそっくりな気がして、女たちの心がついにひび割れ、涙があふれ出たのだ。最初にすすり泣き始めたのは一番年下の女のひとりだった。他の女たちは互いに励まし合っていたが、すすり泣きはやがて号泣に変わった。そして泣けば泣くほどさらに泣きたい気持ちが募るのだった。なぜなら、彼女たちにとり水死者の名はますますエステバンになったからで、ついにはこの世で一番可哀そうな男、一番おとなしく世話好きな男が哀れなエステバンだと言って大泣きする始末だった。だから男たちが戻ってきて、水死者が近くの村の者でもなかったという知らせをもたらすと、涙に暮れていた女たちの心に喜びの晴れ間がのぞいた。

「ああ、よかった」と彼女たちはほっとして言った。「この水死者はわたしたちのものだよ！」

男たちは、そのはしゃぎようを、たかが女の軽薄さの表れにすぎないと思った。夜通し苦労して調べ回ったために疲れ切っていた彼らの唯一の望みは、風もなく乾燥しきったその日、日差しが厳しくなる前に、厄介な闖入者《ちんにゅうしゃ》を一気に始末してしまうことだった。そこで船の前部の帆柱と帆桁でもって間に合わせの担架を作り、水死者を断崖まで運ぶとき重さに耐えられるよう檣座《しょうざ》をくりつけた。また水死体が、魚に目がなかったり潜水夫が陸をこいしく思いながら死を迎えたりする深海まで、邪魔されることなく沈んでいくように、足首に商船の錨《いかり》を結びつけた。そうしておけば、かつて他の亡骸に起きたように、悪い潮の流れに浜まで戻されることはないはずだった。ところが、男たちが作業を急げば急ぐほど、女たちの身に何かが起こり、時間を費やすのだった。彼女たちは臆病な牝鶏《めんどり》みたいに歩き回り、大箱から追い風に恵まれるお守りを引っ張り出し、こっちで肩衣《スカプラリオ》を掛けてやろうとして足手まといになるかと思うと、あっちで正しい方向に導いてくれるという腕輪をはめてやろうとして邪魔するものだから、しまいに男たちは、さあ、そこをどいた、邪魔にならないところにいてくれ、ほら、あやうく死人の上に倒れるところだったぞ、と文句を言い出す始末だった。そのうち男たちの胸にわだかまりが生じ、いったいなんの目的でたかがよそ者に主祭壇用の金物をこんなにたくさんつけてやるのか、どんなにたくさん飾り鋲《びょう》やら聖水桶をつけてやったところで、鮫《さめ》に食われちまうだけなのにと文句を言い出した。だが彼女たちは、休むことなく安物の聖遺物を引っ張り出してきては行ったり来たりするし、つまずいたりぶつかったりしては、涙こそ流さなかったがため息をつくのだった。すると男たちはついにかっとなり、海を漂ってきたこんな死体に、身元も知れない水死者に、くそいまいましい土左衛門《どざえもん》に、なんで大騒ぎするんだと悪態をついた。そのあまりに思いやりのない言い方に心を痛めた女のひとりが、遺体の顔から布を取り去ると、男たちも思わず息を呑んだ。

これはエステバンだ。遺体の男をエステバンだと認めるのに、繰り返す必要はなかった。もしもウォルター・ローリー卿《きょう》だと言われたら、彼らもその英語の口調や肩に止まったコンゴウインコ、人食い人種を撃ち殺すための火縄銃に、きっとたまげたことだろう。だがエステバンはこの世にたったひとりしか存在しようがないし、それが今、ばかでかいニシンみたいにそこに転がっていた。半長靴も履かず、ズボンは寸法が足りず、ごつごつした爪ときたらナイフでなければ歯が立ちそうもなかった。顔の布を取りさえすれば、彼が恥じていること、しかし、そんなに身体が大きくなったのも、体重があるのも、美しいのも、彼のせいではないことが十分見て取れた。それにもし、こんな事態になると知っていたならば、彼は溺れ死ぬのにもっと目立たない場所を選んだだろう。そう、真面目な話、わたしは自分の手で首にガレオン船の錨を結びつけ、崖のあたりを素知らぬ顔で歩いて、こんな具合に、あなた方が言うところの水曜日の死者が迷惑を掛けることがないようにしただろうし、わたしとは無関係のしょうもない死体があなた方を騒がせることもなかっただろう。彼の死んでいる様子には実に誠実なところがあり、そのため最も疑り深い男たち、妻が夫である自分の夢を見ることに飽き、水死者の夢を見始めるのではないかと恐れて海での果てしない夜を苦々しく感じている男たちでさえも、彼らはもちろん最も豪胆な男たちでさえも、エステバンの骨の髄まで誠実なところに心打たれて身を震わせた。

そんなわけで、打ち捨てられた水死者のための葬儀としてこれ以上は考えられないほど見事な葬儀が営まれた。近くの村に花を摘みに行った女たちは、自分たちの話を信じないよその村の女たちを連れて帰ってきた。その女たちは水死者を見ると、村に戻ってもっとたくさんの花を持ってきた。そんな具合にますます多くの花が集まったので、ついに花と人で歩くこともままならないほどになった。さて、いざというときになると、人々は遺体を身寄りのないまま海に戻すのが気の毒になり、父親役と母親役をそれに最もふさわしい者のなかから選び、さらに兄弟、伯父と伯母、従兄弟《いとこ》の役を務める者もいた。そんな具合にして彼を通じ、すべての村人が互いに親戚同士になった。航行中にはるか彼方《かなた》で嘆き悲しむ声を聞きつけた船乗りの中には、正しい方角がわからなくなった者がいたし、古いセイレーンの伝説を思い出して自分の体を帆柱に縛りつける者もいたようだ。皆は遺体を肩に担いで崖の急斜面を下るという栄えある役を巡って言い争う一方、男も女も、美しく輝く水死者を前にすると、いかに自分たちの村の通りが荒れ果て、中庭は味気なく、自分たちの見る夢はちっぽけであるかということに初めて気づいた。戻りたくなったらいつでも戻れるように、水死者は錨なしで海へと送り出された。そして遺体が深みへと沈んでいく間、誰もが息を殺していたが、そのわずかな時間には何世紀もの時間が凝縮されているようだった。彼らは顔を見合わせるまでもなく、もはや自分たちから何かが失われ、二度とすべてが揃った状態にはならないことがわかった。だが、そのときからエステバンの思い出が、梁《はり》にぶつかることもなく動き回れるように、家々の戸口はもっと幅が広くなり、天井は高く、床は頑丈になるだろうこと、そしてこれから先、あのウドの大木が死んだ、なんて悲しいんだ、あの男前のうすのろが死んでしまったなどと言って嘆いたりはしないだろう、なぜなら村人はエステバンの思い出を永遠に留めるために、家の正面に明るい色のペンキを塗り、岩を穿《うが》って水を湧き出させ、崖に花の種を蒔《ま》くからで、何年も先の夜明けに、大きな客船の客たちは遠い沖合で、庭園の花の匂いにむせて目を覚ますだろう、すると船長は礼服に北極星章や武勲の証となる勲章を数珠つなぎにつけて、天体観測器を手に、船橋《ブリッジ》から下りてこざるをえない、そしてカリブ海の水平線にある薔薇の咲き乱れる岬を指差し、十四か国語を操って、こう言うのだ。あちらをご覧ください、今はすっかり治まった風がベッドに潜って眠ろうとしているあのあたり、日差しがあまりに強いので、ヒマワリがどちら向きに回ればいいかわからずにいるあそここそ、エステバンの村なのであります。

純真なエレンディラと邪悪な祖母の信じがたくも痛ましい物語

エレンディラに不幸をもたらす風が吹きだしたのは、祖母を風呂に入れてやっているときだった。荒涼とした砂漠に迷い込んだかに見える、化粧漆喰《けしようしつくい》を塗った広大な屋敷は、初めのひと吹きでもって土台ごと揺れた。それでもエレンディラと祖母は、そんな荒々しい自然の災厄には慣れっこだったし、ローマの浴場を思わす孔雀の連続模様と稚拙なモザイクで飾られた浴室にいたために、風の吹き具合などほとんど気にもしなかった。

大理石の浴槽に身を横たえた祖母の巨大な裸体は、美しい白鯨に似ていた。孫娘はやっと十四歳を迎えたところで、生気に欠け、骨はまだ固くなく、歳の割にはやけにおとなしかった。彼女は、侵してはならない厳しさを感じさせる控えめな様子で祖母の体を洗っていた。お湯は薬草《ハーブ》や香りの良い木の葉を入れて沸かしてあり、その葉が祖母の肉厚な背中や艶々《つやつや》したみだれ髪、船乗りをあざ笑うかのようにこれでもかと刺青《いれずみ》を施した隆々たる肩に貼りついていた。

「ゆうべ、自分が手紙を待っている夢を見たよ」と祖母が言った。

エレンディラは、やむをえない理由がない限りけっして口をきくことがなかったが、このときは祖母に尋ねた。

「夢のなかじゃ何曜日だったの？」

「木曜日だよ」

「だったら悪い知らせの手紙ね」とエレンディラは応えた。「でも、それって絶対届かないわ」

入浴させ終えると、祖母を寝室に連れて行った。祖母は太りすぎていたので、孫娘の肩を借りるか司教杖をつくかしないと歩けなかったが、そんな覚束なさのなかにも古めかしくも威風堂々とした雰囲気を漂わせていた。屋敷全体にあてはまることだが、悪趣味の度が過ぎ、いささか異様に感じられる寝室で、エレンディラはさらに二時間もかけて祖母の身づくろいを手伝う必要があった。髪の毛を一筋ずつほぐし、香水を振り、櫛《くし》で梳《す》いてやり、熱帯の花柄の服を着せ、顔に汗止めパウダーをはたき、唇に口紅、頬《ほお》に頬紅をさし、瞼《まぶた》にはジャコウを、爪には真珠母色のマニキュアを塗ってやった。こうして人の姿よりも大きな人形を相手にするようなおめかしを終えると、服の柄に似た鬱陶《うっとう》しい花が咲き乱れる作りものめいた庭へ連れて行き、玉座みたいに台座のついた曰《いわ》くありげな安楽椅子に座らせて、掛けてもたちまち終わるレコードをラッパつき蓄音機で聴かせた。

祖母が過去という沼地を漂うあいだに、エレンディラは屋敷のなかをせっせと箒《ほうき》で掃いて回った。屋敷は暗く、奇妙奇天烈な家具類、バタビアの涙でできたシャンデリア、でっちあげの皇帝たちの彫像、雪花石膏《せっかせっこう》の天使たち、金色のニスを塗ったピアノ、予想もつかない形と大きさの夥《おびただ》しい時計などでごみごみしていた。中庭には、インディオが遠くの泉から背中に担いで運んできた水を何年分も溜めておける水槽があり、その鉄輪のひとつに、ここの最悪の気候に耐え抜き生き永らえることのできた唯一の鳥であるしょぼくれたダチョウがつながれていた。屋敷は砂漠の真ん中にぽつんとあって、あらゆる場所から遠く離れていた。近所に集落があるものの、そこの通りはみすぼらしい上に焼けるように熱く、例の不幸をもたらす風が吹き出そうものなら、仔山羊さえもが孤独に耐えきれず、自殺するという始末だった。

この不可解きわまりない隠れ家を建てたのは、アマディスという祖母の亭主で、伝説的密輸業者だった。この男との間にできた子もアマディスという名で、これがエレンディラの父親だった。この一家の家柄や事情を知る者は誰ひとりいなかった。インディオたちの噂《うわさ》で一番有名なのは、祖父のほうのアマディスが、アンティーリャス諸島の娼家でひとりの男をナイフで殺し、その美しい妻を身請《みう》けして、身に危険の及ばない砂漠に住まわせたというものだ。ひとりは気鬱熱で、もうひとりは商売敵とのもめごとで体中を穴だらけにされて、アマディスが二人とも死んでしまうと、女は遺体を中庭に葬り、十四人の裸足の女中たちに暇を出し、生まれたときから育ててきた母親知らずの孫娘をこき使いながら、隠れ家の薄闇のなかで、華やかだった過去に思いを馳せていた。

エレンディラは、時計のネジを巻いて時間を合わせるだけで六時間も掛かった。だが彼女の不幸が始まった日は、そんなことをしなくて済んだ。ネジが翌朝の分まで巻いてあったからだ。そのかわり祖母を風呂に入れ、服を着替えさせ、床にモップを掛け、昼食の支度をして、ガラスの食器を磨かなければならなかった。十一時ごろ、ダチョウ用の桶の水を替え、仲良く並んだアマディス父子の墓に茂る雑草に水をやった。耐えがたいほど激しくなった風に逆らって働かざるをえなかったにもかかわらず、それが不幸をもたらす風となる兆しは少しも感じなかった。十二時に最後のシャンパングラスを磨いていると、美味《うま》そうなスープの匂いが鼻をくすぐった。そこで信じがたい速さでもって台所に駆けつけたのだが、途中でベネチアン・ガラスの器を木端微塵《こっぱみじん》にしてしまった。

それでもコンロで吹きこぼれかけていた鍋をなんとか下ろすことができた。次に、すでに用意のできていたシチューを火にかけ、その合間を利用して台所の腰掛けに座り、体を休めた。目を閉じたと思ったらまた開き、今度は疲れの見えない表情で、スープを鉢に移しはじめた。眠ったまま働いていたのだ。

銀の燭台《しょくだい》と十二人分の食器を並べた晩餐《ばんさん》用の食卓に、祖母はひとりぽつねんと座っていた。彼女が呼び鈴を鳴らすと、間髪を容《い》れず、エレンディラが湯気の立つスープ鉢を捧げ持ってやってきた。彼女がスープを注ごうとしたとき、祖母は彼女の夢遊病者の仕草に気づき、見えないガラスを拭《ふ》くかのように目の前で手を左右に動かしてみた。孫娘にはその手が見えていなかった。祖母は彼女の動きを目で追っていたが、台所に戻ろうとして後ろを向いたときに、大声を出した。

「エレンディラ」

突然目を覚まされたエレンディラは、スープ鉢を絨毯《じゅうたん》の上に落としてしまった。

「用はないよ」と祖母はある種の優しさをこめて言った。「お前がまた歩きながら眠ったからさ」

「体が勝手にそうなるの」とエレンディラは言い訳するように答えた。

まだ眠りから覚めきらないままスープ鉢を拾いあげ、絨毯の染みを取ろうとした。

「そのままにしておくんだ」と言って祖母はやめさせた。「洗うのは午後だよ」

そんなわけでエレンディラは、いつもの午後の仕事に加え、食堂の絨毯を洗うはめになったのだが、洗濯場にいるのを利用して、月曜日の分の洗濯も済ませてしまった。そのあいだも風は吹きこむすき間を探して屋敷の周りを巡っていた。片づけるべき仕事が多すぎたので、いつの間にか夜になろうとしていた。そして食堂の絨毯を敷き直したときには、もう寝る時間だった。

祖母は午後ずっとピアノをいじりながら、自分にしか聞こえない裏声で若いころ流行《はや》った歌をうたった。瞼は涙で融けたジャコウで汚れていた。けれどもモスリンのネグリジェを着てベッドに身を横たえたときには、幸福な思い出がもたらす辛《つら》さからすっかり立ち直っていた。

「明日はついでに広間の絨毯も洗うんだよ」と祖母はエレンディラに命じた。「騒動があったとき以来、お日様に当ててやっていないからね」

「はい、お祖母《ばあ》ちゃん」と孫娘は応えた。

彼女は羽根の扇子を手に取ると、眠りに落ちていきながらも夜の決まりごとを命じ続ける邪悪な祖母を扇ぎはじめた。

「寝る前に、服は全部アイロン掛けしておくんだよ、落ち着いて眠れるようにね」

「はい、お祖母ちゃん」

「衣裳部屋をよく調べておくことだよ、風が吹く夜は紙魚《しみ》がいつにも増してお腹を空かせるからね」

「はい、お祖母ちゃん」

「時間があまるようなら、花を中庭に出して、いい空気を吸わせておやり」

「はい、お祖母ちゃん」

「それから、ダチョウに餌《えさ》をやって」

祖母はもう眠っていたが、それでも次から次へと命令し続けた。彼女の孫娘が受け継いだ、眠りながら生きる能力だった。エレンディラは音を立てずに部屋を出て、眠っている祖母の命令に絶えず返事をしながら、夜の最後の務めをこなした。

「お墓に飲み水をやるんだよ」

「はい、お祖母ちゃん」

「横になる前に、いいかい、何もかもきちんと整えるんだよ、物だって自分の置き場で眠らないと、ひどく寝苦しいんだから」

「はい、お祖母ちゃん」

「アマディスたちが来たら、家に入っちゃだめだと知らせておくれ」と祖母が言った。「ポルフィリオ・ガランの一味が二人を殺そうと待ち伏せしてるからって」

エレンディラはもう返事をしなかった。祖母が妄想の世界をさまよいはじめたことがわかっていたからだ。それでも命令されたことはもれなく果たした。窓の締め金を点検し終え、残っていた灯りを消すと、食堂の燭台をひとつ手に取り、それで足元を照らしながら寝室まで歩いた。その一方、眠っている祖母は、穏やかだが猛烈な寝息でもって風の絶え間を埋めていた。

祖母の部屋ほどではなかったが、エレンディラの部屋も豪華で、ついこの間まで幼かった彼女の縫《ぬ》いぐるみやゼンマイ仕掛けの動物などで埋め尽くされていた。その日一日の苛《か》酷《こく》な仕事でくたびれ切っていたために、エレンディラは服を脱ぐ気力さえなかった。ただ燭台をナイトテーブルの上に置いただけで、ベッドに倒れ込んだ。まもなく、彼女に不幸をもたらす風が犬の群れのように寝室にどっと入り込み、燭台をカーテンに向かって引っくり返した。


夜が明け、ようやく風が止むと、大粒の雨がぽつぽつ落ちはじめたので、屋敷の燃え残りの火も消え、まだくすぶっていた灰も固まった。あらかたがインディオからなる村人たちは、黒焦げになったダチョウやら、金色のピアノの枠やら、彫像の胴体やら、焼け残ったものを拾い出すことに夢中だった。祖母は計り知れないほど憔悴《しょうすい》し、自分の財産の燃えかすをぼんやり眺めていた。二人のアマディスの墓のあいだに座り込んでいたエレンディラは、いまは涙も乾いていた。がらくたのなかに無事だったものはほとんどないと悟った祖母は、心から憐れんでいるというように孫娘を見た。

「可哀そうだね」と言って彼女はため息をついた。「お前にゃこの災難の償いは一生かけてもできないだろうよ」

エレンディラはさっそくその日から償いを始め、土砂降りの雨のなかを、村の食料品店に連れて行かれた。店主はまだ若いやもめで、痩せこけていたが、生娘には金払いがいいというので砂漠中に知れ渡っていた。祖母に期待のこもった冷静な目で見つめられながら、やもめの店主は学者を思わす厳密さでエレンディラを調べ、腿《もも》の力、胸のふくらみ具合、腰の幅などをはかった。値踏みが済むまで、ひとことも口をきかなかった。

「まだほんの小娘だな」と店主は言った。「胸なんか犬並みだ」

それからエレンディラを秤の上にあがらせ、自分の判断を数字で証明しようとした。四十二キロだった。

「いいところ百ペソだな」と店主は言った。

祖母はかっとなった。

「掛け値なしの生娘に百ペソかい?」ほとんど怒鳴っていた。「冗談じゃない、お宝に配慮がなさすぎるじゃないか」

「百五十が限度だ」と店主が言った。

「この娘はわたしに百万ペソ以上も損させたんだから」と祖母。「こんな調子だと払い終えるまでに二百年はかかるよ」

「よかったじゃないか」とやもめの店主が言った。「まだ年端もいかないところがたったひとつの売りなんだから」

嵐は店をばらばらにしてしまいそうな勢いで、天井からあんまり雨漏りがするために、外でも内でも雨が降っているみたいだった。祖母はなんとも惨めな世界でひとりぼっちでいる気がした。

「せめて三百ペソまで上げてくれないかい」と言ってみた。

「二百五十だ」

結局、現金で二百二十ペソと少しばかりの食べ物で二人は手を打った。そこで祖母はエレンディラに店主と一緒に行くように言いつけ、店主は彼女の手を取ると、まるで学校にでも連れて行くように、店の奥へ引っ張って行った。

「ここで待ってるよ」と祖母は言った。

「はい、お祖母ちゃん」とエレンディラは応えた。

店の奥はレンガの柱四本で支えられた掛け小屋のような場所になっていて、棕櫚葺《しゅろぶ》きの天井は朽ちていた。周りを高さ一メートルの日干《ひぼ》しレンガの塀が囲んでいたが、天気が悪ければ雨も風もかまわずそこから吹き込んだ。日干しレンガの塀の縁にはサボテンをはじめ乾燥に強い植物の鉢が並べられていた。二本の柱のあいだに白茶けたハンモックが吊られ、それが漂流する小舟の帆のようにはためいていた。風の唸《うな》りや吹きつける雨の音に混じり、はるか彼方の叫び声や獣《けもの》の唸り声、難船者の声などが聞こえた。

エレンディラとやもめの店主は掛け小屋に入っていったが、横なぐりの激しい雨にずぶ濡れになり、倒されないよう互いに支え合わなければならなかった。突風の音に二人の声はかき消され、動きも普通ではなかった。やもめの店主がいよいよ手を出すと、エレンディラは聞こえるか聞こえないほどの悲鳴をあげ、逃げようとした。店主は声を出さずにそれに応じ、手首をつかんで腕をねじりあげ、彼女をハンモックのほうへ引きずっていった。彼女は相手の顔に爪を立てて抵抗し、ふたたびほとんど聞こえない悲鳴をあげた。すると店主はそれに応えるように、重々しく平手打ちを食わせたので、彼女は飛び上がり、一瞬宙に舞ってメデューサのように長い髪をなびかせた。土間に落下する前に、店主はその腰をつかんで留めると、乱暴にハンモックに放り投げ、両膝で押さえ込んだ。エレンディラは恐怖のあまり意識を失った。そして嵐の空を泳いで渡る魚の月光めいた輝きに魅入られているような状態になった。やもめの店主は、草を引き抜くように、着ていた服を間をおいて引き裂いていき、彼女を裸にした。裂かれた布は色とりどりの長い紐になり、別れのテープのように波打ちながら風に乗って飛んでいった。

何がしか金を払ってエレンディラと愛を交わしそうな男が村にひとりもいなくなると、祖母は、密輸のために出発する貨物トラックに彼女を連れて乗り込んだ。二人は屋根なしの荷台で、米の袋やバターの缶、火事で焼け残ったもの、すなわち副王用のベッドの頭、戦いの天使、焼け焦げた玉座、その他およそ役立たずのがらくたなどと一緒に旅をした。太い刷毛《はけ》で十字架を二つ描いたトランクには、二人のアマディスの骨が入っていた。

祖母はうんざりするような日差しから、破れ目だらけの傘でもって身を守り、汗と埃のせいで息苦しそうだったが、そんな逆境にあっても威厳を保っていた。エレンディラは、旅費と家具の運び代を払うために、バターの缶と米の袋の積み重なった山の陰で、二十ペソでもってトラックの荷担ぎの相手を務めた。彼女は最初、やもめの店主から挑みかかられたときと同じ方法で身を守ろうとした。ところが、荷担ぎのやり方は店主とは違い、ゆっくり時間を掛ける巧みなもので、その優しい仕草にとうとう彼女はおとなしくなった。そんなわけで、苛酷な一日の行程を終え、最初の村に着いたときには、エレンディラと荷担ぎは心地よい愛の疲れから、積荷の壁の陰でくつろいでいた。トラックの運転手が祖母に向かって大声で言った。

「ここから世界が始まるぞ」

祖母は疑り深そうな目で、後にしてきた村よりはいくらか大きいものの、同じくらい陰気くさい村の貧弱で人気《ひとけ》のない通りをじっくり眺めた。

「そうは見えないよ」と祖母が言った。

「ここらには伝道所があるのさ」と運転手。

「わたしに興味があるのは慈善じゃない、密輸だよ」と祖母が応じた。

積荷の陰で二人のやりとりに耳を澄ませていたエレンディラは、米の袋のひとつを指でほじくってみた。すると、いきなり糸が見つかったので引っ張ったところ、長い正真正銘の真珠の首飾りが出てきた。蛇の死骸でも指でつかんだかのようにびっくりしてそれを眺めていると、運転手が祖母に言い返すのが聞こえた。

「寝とぼけたことを言うなよ。密輸業者なんかいるもんか」

「もちろんいるさ」と祖母は言い張った。「なんてこと言うんだい！」

「なら自分で探しな。そうすりゃわかる」と運転手は機嫌よく、からかうように言った。「みんな連中の噂をするけれど、誰も見ちゃいないんだから」

荷担ぎはエレンディラが首飾りを引っ張り出したことに気づき、あわててそれを取り返すと、また米の袋に突っ込んだ。貧しい村であるにもかかわらず、祖母はここに腰を落ち着けることに決め、孫娘を呼んで、トラックから下りるのを手伝わせようとした。エレンディラは荷担ぎに、自分から進んであわただしくも心からのキスをした。

祖母は通りの真ん中で玉座に座り、荷物を下ろし終えるのを待った。最後がアマディスたちの遺骨の入ったトランクだった。

「死人なみに重いぞ」そう言って運転手は笑った。

「二人分だからね」と祖母が応じた。「丁寧に扱っておくれよ」

「賭《か》けてもいい、こりゃ象牙でできた像だな」運転手はまた笑った。

彼は遺骨の入ったトランクを黒焦げの家具のあいだにいい加減に置くと、片手を開いて祖母の前に突きだした。

「五十ペソよこしな」と言った。

祖母は荷担ぎを指差した。

「もうあんたの手下にちゃんと払ったよ」

運転手がびっくりして助手を見ると、助手がうなずいたので、彼はトラックの運転席に戻った。そこには同乗者の喪服を着た女が暑がって泣いている男の子を抱いて座っていた。荷担ぎはやけに自信ありげに祖母に言った。

「あんたがだめだと言わなけりゃ、エレンディラはおれと一緒に行くよ」

エレンディラがびっくりして口を挟んだ。

「あたしはなんにも言ってないわ！」

「言ったのはおれだし、考えたのもおれさ」

祖母は見くびるどころか、頭のてっぺんから足の爪先までしげしげと眺め、どこまで本物か、その勇気の度合いを知ろうとした。

「わたしゃ別にかまわないよ」と祖母は言った。「この子の不始末で損させられた分を払ってくれりゃ。八十七万二千三百十五ペソから、これまでに払ってくれた四百二十ペソを差し引いた、八十七万千八百九十五ペソだよ」

トラックが走り出した。

「そんな金があれば、おれは払うよ、本当さ」荷担ぎは真顔で言った。「あの子はそれだけの価値があるからね」

若者のきっぱりとした言葉が祖母は気に入った。

「じゃあ、お金ができたらまたおいで」祖母は愛想よく応じた。「でも今はお行き、勘定を調べ直したら、まだ十ペソ借りがあるってことになりそうだよ」

荷担ぎはその場を離れつつあったトラックの荷台に飛び乗った。彼はそこからエレンディラに向かって手を振った。だが、いまだ驚き冷めやらぬエレンディラはそれに応えなかった。

トラックに置いていかれたその荒れ地に、エレンディラと祖母はトタン板とアジア産絨毯の残骸で掘立小屋《ほったてごや》を建て、二人で住むことにした。地面にはゴザを二枚敷き、屋敷にいたときと同様ぐっすり眠ったが、やがて屋根の穴から陽が差し込んできて、顔が燃えるように熱くなった。

いつもとは違い、その朝は祖母のほうがエレンディラの身支度を手伝った。顔には自分の若いころに流行《はや》った死化粧を施し、仕上げにつけ睫毛《まつげ》を、そして頭には止まった蝶に見えるオーガンジーのリボンをつけてやった。

「ぞっとするね」と祖母は認めて言った。「だけどこうしたほうがいいのさ。男ってのは女のことになるとまるで脳天気なんだから」

姿が目に入るずっと前から、二人は火口《ほくち》みたいな灼熱の砂漠をこちらに向かってくる二頭のラバの足音を聞きつけた。祖母の一声でエレンディラはゴザに横になった。まるで下っ端の女優が幕開き寸前に見せる動作のようだった。祖母は司教杖を支えにして掘立小屋を出ると、玉座に座ってラバが通りかかるのを待った。

近づいてきたのは郵便屋だった。仕事のせいで老けて見えるものの、歳は二十歳かそこらだった。

カーキ色の制服を着て脚にゲートルを巻き、コルク製のヘルメットを被《かぶ》り、弾薬帯に軍隊用のピストルが差してあった。見事なラバに跨《また》がり、もう一頭のそれほど見事でもないほうの背に麻の郵便袋を山積みし、端綱を引いていた。

祖母の前に差しかかると、手を挙げて挨拶《あいさつ》し、そのまま先へ進もうとした。だが祖母は身振りで小屋のなかを覗《のぞ》くように促した。郵便屋はラバを止め、死化粧を施し、紫色の縁飾りのついた服をまとい、ゴザの上に横になったエレンディラの姿が目に入った。

「気に入ったかね?」と祖母が尋ねた。

郵便屋はこのときやっと祖母の謎かけがわかった。

「ここのところありついてないから、ありがたいね」とにんまりしながら答えた。

「五十ペソだよ」と祖母が言った。

「まさか! するとアレが金でできてんのかな」と郵便屋。「おれのひと月分の飯代じゃないか」

「しみったれるんじゃないよ」と祖母が言った。「航空便の受け持ちは司祭よりもいい給料をもらってると言うじゃないか」

「おれは国内便の受け持ちなんだ」と郵便屋は応えた。「航空便の受け持ちはあのトラックを走らせている奴だよ」

「とにかく、愛ってのは三度の飯とおなじくらい大事だからね」と祖母は言った。

「だけど腹を一杯にしちゃくれないな」

他人の期待で稼いで暮らしている人間には、値切る暇が余るほどあることを悟った。

「いまいくら持ってるんだい?」と祖母は訊いた。

郵便屋はラバから下りると、ポケットからくしゃくしゃになったお札を何枚か取り出し、祖母に見せた。祖母は強欲な手でそれをボールのようにまとめてつかんだ。「負けとくから」と祖母は言った、「ただし、条件があるよ。このことをあっちこっちで言いふらしておくれ」

「地球の裏まで言いふらすさ」と郵便屋は応えた。「まかしときな」

エレンディラはそれまで瞬《まばた》きができずにいたが、つけ睫毛をはずすと、そのとき限りの恋人に場所を空けるために、ゴザの片側に寄った。彼が小屋に入るや否や、祖母はカーテンをぐいと引いて入り口を閉ざした。

それは効果てきめんの取引だった。郵便屋がまき散らした噂に引き寄せられて、エレンディラという女の下ろしたて具合を試そうと、はるか彼方から男たちがぞくぞくとやってきた。男たちの後には宝くじや食べ物の屋台が続き、最後に現れたのは自転車に乗った写真屋で、三脚付きの写真機に黒いカバーを被せて据えつけ、背景にはへたれ切った白鳥の湖を置いた。

祖母は玉座で扇子を使い、この市が自分が元で立ったにもかかわらず、まるでどこ吹く風だった。関心があるのは、順番を待つ客が列を乱さないかということと、小屋に入ってエレンディラを相手にする前に、先に金をきちんと払うかどうかということだけだった。はじめはえらく厳しくて、五ペソ不足という理由で上客を断ったくらいだった。だが月日が経つにつれ、現実から学んだことを受け入れ、しまいには聖人のメダルだとか家族の形見、結婚指輪など、光っていなくても、嚙《か》んでみて本物の金だとわかるものならなんでも代金代わりにしていいことにした。

この最初の村での長い滞在を終えるころには、祖母はたんまり金を貯め、それでロバを一頭手に入れた。そして火事で失った分を取り戻すためにさらに適した他の場所を探すために、砂漠の奥へと入り込んだ。祖母はロバの背に置いた即席の輿《こし》に乗り、エレンディラが頭の上に差し掛ける骨の折れた傘で、真上から動かない太陽の光から自分の身を守った。彼女たちのあとには、野営用の道具すなわち寝ゴザ、修理した玉座、雪花石膏の天使像、二人のアマディスの遺骨の入ったトランクを、四人のインディオが担いで続いた。写真屋は自転車でこの一行を追い続けたが、あたかも別の市を目指すかのように、追いつくことはしなかった。

あの火事からすでに半年が過ぎ、祖母にはやっと商売の見通しがつくようになった。

「このままでいくと」と祖母はエレンディラに向かって言った。「あと八年七か月と十一日でお前は借金を払い終えるよ」

祖母は金《かね》も一緒に入っている、折り返しにひもを通した巾着から豆を取り出してもぐもぐ食べながら、目を閉じてもう一度計算すると、正確に言い直した。

「もちろん、インディオたちに払う給料や食事代、その他の細かい費用を勘定に入れなければってことだけど」

暑さと埃に苦しみながらロバと同じ速度で歩いていたエレンディラは、祖母の計算に何の文句も言わなかったが、泣きそうになるのをこらえなければならなかった。

「骨にガラスの粉が詰まってるみたいなの」

「眠ってごらん」

「はい、お祖母ちゃん」

エレンディラは目を閉じ、焼けるように熱い空気を腹の底まで吸い込むと、眠ったまま歩き続けた。

鳥籠をいくつも積んだ小型トラックが、仔山羊どもを追い散らしながら、地平線に舞い上がる土埃のなかから現れた。小鳥たちの騒がしい声が、サン・ミゲル・デル・デシエルトの日曜日のまどろみに冷や水のように降り注いだ。ハンドルを握っていたのは筋骨たくましいオランダ人の農場主で、肌は厳しい天候のためにひび割れ、いずれかの曾祖父から受け継いだリス色の口髭を蓄えていた。隣の座席に座っていた息子のウリセスは金髪の若者で、青い瞳は憂いに満ち、密かに地上に降り立った天使を思わせた。オランダ人は、土地の警備隊の兵士全員が真ん前で順番待ちしているテント小屋に注意を引かれた。彼らは地べたに座り込み、酒瓶を回し飲みしていたが、戦闘に備えて待機中であるかのように、頭にはアーモンドの樹の枝がのっていた。オランダ人は母国語で尋ねた。

「いったいあそこで何を売ってるんだ？」

「女だよ」と息子は平然と言った。「名前はエレンディラ」

「なぜ知ってる？」

「そんなの砂漠じゃみんな知ってるよ」とウリセスは答えた。

オランダ人は村のちっぽけなホテルの前でトラックを下りた。だがウリセスはなかなか下りずにいた。彼は父親が座席に置いていった商売用の書類カバンを素早く開けて札束を取り出し、何枚もポケットに突っ込むと、すべて元通りにした。その夜、父親が眠っているすきに、ホテルの窓から抜け出して、エレンディラのテント小屋の前の列に加わった。

お祭り騒ぎは最高潮を迎えていた。酔いの回った兵士たちはただで聞ける音楽を無駄にしないように相手なしで踊っていたし、写真屋は暗いのでマグネシウムを焚《た》きながら肖像写真を撮っていた。祖母はと言えば、商売を見張りながら膝の上の札を数え、等分に束ねては籠のなかにきちんと並べていた。午後は民間人の客がいたので行列は膨れ上がっていたが、いまは兵隊が十二人しかいなかった。ウリセスは最後の客だった。

順番が陰気くさい兵士に回ってきた。すると祖母はその男が入るのを拒んだばかりか、彼が手渡そうとした金に触れることも避けた。

「だめだよ、あんたは」と祖母は言った。「どんなに金を積まれたって入れないよ。あんたには不吉なところがあるからね」

その土地の生まれではない兵士はぎょっとした。

「なんのことだ、それは?」

「不幸を撒き散らすんだよ」と祖母は言った。「顔でわかる」

体には触れないようにして、手の動きでその男を追い払うと、次の兵士を通した。

「入っていいよ、そこの色男」祖母は機嫌よく言った。「だけどぐずぐずするんじゃないよ。あんたにはお国の仕事があるんだから」

兵士はなかに入ったと思ったら、ただちに外に出てきた。エレンディラが祖母と話したがっているというのが理由だった。祖母は金の詰まった籠を腕に、テントに入っていった。なかは狭かったが、整理整頓が行き届き、清潔だった。エレンディラは奥に置かれた麻のベッドにいて、わななきが治まらなかった。兵士たちに乱暴に扱われ、体中彼らの汗にまみれていた。

「お祖母ちゃん」彼女はすすり泣いた。「あたし死んじゃうわ」

祖母は孫の額に手を当ててみて、熱がないのを確かめると、彼女をなだめようとした。

「もう兵隊が十人かそこらだよ」と祖母は言った。

エレンディラは突然、追い詰められた獣のような金切り声を上げて泣き出した。祖母はそのときようやく、孫の不安が限界を超えていることを悟り、落ち着かせようとして頭を撫《な》でてやった。

「体が弱ってるってことだよ」と祖母は言った。「さあ、もう泣かないで、サルビア入りのお湯に浸かってごらん。血のめぐりがよくなるよ」

エレンディラが落ち着きはじめると、祖母はテントを出て、外で待っていた兵士に代金を返した。「今日はもうおしまいだよ」と祖母は言った。「明日またおいで、あんたを一番にしてやるから」。それから列を作っていた兵士たちに向かって叫んだ。

「みんな、店じまいだよ。明日の九時においで」

兵士や民間人たちは列を崩し、一斉に抗議の声を上げた。祖母は相変わらず機嫌よく客たちを相手にしたが、司教杖を本気で振り回した。

「厚かましいんだよ！　この役立たずのきんぬき鶏どもが！」と祖母は怒鳴った。「あの娘の体が鉄でできてるとでも思ってんのかい。あの娘の身になったらどうなんだい。堕落した変態ども！くそったれの国賊め！」

男たちはもっと下品な言葉でやり返した。だが結局、祖母はこの騒動を治め、揚げ物の屋台や宝くじの露店がたたまれて運び去られるまで、司教杖を構えて見張った。そして小屋に戻ろうとしたとき、先ほどまで客が列をなしていた暗い空き地に立つ、ウリセスの全身が目に入った。現実の存在とは思えないオーラに包まれ、その美しさが放つ輝きそのものにより、暗がりにいても姿が見えるかのようだった。

「ねえ、お前さん」と祖母は声を掛けた。「翼はどこに置いてきたんだい？」

「翼が生えていたのはお祖父《じい》さんだよ」とウリセスは当たり前のように答えた。「でも誰も信じないんだ」

祖母はうっとりしながらウリセスをもう一度見た。そして「あたしは信じるよ」と言った。「明日は翼をつけておいで」。祖母はテント小屋に入っていき、ウリセスは気持ちが高ぶったままその場に残された。

エレンディラはお湯に浸かったあと、気分がよくなった。刺繍《ししゅう》入りの短いコンビネーションを着て、横になる前に髪を乾かしていた。だが、まだ涙をこらえるのに必死だった。祖母はもう眠っていた。

エレンディラのベッドの後ろから、ウリセスの頭そして顔が少しずつ現れた。エレンディラには切なそうな澄んだ瞳が見えたが、口をきく前に、それが自分の目の錯覚ではないことを確かめるためにタオルで顔を拭いた。ウリセスが最初に瞬きをした瞬間に、エレンディラはかすかな声で訊いた。

「あんたは誰なの?」

ウリセスは肩まで姿を現すと、「僕はウリセスだよ」と答えた。そして、くすねてきた札びらを見せてさらに言った。

「お金なら持ってきた」

エレンディラはベッドに両手を突いて、顔をウリセスの顔に近づけ、まるで小学生が遊んでいるみたいに話し続けた。

「ちゃんと列に並ばなくちゃ」とエレンディラは言った。

「一晩じゅうずっと待ってたよ」とウリセスが応じた。

「それなら、このまま朝まで待ってて」とエレンディラが言う。「腰のあたりが棒で殴られたみたいな感じなの」

そのとたん祖母が寝言を言い出した。

「最後に雨が降ってから、じきに二十年になるね」と祖母は言った。「あれはとんでもない嵐だったよ、雨水に海の水が混じって吹き込むほどでね、朝になったら家中が魚やら貝やらでいっぱいだった。お前の死んだお祖父さんのアマディスなんて、おっきなエイがきらきら光りながら空を飛んでいるのを見たんだから」

ウリセスはまたベッドの後ろに身を隠した。エレンディラはおかしがって笑った。

「驚かないで」と言った。「寝ちゃうといつも狂ったみたいになるの。だけど地震があっても起きないから」

ウリセスはまた頭を出した。エレンディラはいたずらっぽいと同時にいくらか愛情さえこもった微笑みを浮かべて彼を眺めると、ゴザから使用済みのシーツを剝がした。

「来てちょうだい」と彼に言った。「シーツを替えるのを手伝って」

ウリセスはベッドの後ろから出てくると、シーツの端をつかんだ。ゴザよりはるかに大きなシーツだったので、たたむのにかなり時間がかかった。一回折りたたむたびに、ウリセスはどんどんエレンディラに近づいた。

「どうしても会ってみたかったんだ」と彼がいきなり言った。「君がとびきりの美人だって誰もが言うけど、ほんとだったよ」

「でも、あたしはもう死にそう」とエレンディラが言った。

「母さんが言うには、砂漠で死ぬと、天国じゃなく海に行くんだって」とウリセスが言った。

エレンディラは汚れたシーツを脇にやり、アイロン掛けした清潔なシーツをゴザに被せた。

「あたし、海を知らないの」とエレンディラは言った。

「砂漠に似てるよ、ただしどこもかしこも水だけど」とウリセスが応じた。

「だったら歩けないわね」

「父さんは歩けた男に会ったって」とウリセスが言った。「でもはるか昔のことさ」

エレンディラは話に引き込まれたが、眠くてしかたがなかった。

「明日の朝うんと早く来れば、先頭に並べるわ」

「明日は朝早く父さんと出かけるんだ」とウリセスは言った。

「で、またここへ来ることは？」

「いつになるかわからない」とウリセスが答えた。「今度来たのも偶然なんだ。国境へ向かう途中、道に迷ったものだから」

エレンディラは何か考えながら眠っている祖母のほうに目をやった。

「わかった」と決心したように言った。「お金をよこして」

ウリセスは金を渡した。エレンディラはベッドに横になった。だがウリセスはその場で震えるばかりだった。いざというときになり、ひるんでしまったのだ。エレンディラは急がせるために、彼の手を取った。そのとき初めて彼が途方に暮れていることに気づいた。この種の不安のことはもう知っていた。

「これが初めて？」とエレンディラが訊いた。

ウリセスは答えなかったが、顔に情けない笑いを浮かべた。エレンディラは態度を変えた。

「ゆっくり息をして」と彼女は言った。「最初は必ずこうなるの。二度目からは意識しなくなるわ」

エレンディラはウリセスを自分の隣に寝かせ、服を脱がせてやりながら、母親を思わすいたわりようで彼を落ち着かせようとした。

「なんていう名前なの？」

「ウリセス」

「外国人の名前ね」とエレンディラが言った。

「ちがうよ、船乗りのだよ」

エレンディラは彼の胸をむきだしにすると、何度か軽くキスをして、匂いを嗅いだ。

「体が全部金でできてるみたいね」とエレンディラは言った。「でも花の匂いがする」

「きっとオレンジの花だ」とウリセスが言った。

だいぶ落ち着いてきた彼は、打ち解けたような笑顔を見せた。

「ずいぶん鳥籠を積んでるけれど、あれは目くらましだよ」と言い添えた。「でも国境に運んでいくのは密輸品のオレンジなんだ」

「オレンジなら密輸品じゃないわ」とエレンディラが言った。

「だけどこれはそうなんだよ」とウリセスが言った。「一個が五万ペソするんだ」

長らく笑うことのなかったエレンディラが、このとき初めて大きな声で笑った。

「あたしが一番気に入ってるのは」とエレンディラは言った。「あんたが真面目な顔して馬鹿げたことを言うところよ」

ウリセスの無心さが気分だけでなく性質まで変えてしまったかのように、エレンディラは素直になり、よくしゃべるようになった。祖母は、大きな災いが間近に迫っているにもかかわらず、相も変わらず寝言を言い続けていた。

「お前が屋敷に連れて来られたのは、まさに今頃だよ、三月の初めだった」と祖母は言った。「綿にくるまれたちっちゃなトカゲみたいでね。まだ若くていい男だったお前の父親のアマディスもその日の午後はえらく機嫌が良くて、使いをやって手押し車二十台分ほどの花を買ってこさせてさ、大声を張り上げながらそれを通りにばらまいたものだから、村じゅうが花で埋まって、まるで黄色い海みたいになったよ」

祖母は大きな声で、何時間も熱っぽく執拗《しつよう》にわめき続けた。だがウリセスの耳には聞こえなかった。なぜならエレンディラの愛し方があまりに激しかったからで、本気になった彼女は、祖母がわめき立てているあいだに、半額の料金でふたたびウリセスを愛し、そのあとはただで夜が明けるまで愛し続けたのだった。

握った十字架を高く掲げた伝道師の一団が、砂漠の真ん中で互いに肩を寄せ合っていた。例の不幸の風に負けない猛烈な風に、麻の僧服はまくれ上がり、伸び放題の顎ひげはなびき、彼らはやっとのことで立っていた。背後には伝道所があった。それは植民地風の高い建物で、ざらついた漆喰塗りの壁の上にはちっぽけな鐘楼が載っていた。

グループを指揮していた一番若い伝道師が、釉《うわぐすり》を掛けた粘土のような地面にできた亀裂を指差した。

「その線を越えてはなりません!」と彼は叫んだ。

板でこしらえた輿に乗せて祖母を運んでいた四人のインディオは、その声を聞きつけて足を止めた。輿の床板の座り心地が悪い上に、砂漠の埃と汗で不快な思いをしていたものの、祖母は相変わらず尊大な態度を取り続けていた。エレンディラは歩きだった。輿の後には八人のインディオが列を作って続き、最後尾には自転車に乗った写真屋がいた。

「砂漠に持ち主はいないよ」と祖母は言った。

「神のものです」と伝道師が返した。「あなた方はその汚れた商いで聖なる神の掟を破っているのですよ」

祖母はそのとき、伝道師のスペイン本国人風の物腰や言葉遣いに気づき、決して妥協しない相手に痛い目に遭《あ》わされないように、まともにやり合わないことにした。そこで普段の自分に返って言った。

「何言ってんだかわけがわからないね」

伝道師はエレンディラを指して言った。

「この娘は未成年ではないか」

「だけどわたしの孫だよ」

「なお悪い」と伝道師は言い返した。「おとなしく我らの保護の下に置くのです。さもないと他の手段に訴えなければなりません」

祖母はそこまで言われるとは予想していなかった。

「わかったよ、このいけ好かないよそ者めが」祖母はひるんで譲歩した。「でもいいかい、遅かれ早かれこの線を越えてやるからね」

伝道師たちと出くわしてから三日後、祖母とエレンディラが修道院の近くにある村で眠っていると、いくつかの人影が口もきかずにこっそりと、奇襲部隊のように匍匐前進《ほふくぜんしん》を繰り返しながらテント小屋に忍び込んだ。それは六人の若くがっしりしたインディオの見習い尼僧で、まとった粗い麻の僧服が月の光を浴びるたびに燐光《りんこう》のように輝いた。彼女たちは物音ひとつ立てることなくエレンディラの上に蚊帳を掛け、目を覚まさないようにそっと持ち上げ、蚊帳にくるんだまま、月光の網にかかった大きいが傷つきやすい魚みたいにして運び出した。

伝道師たちに保護された孫娘を取り返すために、祖母はありとあらゆる手段に訴えた。およそ正当なものから実にいかがわしいものまで、どれもこれも失敗に終わると、ひとりの軍人が掌握している町の当局の権力に頼ることにした。その人物は自宅の中庭にいて、上半身裸で、燃え上がりそうな空にひとつぽっかり浮かんだ雲を目がけてライフル銃をぶっ放していた。雨が降るように雲に穴を開けようとしていたのだが、そうやって撃ったところで乱暴なだけで役には立たなかった。それでも必要に応じてときおり手を休め、祖母の話に耳を傾けた。

「わしにはどうすることもできないな」話を聞き終えると、こう言って理由を説明した。「政教条約の決まりで、神父には、その娘が成人になるまで留めておく権利があるんだ。あるいは結婚するまでな」

「だったらこの町じゃどうしてあんたを町長にしとくんだね?」と祖母は尋ねた。

「雨を降らせるためだよ」と町長は答えた。

それから、雲が弾の届かないところへ行ってしまったのを見ると、公務を中断し、祖母の訴えを親身になって聞いてやった。

「必要なのは、お前さんを保証してくれそうな大物だ」と彼は言った。「誰か署名入りの手紙でもって、お前さんが普段から品行方正だと、請け合ってくれる人間だよ。上院議員のオネシモ・サンチェスは知り合いじゃないのかね?」

純粋な日差しに照りつけられて、巨大な尻には小さすぎる腰掛けに座っていた祖母は、憤激して答えた。

「あたしゃこのだだっ広い砂漠でひとりぼっちの哀れな女だよ」

町長は暑さのために歪めた右目で彼女を哀れむように見た。

「それなら、これ以上は時間の無駄だよ」と彼は言った。「ろくでもない男にさらわれたってことだ」

もちろんそうではなかった。祖母は修道院の前にテントを張り、防備された都市をたったひとりで包囲している戦士のごとく、座り込んで考えた。祖母のことをよく知っている旅する写真屋は、自転車の荷台に道具を積んで、今しも立ち去ろうとしたときに初めて、彼女が日差しを浴びながら修道院をじっと見つめているのを目に留めた。

「どっちが先に音《ね》を上げるかだよ」と祖母が言った。「向こうが先か、こちらが先か」

「あの連中があそこに来たのは三百年前だ。で、いまだに粘ってるんだ」と写真屋は言った。「おれはもう行くよ」

そのとき初めて、祖母は荷物を積んだ自転車を見た。

「どこへ行くのかい?」

「風の吹くままさ」と写真屋は答え、走り去った。「世界は広いんだ」

祖母はため息をついた。

「お前が思ってるほど広かないよ、恩知らずめ」

写真屋を恨めしく思ったが、修道院から目を離さないように、振り向いたりはしなかった。酷暑の昼間も、猛烈な風の夜も、修道院から誰ひとり出てこない瞑想の時間も、祖母は目を離さなかった。インディオたちはテントの脇に棕櫚葺きの小屋を建て、なかにハンモックを吊ったが、祖母は玉座で舟を漕いだり、横になった去勢牛みたいな手におえないだらしなさで腰の巾着から取り出した生の豆をもぐもぐやりながら、夜遅くまで寝ずにいることもあった。

ある晩、祖母のすぐそばをシートで覆われたトラックの列がゆるゆると通りかかった。ライトと言えば色とりどりの豆電球が花環みたいに飾りつけられているだけだったが、それが作る四角い形によって、あたかも祭壇が夢遊病に罹《かか》って歩きだしたように見えた。祖母にはすぐに何であるかがわかった、なぜならアマディス父子のトラックにそっくりだったからだ。隊列のしんがりを務めるトラックが遅れてやって来て、停まったと思うと、ひとりの男が座席から下りたち、荷台の何かの具合を直した。男はアマディス父子に生き写しだった。つばの反り返った帽子、高いブーツ、胸の上で交差させた二本の弾薬帯、ライフル銃、それに拳銃が二挺。祖母は抗いがたい誘惑に負け、男に声をかけた。

「わたしが誰だかわからない？」と祖母は訊いた。

男は手加減せずに懐中電灯で彼女を照らした。その瞬間、男が見たのは、夜中まで見張りを続けた生気のない顔、疲れでしょぼくれた目、艶のない髪だったが、それにもかかわらず、歳や具合の悪さ、顔にまともに浴びる厳しい陽光のことを考えれば、かつてはこの世で一番の美女だったと言ってもおかしくなかった。さんざん調べたあとで、一度も見たことのない顔だとわかると、男は懐中電灯を消した。

「間違いなくわかったことはただひとつ」と男は言った。「あんたがレメディオスの聖母じゃないってことだよ」

「もちろん聖母なんかじゃございません」と祖母は優しげな声で言った。「奥方ですよ」

男は本能的にピストルに手を掛けた。

「誰の奥方だ！」

「父親のアマディスのですよ」

「それならこの世の者じゃないぞ」と男は緊張して言った。「一体何が望みなんだ？」

「わたしの孫娘、父親のアマディスの孫娘にして、息子のアマディスの娘を救い出すのを手伝ってもらいたいのさ、あの修道院に閉じ込められているんだよ」

男は恐ろしさに耐えながら言った。

「そいつはお門違いだよ」と彼は言った。「おれたちが神様のことに立ち入れると思ってるなら、お前さんは自分が言った人間とは違うな。アマディス父子も知らなけりゃ、密輪が何だかもちっともわかっちゃいないよ」

その日の明けがた、祖母は以前にもまして眠りが短かった。彼女は毛布にくるまったままあれこれずっと思案していたが、その間、まだ夜の時間だったせいか記憶は混乱し、目は覚ましていたとしても、抑え込まれた妄想は外に出ようともがいていた。そして、その昔幸せに暮らした、大きな赤い花が咲き誇る海辺の屋敷の思い出に苦しめられないように、胸を手で強く押さなければならなかった。そうしているうちに修道院の鐘が鳴り、曙光《しょこう》が窓を赤く燃え立たせ、砂漠は朝課《ちょうか》の熱いパンの匂いに満ちた。そのときになって初めて祖母は疲れに身を任せて眠りについたが、彼女はエレンディラがもう起きていて、自分の下へ戻ってくるための方法を探しているものだとてっきり思い込んでいた。

ところがエレンディラは、修道院に連れて来られた日からというもの、一晩たりとも眠れなかったことはなかった。植木鋏《うえきばさみ》で髪を刈られた頭がブラシを思わせた上に、女囚用の麻の粗布の服を着せられ、誰かが階段に足跡をつけるたびに塗り直せるように、溶かした石灰の入った桶と箒を持たされていた。それは家畜並みの重労働だった。なぜなら伝道師や荷運びの見習い尼僧がひっきりなしに昇り降りしていたからだ。だがエレンディラにとり、ガレー船に繋《つな》がれ死ぬまで櫂を漕ぎ続けるのに似たベッドでの日々を送ったあとでは、毎日が日曜日みたいなものだった。しかも日暮れになるとへたばっているのは彼女ただひとりではなかった。ここの修道院は悪魔よりもむしろ砂漠との戦いに捧げられたものだったからだ。エレンディラは、インディオの見習い尼僧たちが家畜小屋で牛の首根っこをたたいて乳を搾ったり、何日も朝から晩まで板の上で跳びはねてチーズを作ったり、山羊の難産に立ち会ったりするのをすでに見たことがあった。彼女たちがまるで日焼けした沖仲士のように汗水垂らして水槽から水を汲み、仲間の見習い尼僧たちが、砂漠の石ころだらけの土地を耕して作った向こう見ずな産物としか言えない野菜畑に水を撒くのも見たことがあった。この世の地獄を思わすパン焼き釜やアイロン部屋を見たことがあった。ひとりの尼僧が中庭で豚を追いかけ回すのを見たことがあった。その尼僧は逃げる豚の両耳をつかんだまま足を滑らせ泥のなかにひっくり返ってしまったのだが、それでも豚を放さずにいると、ついに革の前掛けをつけた二人の見習い尼僧が応援に来て、豚を押さえにかかった。そして二人のうちのひとりが屠畜用のナイフで喉を搔《か》き切《き》ったので、三人とも血と泥にまみれてしまった。彼女は病院の隔離病棟で、神に召されるのを待つための衣《ころも》を纏《まと》った結核病みの尼僧たちが、テラスで婚礼用のシーツに刺繡をほどこすのを見たことがあった。その一方で、伝道師の男たちは砂漠で説教をしていた。エレンディラは自分に与えられた暗がりのなかで生きながら、美や恐怖の別の形を発見しつつあったが、それは以前のベッドの狭い世界では一度も想像したことのないものだった。しかし、どんなに荒っぽい尼僧も、またどんなに説得が上手な尼僧も、彼女が修道院に連れて来られて以来、何か一言でも言わせることはできなかった。ある朝、エレンディラが桶で石灰を溶いていると、弦楽器の音が聞こえた。まるで砂漠の光のなかに差し込んだ、もっと透明な光のようだった。この奇跡の虜《とりこ》になったエレンディラは、だだっ広くがらんとした大広間を覗いた。壁はむきだしで、いくつもの大窓からは目のくらむような六月の光が差し込み、その空間に溜まっていた。そのとき大広間の真ん中で、それまで目にしたことのなかった美しい尼僧がチェンバロで聖霊降臨祭のオラトリオを弾いているのが見えたのだ。エレンディラは瞬きするのも忘れ、夢中で音楽に聞き入った。やがて食事を告げる鐘が鳴った。昼食後、アシの刷毛《はけ》で階段を白く塗りながら、尼僧たちが全員昇り降りしてしまい自分ひとりきりになって、誰かに聞かれる心配がなくなるのを待った。そして修道院に入れられて以来、初めて口を開いて言った。

「幸せだわ」

そんなわけで、エレンディラが修道院から逃げ出して自分のところに戻ってくるという期待は潰《つい》えていたのだが、それでも祖母は、新たな決断を下すこともなく、聖霊降臨祭の日曜日まで岩のように固い包囲を解かなかった。というのもその時期になると、伝道師たちは、砂漠の四方八方にいる正式に結婚していない妊婦たちを、結婚させるのが目的で集めて回ったからだ。彼らは十分に武装した兵士四人と、安ぴか物を詰めた大箱を積んだ古びた小型トラックで、とんでもなく辺鄙《へんぴ》な地の集落まで出かけた。そのインディオ狩りで何より難しいのは、真実味を帯びたことを言い張って、神の庇護から逃れようとする女たちをいかに説得するかだった。彼女たちによれば、男どもはハンモックに大の字になって寝ているだけなのに、正式な妻には愛人よりも厳しい労働を要求する権利があると思い込んでいるというのだ。そこでペテンに掛けてたぶらかす必要があった。神の意志を、あまり不味《まず》く感じないように、彼ら自身の言語という甘い飲み物に溶かしてやるのだ。だが、最も疑り深い女たちでさえ、安っぽい耳飾りが欲しくて、納得したのだった。それに引き替え男たちは、ひとたび女の同意が得られるや、銃の台尻で小突かれ、ハンモックから引きずり下ろされた。彼らはトラックの荷台に縛りつけられて運ばれ、そして無理やり結婚させられた。

何日ものあいだ、祖母は身ごもったインディオの女を積んだ小型トラックが修道院に向かって走り去るのを見たが、まさかそれが絶好の機会だとは思いもしなかった。そのことに気づいたのは、他ならぬ聖霊降臨祭の祝日に、花火や鐘の音を耳にし、みすぼらしくも陽気な群衆が集《つど》いに向かうのを目にしたときで、群衆のなかには花嫁のヴェールと冠を被った妊婦たちもいた。彼女たちはこの集団結婚によって正式な夫婦にしてもらうために、たまさか伴侶にされた男の腕を取っていた。

この群衆の行進の最後尾にいたのが邪気のない若者で、インディオ式のヒョウタン形に刈った頭に、ぼろに近い服を着て、手には絹のリボンで飾った降臨祭用のロウソクを持っていた。祖母はその若者に声を掛けた。

「ちょっと教えちゃくれないかい」と猫なで声で訊ねた。「そのロウソク踊り《クンビアンバ》の列に加わって何をしようというのかね？」

若者は自分の大ロウソクにびくついていたが、歯並みがロバ顔負けであるために、口を閉じることができず答えた。

「神父さまたちが初聖体拝領をやってくれるんだ」

「いくらくれたのかね？」

「五ペソさ」

祖母が腰の巾着から丸めた札束を取り出すと、それを見た若者はたまげてしまった。

「じゃあ二十ペソあげるからさ」と祖母は言った。「だけど初聖体拝受をやるためじゃないよ、あんたが結婚するためだからね」

「結婚って、相手は？」

「わたしの孫娘だよ」

こうしてエレンディラは修道院の中庭で、囚人服めいた麻の服をまとい、頭には見習い尼僧たちから贈られたレース編み《マンティーリャ》の被り物をつけ、祖母に買われた新郎が何という名前なのかも知らぬまま、結婚式に臨んだのだった。彼女は漠《ばく》とした期待を抱いて、小石だらけの地面がもたらす膝の痛みや、二百人に及ぶ身ごもった新婦が放つ山羊皮に似た体臭や、中天に留まったままの土曜の太陽とシリウスの真下で読み上げられる使徒パウロの書による責め苦などになんとか耐え抜いた。それはこの予期せぬ結婚という策略に対抗できる方策は見つけられなかったものの、修道院での生活を続けられるよう最後の手段に訴えてみると伝道師たちが約束してくれたからだ。ところが、式が終わり、ローマ教皇庁長官や、雲目がけて銃を放っていた軍人町長、なったばかりの夫、平然とした顔でいる祖母らの目の前で、エレンディラはまたしても、生まれたときから彼女が囚われてきた魔力めいた力に支配された。紛う方ない真の意思が何かを気兼ねなく答えるよう問われたときに、微塵のためらいも示さなかった。

「出ていきます」と答えてから、夫を指差しきっぱり言った。「この人とじゃなく、お祖母ちゃんと」


ウリセスは父親の農園からオレンジをひとつ盗もうとして、その日の午後を無駄に費やしてしまった。父親が病気にかかった枝を剪定《せんてい》しながらも警戒を怠らなかったばかりか、母親も家から見張っていたからだ。そんなわけで、少なくともその日は盗むのをあきらめ、最後のオレンジの樹の剪定を終えるまで、渋々父親を手伝った。

広々とした農園は隠れた場所にあり、静けさに包まれていた。木造の家は屋根がトタン張りで、窓には銅の金網が張られ、杭が支える大きなテラスには野草が茂り、派手な花を咲かせている。ウリセスの母親はウィーン風の揺り椅子に座り、頭痛を和らげるために火であぶった葉をこめかみに貼っていた。彼女は純粋なインディオで、その眼差しは見えない光線のごとく、オレンジ畑の何の変哲もない隅々まで息子の姿を追っていた。彼女は実に美しく、夫よりはるかに若かった。部族の衣装を着るのを止めなかったうえに、自分の血に遠い昔から潜む秘密を知っていた。

ウリセスが剪定鋏を持って家に戻ると、母親は、近くの小さなテーブルの上にある四時に飲む薬を取ってほしいと頼んだ。ウリセスが手で触ったとたん、コップと薬の入った瓶の色が変化した。そこでただの悪戯《いたずら》のつもりで、他のコップと一緒に置いてあったガラスの水差しに触ってみると、今度も色が変わって青くなった。薬を飲みながら息子の様子を見ていた母親は、それが頭痛のせいで生じた幻覚ではないことがはっきりとわかったので、グアヒラ語で訊いた。

「いつからそんな風になるの?」

「僕たちが砂漠から戻ってきたときからさ」とウリセスが、同じグアヒラ語で答えた。「ガラスでできたものだけなんだ」

それを証明しようと、テーブルにあったコップに次々手を触れたところ、どれもこれも異なる色に変わった。

「こういうことが起こるのは恋が原因なの」と母親は言った。「相手は誰?」

ウリセスは答えなかった。そのとき父親がオレンジの山を抱えてテラスを通りかかった。

「何の話だ?」と彼はウリセスにオランダ語で訊いた。

「大したことじゃないよ」とウリセスは答えた。

母親はオランダ語がわからなかった。夫が家に入っていってしまうと、息子にグアヒラ語で訊いた。

「お前に何て言ったの？」

「大したことじゃないよ」とウリセスは答えた。

父親の姿は家に入ったときにいったん消えたが、事務室の窓の向こうにふたたび現れた。母親は息子と二人きりになるのを待ってから、執拗に迫った。

「誰なのか教えて」

「誰ってこともないよ」

ウリセスは上の空で答えた。事務室にいる父親の動きを気にしていたからだ。父親はたったいま金庫の上にオレンジを置いて、暗証番号を合わせていた。だが息子が父親を見張る一方、母親は息子の様子を窺《うかが》っていた。

「だいぶ前からパンを食べないじゃない」と彼女が注意した。

「好きじゃないんだ」

そのとたん、母親の顔はやけに生き生きとして見えた。「嘘《うそ》でしょ」と彼女は言った。「恋の病に罹ったんだわ、そうなるとパンを食べられなくなるのよ」。彼女の声の調子が、目つき同様、哀願から脅しに変わっていた。

「相手が誰だか教えなさい」と彼女は言った。「さもないと、無理にでもお風呂に突っ込んで、お浄めさせるからね」

事務室ではオランダ人が金庫を開けてなかにオレンジをしまい、ふたたび扉を閉めきった。するとウリセスは覗くのを止めて窓から離れ、苛立たしそうに母親に言い返した。

「誰でもないって、もう言ったじゃないか」と彼は言った。「信じないんだったら、父さんに訊いてよ」

オランダ人がマドロスパイプに火を点けながら事務室の戸口に現れた。小脇にぼろぼろの聖書を抱えていた。妻はスペイン語で訊いた。

「砂漠で誰に会ったの？」

「誰にも会わんよ」心ここにあらずという感じで夫は答えた。「信じないなら、ウリセスに訊いてみろ」

彼は玄関の奥に座り込み、刻みタバコが燃え尽きるまでパイプを吸った。それから聖書を適当に開いては、響きの良いオランダ語で、二時間ばかり声に出して読み上げた。

ウリセスは何かを思い詰め、夜半になっても眠れずにいた。さらに一時間、ハンモックで寝返りを打ちながら、思い出の辛さになんとか耐えようとしたところ、その辛さそのものが決断するのに必要な力をもたらした。そこで彼はジーンズに格子縞のシャツ、乗馬用のブーツを身につけて、窓から飛び出し、小鳥を積んだ小型トラックに乗って家出を図った。農園を通りかかったときに、その日の午後に盗みそこねたオレンジを三つ、それもよく熟したのを樹からもぎ取った。

夜通し砂漠を走り続け、夜が明けるころ、町や集落を回ってエレンディラの行方を尋ねてみたが、これという答えは誰からも得られなかった。やっと手にした情報によると、彼女は選挙活動中の上院議員オネシモ・サンチェスの一行について回っていて、その日この上院議員はヌエバ・カスティーリャにいるはずだった。だが、会えたのはそこではなく、次の町だった。ところがエレンディラはもう彼と一緒にはいなかった。祖母が上院議員に直筆の書状を書かせて孫娘の素行を保証してもらい、それを利用して、恐ろしく戸締りの固い砂漠の家々の扉を開けさせることができていたからだ。三日目にウリセスは国内便の郵便屋に出くわした。この男はウリセスに、どの方角を探せばいいかを教えた。

「連中は海のほうへ向かってるぞ」と男は言った。「急ぐんだ、あのくそばばあはアルーバ島に渡る気だ」

言われた方角に半日進んだとき、ウリセスは前方に、つぶれたサーカスから祖母が買い取ったテントがあるのを見つけた。それはばかでかく、すっかり色褪《いろあ》せていた。世の中は確かに考えていたほど広くはないと納得した旅の写真屋が戻ってきていて、テントの横にあのなんとも牧歌的な幕を張っていた。ブラスバンドの一団が物寂しいワルツを演奏し、エレンディラの客の心を奪っていた。

ウリセスは自分の順番を待ってなかに入った。真っ先に目を引いたのが、テントの内側が整然としていることと清潔なことだった。祖母のベッドは以前の副王を偲《しの》ばせる豪華さを回復し、天使像はアマディス父子の遺骨の入ったトランクの隣という定位置に置かれていた上に、ライオンの脚に支えられた白目《しろめ》製の浴槽まで備わっていた。エレンディラは新しい天蓋つきのベッドに裸のまま、穏やかに横たわっていた。テントを透過して降りかかる光を浴びて、幼子《おさなご》のような輝きを放ち、目を開けたまま眠っていた。ウリセスはオレンジを手に、彼女の脇に立ったものの、その目が彼を見ているのに見えていないことに気づいた。そこで彼女の目の前で自分の手を左右に動かしながら、彼女のことを思うときに使う名前で呼んでみた。

「アリドネレ」

エレンディラは目を覚ました。ウリセスの前で自分が裸でいるのがわかり、軽い悲鳴を上げ、シーツを被ってしまった。

「見ないで」と彼女は言った。「ひどい恰好《かっこう》」

「体全体がオレンジ色だよ」と言ってウリセスは、比べられるように、両手の果物を彼女の目の高さに差し出した。「ほらね」

エレンディラは目だけ覗《のぞ》かせ、実際にオレンジが自分と同じ色であることを確かめた。

「今夜はここにいてほしくないの」と彼女が言った。

「これを見せようと思って入っただけさ」とウリセスは応じた。「見てごらん」

彼はオレンジのひとつに爪を立てると両手で割り、エレンディラに中身を見せた。果実の真ん中に正真正銘のダイヤが詰まっていた。

「僕たちが国境に運んでいくオレンジはこれなんだ」とウリセスは言った。

「だけど本物のオレンジじゃない！」とエレンディラが叫んだ。

「もちろん」と言ってウリセスは微笑んだ。「父さんが種から育てたのさ」

エレンディラは信じられなかった。シーツから顔を覗かせ、ダイヤを指でつまみあげると、びっくりしたように眺めた。

「これが三つあれば、僕たちは世界をぐるっと回れるよ」とウリセスは言った。

エレンディラは浮かぬ様子でダイヤを返した。ウリセスは引き下がらなかった。

「それに小型トラックがある」と彼は言った。「それに……見て、これ！」

彼はシャツの下から旧式のピストルを取り出した。

「十年経たないとここから動けないの」とエレンディラが言った。

「動けるさ」とウリセスは言った。「今夜、あの白い鯨が眠りこんだら、僕はそこ、外に来て、フクロウの鳴きまねをするよ」

そう言うと、あんまりそっくりにフクロウの鳴きまねをしてみせたので、エレンディラの目が初めてかすかに笑った。

「あたしにとってはお祖母ちゃんよ」

「フクロウが？」

「鯨よ」

ウリセスの勘違いに二人は大笑いしたが、エレンディラは話を本筋に戻した。

「お祖母ちゃんの許しなしには、誰もどこにも行けないの」

「何も言わなけりゃいい」

「とにかくわかっちゃうの」とエレンディラは言った。「何でも夢に見るから」

「君が逃げる夢を見始めるころには、僕たちはもう国境の向こう側にいるよ。密輸商人みたいに越えるんだ……」とウリセスは言いかけた。

彼は映画のならず者気取りでピストルを構え、自分がいかに大胆不敵であるかを示してエレンディラの気持ちを高めようと、ピストルを撃つ音を真似てみせた。彼女はうんともすんとも言わなかったがその目は熱を帯び、別れ際にウリセスにキスをした。ウリセスは心を動かされ、こうささやいた。

「明日は大きな船が見られるぞ」

その晩、七時をわずかに過ぎたころ、エレンディラが櫛で祖母の髪を梳いていると、彼女に不幸をもたらす風がまた吹きはじめた。テントのなかには荷担ぎのインディオやブラスバンドの指揮者がいて、給料が支払われるのを待っていた。祖母は手近に置いてある櫃《ひつ》の札を数え終え、帳簿を調べてから、一番年長のインディオに金を手渡した。

「ほら給料だよ」と祖母は言った。「週に二十ペソ、そこから食事代八ペソ、飲み水代三ペソ、新しいシャツの手付金として五十センターボを引くから、八ペソ五十センターボ。さあ、しっかり数えて」

最年長のインディオが金を数え終えると、皆でお辞儀をしてその場を去った。

「ありがとうございます、白い奥さま」

次はブラスバンドの指揮者だった。祖母は帳簿を調べると、カメラの蛇腹をゴム糊で修繕している写真屋のほうを向いた。

「どうするんだい?」と彼女は訊いた。「音楽代の四分の一をよこすのかい、よこさないのかい?」

写真屋は顔も上げずに答えた。

「音楽は写真に写らないよ」

「だけど、写真を撮ってもらいたいという気にさせるじゃないか」と祖母は言い返した。

「その逆だよ」と写真屋が言った。「死人を思い出させるものだから、写真に写ってる顔はみんな目をつぶってる」

ブラスバンドの指揮者が口を挟んだ。

「目をつぶらせるのは音楽じゃない」と彼は言った。「フラッシュのせいだ」

「音楽のせいだよ」と写真屋は言い張った。

祖母が言い合いに決着をつけた。「お前さん、しみったれるんじゃないよ」と写真屋に言った。「いいかい、上院議員のオネシモ・サンチェスさんがうまく行ってるのは、お供のバンドの連中のおかげなんだから」。それからきつい調子で締めくくった。

「だからお前さんの分を払うか、でなけりゃひとりで好きなところへ行くがいい。掛かった費用をあの哀れな小娘に全部しょい込ませるなんて間違ってるよ」

「おれはおれの道を行くよ」と写真屋が応じた。「結局のところ、おれは芸術家なのさ」

祖母は肩をすくめると、バンドの指揮者のほうを向いた。そして彼に、帳簿に書き込んだ数字に見合う札束を渡した。

「二百五十四曲分」と彼女は言った。「一曲につき五十センターボ、ただし日曜祭日は六十センターボだから、それが三十二曲で、しめて百五十六ペソと二十センターボだよ」

バンドの指揮者は金を受け取ろうとしなかった。

「百八十二ペソと二十センターボじゃないか」と彼は言った。「ワルツは割増なんだ」

「でもなぜ割増なんだい？」

「他よりさみしいからさ」と指揮者は答えた。

祖母は無理やり金を受け取らせた。

「だったら今週は、借りになってるワルツ一曲につき陽気なのを二曲演奏しておくれ。これで円満解決さ」

指揮者には祖母の理屈がピンとこなかったが、どういうことかとあれこれ考えているうちに金をつかまされてしまった。その瞬間、恐ろしい風がテントを根こそぎ吹き飛ばしそうになり、それが過ぎて静けさが訪れたときに、外でフクロウが鳴く陰気な声がはっきり聞こえた。

エレンディラは動揺を取り繕《つくろ》おうにも取り繕《と》いようがなかった。金の入った櫃の蓋を閉め、ベッドの下に隠したが、鍵を手渡すときその手が震えているのに祖母は気づいた。「恐がらなくてもいいよ」とエレンディラに言った。「風の吹く夜には決まってフクロウが鳴くのさ」。ところが写真屋がカメラを背負って出て行こうとするのを見ると、打って変わって心細げになった。

「よければ明日までここにいたらいいよ」と祖母は言った。「こんな夜は死者が勝手にうろつくからね」

写真屋もフクロウが鳴くのがわかったが、考えを変えなかった。

「いたらどう?」祖母はまた言った。「お前さんのために言ってあげてるんだからね」

「だけど音楽代は払わないよ」と写真屋は言った。

「だめだよ」と祖母は返した。「それはだめ」

「ほらね」と写真屋が言った。「あんたには愛する人間なんかいないんだ」

祖母は怒りで真っ青になった。

「それならさっさと出ていくんだ」と彼女は言った。「このろくでなしめが!」

祖母はひどく傷つき、エレンディラに寝支度を整えさせているあいだも、悪態の限りを尽くした。「売女《ばいた》のガキめ」。文句は治まらなかった。「あの父《てて》無し子に他人《ひと》の気持ちの何がわかる」。エレンディラは聞き流した。風がとだえるたびに執拗に聞こえてくるフクロウの声に急《せ》き立てられ、どうしていいかわからず苦しい思いをしていたからだ。祖母はかつて屋敷にいたときと同じく、規則どおりの手順に従ってようやく横になったが、孫娘に扇子で風を送ってもらっているうちに、恨みは消え、またいつもの不毛な呼吸を始めた。

「早起きするんだよ」祖母はそのとき言った。「そして客たちがまだやって来ないうちに、お風呂に入れる薬草を煎《せん》じておくれ」

「はい、お祖母ちゃん」

「時間が余ったら、インディオたちの汚れた下着を洗っておくれ。そうすりゃ来週の給料からいくらか差っ引けるから」

「はい、お祖母ちゃん」とエレンディラは応えた。

「それからゆっくり休むんだよ、疲れるといけないからね、明日の木曜日は週で一番長い日なんだ」

「はい、お祖母ちゃん」

「ダチョウに餌をやること」

「はい、お祖母ちゃん」とエレンディラは応えた。

彼女は扇子をベッドの枕元に置き、死者たちを納めた大櫃の前に供えた祭壇用のロウソク二本に火を点した。祖母はもう眠っていたが、手遅れのことを命じた。

「アマディスたちのロウソクを点すのを忘れるんじゃないよ」

「はい、お祖母ちゃん」

そのときエレンディラは、祖母が目を覚まさないことを知っていた。すでに寝言を言い始めていたからだ。テントの周りを吹き荒れる凄《すさ》まじい風の音が聞こえたが、そのときもまた、まさかそれが自分に不幸をもたらす風だとは思わなかった。テントの外の闇を窺っていると、やがてフクロウがまた鳴いた。すると彼女の自由を求める本能がついに祖母の呪いを打ち破った。

テントの外を五歩ばかり歩いたとき、機材を自転車の荷台にくくりつけている写真屋に出くわした。だが共犯者めいた笑顔を見せたので、ほっと胸を撫で下ろした。

「おれは何にも知らないから」と写真屋は言った。「何も見なかったし、ブラスバンド代も払わないよ」

彼は皆を祝福すると去って行った。するとエレンディラはついに決心し、砂漠に向かって走り出した。そして風が吹き荒れフクロウが鳴く闇のなかへと姿を消した。

祖母も今度ばかりはただちに当局に訴えた。地方警備隊の隊長は、上院議員の書状を目の前に差し出されたものだから、まだ午前六時だったにもかかわらず、ハンモックから飛び起きた。ウリセスの父親は戸口で待っていた。

「これを読めと言うのか」と隊長は怒鳴った。「おれは字が読めないっていうのに」

「上院議員のオネシモ・サンチェスさんからの紹介状だよ」と祖母は言った。

それ以上は問うこともせず、隊長はハンモックのそばに掛けてあったライフル銃を下ろし、大声で部下たちに命令を下しはじめた。五分後には全員が軍用小型トラックに乗り込み、逃亡者たちの足跡を掻き消してしまう風に逆らい、国境に向かってすっ飛びだした。前の座席の運転手の隣に隊長が座った。後ろには父親のオランダ人と祖母が陣取り、両側のステップには武装した警官がそれぞれひとりずつ立っていた。

町までもう少しというところで、荷台がシートで覆われたトラックの一隊が警備隊の隊長に停止を命じられた。すると荷台に潜んでいた何人もの男がシートを持ち上げ機関銃とライフル銃で小型トラックに狙いを定めた。隊長は先頭のトラックの運転手に、小鳥を積んだ農場の小型トラックにどのくらい離れたところで出会ったか訊いた。

運転手は答える前にトラックを発車させた。

「おれたちはタレ込み屋じゃねえぞ」と彼は腹を立てて言った。「密輸やってんだ」

隊長は機関銃の黒ずんだ銃身が目と鼻の先を通り過ぎるのを見ると、降参の印に両腕を上げ、薄笑いを浮かべた。

「少なくともだな」と彼は大声で言った。「真昼間に堂々と動けないのを恥ずかしいと思え！」

最後尾のトラックの泥よけにこんな文句が書かれていた。〈エレンディラ、心はお前でいっぱいだ〉。

北に向かって進むごとに、日差しと風は一段と強まり、狭苦しい軍用トラックのなかは暑さと埃で息をするのも苦しかった。

真っ先に写真屋を見つけたのは祖母だった。写真屋は軍の一行が急ぐのと同じ方向に自転車を飛ばしていた。日射病を防ぐためのものといえば、頭に巻いたバンダナ一枚だけだった。

「あそこにいるよ」と祖母は指差した。「あいつもぐるなんだ。ろくでなしめが」

隊長はステップにいた片方の警官に写真屋をまかせた。

「あいつを捕まえて、ここで待て」と彼は言った。「すぐ戻る」

警官はステップから飛び降り、写真屋に停まるよう二度命じた。だが向かい風のために、写真屋には聞こえなかった。軍用トラックが彼を追い越したとき、祖母は彼に向かって何やら不可解な仕草をした。しかし写真屋はそれを挨拶と取り違え、挨拶代わりに笑顔で手を振った。銃声は聞こえなかった。写真屋は宙返りすると、自転車の上で息絶えた。頭はライフル銃の弾丸で砕かれていたが、弾丸がどこから飛んできたかを本人は知る由もなかった。

正午にならないうちに鳥の羽が目につくようになった。風に舞うそれは若鳥のもので、オランダ人には、風で吹き飛ばされた自分の鳥の羽であることがわかった。運転手は方向を変えるとアクセルを思い切り踏み込んだ。すると三十分も経たないうちに、地平線に小型トラックが見えた。

バックミラーに軍用トラックが映ったのに気づいたウリセスは、相手との距離を大きくしようと必死になったが、エンジンがもはや限界だった。二人は眠ることなく走り続けたために疲れと喉の渇きでくたくただった。ウリセスの肩にもたれてうつらうつらしていたエレンディラは、恐怖心を覚えて目を覚ました。軍用トラックに追いつかれそうなのを見て、助手席の前のグローブボックスからピストルを取り出した。

「役に立たないんだ」とウリセスが言った。「フランシス・ドレイクが使ってたやつだから」

エレンディラは何度も引き金を引くと、それを窓の外に放った。警備隊の車は、風で羽の抜けた小鳥を積んだおんぼろトラックを追い越し、急カーブを切ると、行く手を遮った。

私が彼女たちのことを知ったのは、最も羽振りのよかったそのころだった。ただし、その人生の詳細を明らかにできたのは、何年ものちに、ラファエル・エスカローナが自作の歌で恐るべきドラマの結末を明かしたときで、それを聞いて、物語として語るのにうってつけだと思った。当時私はグアヒラ県のリオアチャで百科事典や医学書のセールスをして歩いていた。やはりそのあたりをビールの冷却器の販売で回っていたアルバロ・セペダ・サムディオが、小型トラックで砂漠の町や村を訪ねていて、話し相手にするつもりで私を乗せた。二人はどうでもいいことを山ほど話し、ビールを大量に飲んだ。するといつの間にか砂漠全体を越えて、国境に達していた。そこにあったのがあの放浪の愛のテントだ。カンバスの垂れ幕にこう書かれていた。〈エレンディラは最高〉〈またのお越しをエレンディラがお待ちします〉〈エレンディラ抜きは人生じゃない〉。人種も身分も雑多な行列がうねうねと果てしなく伸びていて、まるで背骨が人を連ねてできている大蛇のように見え、まどろんでいるそいつは空地や広場を横切り、雑多なものが並ぶ店先や騒々しい市場の間を抜けて、行商人でごった返すその町のいくつもの通りの先まで届いている。通りという通りが公認賭博場に、家という家が酒場に、戸口という戸口が逃亡者の隠れ家になっていた。無数の訳の分からない音楽や物売りのどなり声などが、目まいがするほどの暑さのなかで、ひとつの大音響となっていた。

故郷を捨ててきた人間や仕事を探している人間たちが群れ成すなかに正直者のブラカマンがいて、テーブルの上に立ち、自分が発明した毒消しを体を張って試して見せるから本物の蛇をくれと言っていた。また、親に逆らったために蜘蛛に姿を変えられた女がいて、嘘でないことを明かすために五十センターボ取って体に触らせたり、自分の不幸についての質問に答えたりしていた。さらにまた、あの世からの使いという男がいて、なんとも恐ろしい宇宙蝙蝠《うちゆうこうもり》の飛来が差し迫っていて、その熱く硫黄臭い息は自然界の秩序を攪乱《かくらん》し、海の神秘を海面に浮上させるだろうと告げていた。

静けさを感じさせる場所は赤線地区だけだった。そこには都会の喧騒もかすかにしか聞こえてこない。羅針盤に譬《たと》えるならその指針面の四方から集まってきた女たちは、閑散としたダンスホールで、あまりの退屈さにあくびをするばかりだった。腰掛けたまま昼寝をしてみたが、彼女たちを起こして愛の相手に選んでくれる者もなく、天井に取りつけられた扇風機の羽根が回る下で、宇宙蝙蝠を待ち続けるばかりだった。突如、女たちのひとりが立ち上がり、通りに面した、パンジーの咲く回廊に向かった。エレンディラを求める客の列はそこにも入り込んで続いていた。

「ねえ、みんな」とその女は仲間に向かってどなるように言った。「あたしたちが持ってなくて、あの小娘が持ってるものって何なのよ？」

「上院議員の紹介状」と誰かが大声を上げた。

大声と高笑いに誘われて、他の女たちも回廊に出てきた。

「何日も前から行列はこんな具合なんだから」とひとりが言った。「どう思う、ひとり五十ペソだって」

最初に出てきた女が意を決するとこう宣言した。

「じゃあ、あの洟垂《はなた》れ娘《むすめ》の何が魅力なのか、あたしが見てくるよ」

「あたしも行く」と別の女が言った。「ここにいて、金も取らずに椅子をあっためてるより増しだもの」

向かう途中で他の女たちも加わって、エレンディラのテント小屋に着いたときには、騒々しいカーニバルさながらの行列になっていた。彼女たちは訪れたことを告げもせず、いきなり乗り込むと、金を払った分だけ目一杯お楽しみの最中だった男を枕で叩き出してしまい、エレンディラをベッドごとお神輿《みこし》のように担いで表に出た。

「なんてひどいことするんだよ」と祖母は叫んだ。「卑怯者！　泥棒！」今度は矛先を、列を作っている男たちに向けた。「で、あんたたち、それでも男かい、どこにタマをぶらさげてんのさ、可哀そうな小娘が何もできずにいるのに手をこまぬいてるなんて。オカマばかりじゃないか！」

祖母は手当たり次第に司教杖で殴りつけながら声を限りに叫び続けたが、その怒りの声も群衆の叫び声や嘲笑のために誰にも聞き取れなかった。

エレンディラは侮辱や嘲《あざけ》りを受けざるをえなかった。というのも、一度逃げ出そうとしたとき以来、祖母がベッドの枠につなぐために使った犬用の鎖のせいで逃げようにも逃げられなかったからだ。だが、女たちは彼女を痛めつけたりはしなかった。天蓋つきの祭壇に乗せたまま、最も派手でにぎわっている通りを練り歩いたのだ。その姿は鎖で縛った体を晒《さら》して歩く悔悛者《かいしゅんしゃ》のようだった。挙句の果てに彼女たちはエレンディラを中央広場のど真ん中の灼熱地獄に置き去りにしたのだ。彼女は体を丸め、顔を隠していたが、泣いてはいなかった。広場の猛烈な日差しを浴びつつ、恥ずかしさと怒りから、不幸のもとになった犬用の鎖を噛んだままの恰好でいたところ、そのうち誰かが気の毒がって体をシャツで覆ってやったのだった。

私が二人を見たのはこのときだけだが、他人から教えられたところでは、有力者の庇護のもとにその国境沿いの町に留まって、祖母の金箱が破裂するまで稼ぐと、砂漠を後にして海のほうへ向かったという。あれほど豪華な行列は、貧しい者ばかりが住むあのあたりの土地では、それまで見たことがなかった。牛に引かれた荷車が続き、その上には屋敷の火事で焼けた家具類の粗悪な模造品がいくつか積まれ、そのなかにはばかでかい胸像や変わった時計ばかりでなく、中古のピアノ、手回し式の蓄音機と懐メロのレコードも含まれていた。インディオの一団が荷物を運び、楽隊が町や村で一行の華々しい到着を告げた。

祖母は色紙の花で飾った輿に乗り、天蓋の下で腰の巾着から取り出した豆を繰り返し嚙みながら旅した。その巨体は以前にも増して大きく見えた。なぜなら、ブラウスの下に帆布製のチョッキを着込み、そこに弾薬帯に銃弾を詰めるように金の延べ棒を詰めていたからだ。エレンディラは彼女の脇にいて、ちゃらちゃらした飾りつきの派手な服を着ていたが、足首にはまだ犬用の鎖がついたままだった。

「文句は言えないはずだよ」と国境沿いの町を後にするとき、祖母が言った。「女王さまみたいな服に贅沢なベッド、お抱えの楽隊がいて、インディオの召使が十四人もいるんだからね。素晴らしいだろう？」

「はい、お祖母ちゃん」

「わたしがいなくなっても」と祖母は続けた。「男たちに頼らなくても大丈夫だよ。大きな町に自分の家を持てるからね。そうしたら自由で幸せな暮らしができるよ」

それは初めて聞かされる、意外な将来の展望だった。一方、当初の借金の話は二度としなかった。ただ、商売に必要な費用のことがどんどんややこしくなるにつれ、その詳細は歪められ、期限は引き延ばされた。それでも、エレンディラは、自分の考えをにおわせるようなため息すらつかなかった。まるでカード占いをしているかのごとく祖母が将来の展望を語るあいだも、硝石の採掘場や、まどろんでいるような湿地帯の村、月のクレーターに似た滑石の鉱山で、黙ってベッドでの責め苦に耐えていた。ある日の午後、息の詰まるような狭い道を抜けたとたん、昔から知っている月桂樹の香る風に気づき、ジャマイカ訛りの会話の断片を耳にした。すると生き返った気がして、胸が苦しくなった。とうとう海に着いたのだ。

「ほら、あれだよ」と言って祖母は、長い流浪の旅の果てにたどりついたカリブのガラスのようにきらめく光を吸い込んだ。「気に入っただろう?」

「はい、お祖母ちゃん」

そこにテントが張られた。祖母は夢を見ることもなく、夜通し喋り続けた。だがときおり、懐かしい過去と将来の見通しとを混同した。それからいつもより遅くまで寝て、波の音のせいで安らかな目覚めを迎えた。ところが、エレンディラに風呂に入れてもらっているときに、ふたたび将来を予言し始めた。それはまるで夜起きたまま陥る錯乱状態のように熱を帯びた予言だった。

「お前は女王さまみたいになるよ」と彼女は言った。「家柄のいい貴婦人みたいに、お気に入りにかしずかれて、一番位が上の役人からも敬われてちやほやされるんだ。船長たちも世界中の港から絵葉書を送ってくるだろうよ」

エレンディラは祖母の喋ることを聴いてはいなかった。オレガノの香りがするぬるま湯が、外から管を通って湯船にちょろちょろ落ち込んでいた。エレンディラはほとんど息もせずに、水を通さないヒョウタンでそれを受け、片手で祖母に掛けてやり、もう片方の手で石鹼をつけてやった。

「お前の屋敷の評判は口から口へ伝わって、アンティリャの島々からオランダまで届くのさ」と祖母は言った。「そして大統領の官邸よりももっと重要な場所になるだろうよ。だってそこで政府のいろんな問題が話し合われて、国の行方が決められるんだから」

突然、お湯が止まった。何が起きたか調べようとエレンディラがテントを出てみたところ、管にお湯を注ぎ入れる係りのインディオが、台所で薪を割っていた。

「お湯がなくなっちまったよ」とインディオが言った。「そいつをもっと水でうめないと」

エレンディラは、薬効のある葉が煮えて浮かんでいる、もうひとつの大鍋がかかったかまどのところまで行った。両手に布を巻きつけ、インディオの助けなしに鍋を持ち上げられるかどうか試した。

「ここにいなくていいわ」と彼女は言った。「あたしが水でうめるから」

彼女はインディオが台所から出ていくまで待った。それから煮えたぎる鍋を火から下ろし、苦労して管の高さまで持ち上げ、死を招く熱湯を湯船につながる管に注ぎ込もうとしたそのとき、テントのなかで祖母が叫んだ。

「エレンディラ！」

まるですべてを見通していたかのようだった。孫娘はその声に動転し、最後の瞬間に気が変わった。

「いま行くわ、お祖母ちゃん」と彼女は応えた。「お湯をうめてるの」

その夜、金の延べ棒を詰めたチョッキを着た祖母が眠りながら歌をうたう一方、エレンディラは、遅くまでずっと考えごとをしていた。彼女は暗闇の猫みたいに激しく光る目で自分のベッドから祖母を眺めた。それから、腕を胸の上で組み、目は開けたままという水死者のような恰好で横になり、心の中で声を限りに呼んだ。

「ウリセス！」

オレンジ農園の家でウリセスはいきなり目を覚ました。あまりにはっきりとエレンディラの声が聞こえたものだから、暗い部屋の四方に彼女の姿を探したほどだった。しばらく考えた末に、服と靴を丸めてひとくくりにすると、寝室から抜け出た。テラスを越えたところで父親の声がした。

「どこへ行くんだ？」

ウリセスは青い月の光に照らされた父親の姿を見た。

「外の世界だよ」と彼は答えた。

「今度は止めないでおこう」とオランダ人が言った。「だがひとつだけ忠告しておくぞ。お前がどこに行こうと、父親の呪いからは逃げられないからな」

「かまわないよ」とウリセスは答えた。

オランダ人は息子の決意に驚いたものの、いくらか誇らしくもあった。月明かりに照らされたオレンジ畑を去ってゆく後姿を追うその眼差しに、少しずつ笑みが浮かんだ。彼の妻はいつものように美しいインディオ女性の姿で、彼の後ろにいた。ウリセスが門を閉める音がすると、オランダ人は口を開いた。

「じきに帰ってくるさ」と彼は言った。「外で痛い目に遭って、お前が思っているよりもずっと早くな」

「あんたって鈍い人ね」と彼女はため息をつきながら言った。「二度と戻らないわ」

今回ウリセスはエレンディラの行方を誰にも訊く必要がなかった。通りかかったトラックにこっそり乗り込むことを繰り返し、盗みを働いてはお腹を満たしたり寝場所を得たりしていた。またしばしば単なる楽しみのために盗むこともあった。そうしながら砂漠を越え、ついに別の海辺の町でテント小屋を見つけた。そこからは煌々《こうこう》と輝く都会のガラス張りのビル群が望め、夜、アルーバ島に向けて出ていく船の汽笛が聞こえた。エレンディラはベッドの枠に鎖でつながれたまま、彼を呼んだときと同じ、漂流する水死者に似た恰好で眠っていた。ウリセスはエレンディラを起こさずにいつまでも眺めていた。すると、じっと見つめられる気配に彼女のほうが目を覚ましてしまった。

そこで二人は暗いなかでキスし合い、あわてることなく愛撫を交わしてから、くたびれるほどゆっくりと、これこそまさしく愛なのだという気にさせる、言葉に出さない優しさと秘められた幸福感を味わいつつ、互いに着ているものを脱がせていった。

テントのもう一方の端では、祖母がばかでかい寝返りを打ち、寝言を言い始めた。

「あれはギリシャの船がやってきたころのことだったよ」と彼女は言った。「船乗りが変わった男ばかりでね、女たちにいい思いをさせてくれてから、いざ払う段になったら、お金じゃなくて海綿をよこすんだよ。それも生きた海綿さ、あとでそいつが家のなかを歩き回って、病院の入院患者みたいに呻《うめ》いたり、子どもたちを泣かせてその涙を飲んだりするんだから」

ここで祖母は地震のような激しさで体を起こし、ベッドの上にどっかり座った。

「そのころだよ、あの人が現れたのは、そうだよ！」と彼女は叫んだ。「アマディスよりも逞《たくま》しくて、もっと大きな体で、はるかに男らしかったよ」

ウリセスはそのときまで祖母の寝言に無関心だったのだが、彼女がベッドの上であぐらをかいたのを見ると、身を隠そうとした。エレンディラは彼を落ち着かせようとした。

「心配ないわ」と彼女は言った。「あそこまでくると、決まってベッドの上に座るのよ。でも目覚めはしないから」

ウリセスはエレンディラの肩に顎を乗せた。

「あの晩、船乗りたちと歌をうたってたんだよ、で、てっきり地震だと思ったのさ」と祖母は続けた。「みんなもおんなじことを考えたにちがいないよ。だって叫んだり、大笑いしたりしながら逃げ出したんだから。だけどあの人だけが星形の天蓋の下に残ってた。昨日のことみたいに覚えてるよ、わたしはあのころ誰もがうたってた歌をうたってた。中庭のオウムまでがうたったものだよ」

夢のなかでしかうたえないとでもいうように、祖母は突拍子もなく、自分の苦しみのこもった一節をうたった。

神よ、神、昔の純真なわたしに戻してほしい、
もう一度はじめからあの人の愛が受けられるように。

このとき初めて、ウリセスは祖母の抱く過去への思いに興味を持った。

「あの人はそこにいた」と彼女は続けた。「肩に大きなインコを止まらせてね。グアタラールという名の男がガイアナに来たときと同じく、人食い人種をやっつけるためのラッパ銃を担いでたよ。あの人が目の前に立ったとき、彼の吐く息は死のにおいがすると思った。だけど彼はこう言ったのさ。おれは数えきれないくらい世界を回って、ありとあらゆる国のありとあらゆる女を見てきたよ、だからこそ自信を持って言える、お前はこの世で一番高慢ちきだが、この世で一番世話好きで、この世で一番の美人だと」

祖母はまた横になると、枕に顔をうずめてすすり泣いた。ウリセスとエレンディラはしばらくのあいだ口をきかずにいた。二人は眠っている老女のとてつもなく大きな息遣いのために、闇のなかでぐらぐら揺れていた。そのとき突然、エレンディラが、声の調子をこれっぽっちも変えることなく訊いた。

「お祖母ちゃんを殺す度胸がある?」

ウリセスは肝《きも》を潰《つぶ》し、どう答えればいいかわからなかった。

「わかんないよ」と彼は言った。「君はできるの?」

「あたしには無理」とエレンディラは答えた。「だってあたしのお祖母ちゃんだもの」

するとウリセスは、眠っている巨体を、その生命力を測るようにふたたびじっと眺めてから、覚悟を決めた。

「君のためならなんでもできるよ」

ウリセスは殺鼠剤《さっそざい》を一ポンド買い、それを生クリームとラズベリージャムと混ぜ合わせ、できあがった猛毒クリームを、中をくり抜いたケーキに注ぎ込んだ。そのあと、もっと濃いクリームを上に塗ってスプーンでならし、邪悪な細工の痕が残らないようにしてから、七十二本のピンクの細いロウソクを立ててこの仕掛けを完成させた。

玉座にいた祖母は、ウリセスがバースデーケーキを持ってテントに入ってきたのを見ると立ち上がり、恐怖の司教杖を振り回した。

「この恥知らず」と祖母は叫んだ。「よくもまあ、この屋敷に入ってこられたもんだよ！」

ウリセスは何食わぬ顔を装った。

「謝りにきたんですよ」と彼は言った。「今日はあなたの誕生日だし」

見事な嘘に警戒心を解いた祖母は、婚礼の披露宴もかくやとばかりの食卓を用意させた。エレンディラには給仕をさせる一方、ウリセスを自分の右に座らせ、それからロウソクを勢いよくひと吹きで消すと、ケーキを等分に切り分けた。そしてそれをウリセスに差し出した。

「謝り方を知っている人間は、すでに半分は天国に行けたも同然だよ」と祖母は言った。「あんたには最初のひと切れをあげようね」

「甘いものは嫌いなんだ」とウリセスは言った。「どうぞ、食べてください」

祖母はエレンディラに別のひと切れを差し出した。エレンディラはそれを台所に持っていくとゴミ箱に放り込んだ。

祖母は残りをひとりで平らげた。切り分けたケーキをつぎからつぎへと丸ごと頬張り、嚙むこともせずに飲み込んでは歓喜の呻き声を上げ、愉楽の辺土からウリセスを見た。自分の皿が空になると、ウリセスが断った分も食べてしまった。最後のひとかけを口のなかでむしゃむしゃやりながら、テーブルクロスにこぼれ落ちたかけらを指で掻き集め、口のなかに放り込んだ。

祖母はネズミを一世代分絶やせるほどのヒ素をお腹に入れた。それにもかかわらず、夜半までピアノを弾いたり歌をうたったりした挙句、上機嫌で寝床に就き、何事もなく眠ったのだった。目新しいことと言えば、息をするとき、石ころの道を行くみたいな音がしたことだけだった。

エレンディラとウリセスは、別のベッドから祖母を見張り、断末魔の声が上がるのをひたすら待った。しかし、うわ言が始まると、その声はいつもと同じように生気に満ちていた。

「わたしは狂いそうだったよ、ああ、本当に狂いそうだった！」と祖母は叫んだ。「寝室に入ってこられないように、ドアにかんぬきを二本掛けて、化粧台とテーブルで突っかいをして、テーブルには椅子を載せたんだ。だけどあの人が、指輪をはめた指で軽く叩いただけで、その防護壁は崩れ、椅子は勝手にテーブルから下り、テーブルと化粧台は勝手に離れてしまい、かんぬきは勝手に環から抜けてしまったよ」

うわ言の内容の深みが増して、より劇的になり、声が奥底から出はじめるにつれ、祖母をまじまじと眺めるエレンディラとウリセスの驚きはますます大きくなっていった。

「わたしは死にそうな気分だった、冷や汗をぐっしょり掻いて、扉が開いても開かないように、あの人が入ってきても入ってこないように、二度と出て行かずしかも二度と戻ってこないようにと、心のなかで願っていたよ。あの人を殺さないですむように」

祖母は何時間にもわたり、夢のなかでもう一度生き直しているかのように、最も秘められた細かいことまで自分のドラマを語り続けた。もう夜が明けるというころに、ベッドの上を体を揺すって転げまわり、今にもむせび泣きだしそうな声になった。

「わたしは警告したよ、そしたらあの人は笑ったんだ」と祖母は叫んだ。「もう一度警告したら、また笑ったよ。そのうちかっと見開いた目に恐怖の色を浮かべ、こう言った。ああ、この女王蜂！女王蜂めが！とね。だけど、その声の出どころは口じゃなく、ナイフが切り裂いた喉の傷口だった」

ウリセスは祖母の語る恐ろしい過去に仰天し、思わずエレンディラの手をつかんだ。

「昔、人を殺したんだ！」と彼は叫んだ。

エレンディラは彼の言葉に耳を貸さなかった。ちょうどそのとき、夜が明けかかったからだ。時計が一斉に五時を打った。

「帰って！」とエレンディラが言った。「もう目を覚ますわ」

「象より生きる力があるなんて」とウリセスが大声で言った。「ありえない！」

エレンディラは殺意を感じさせる目で、彼を上から下まで眺めまわした。

「つまりあんたは」と彼女は言った。「人を殺すのには少しも役立たないってことね」

ウリセスはこの辛辣な咎《とが》めだての言葉に恐れをなし、テントから逃げ出した。エレンディラはまだ眠っている祖母から目を離さずにいたが、その眼差しには密かな憎しみと祖母殺しができずにいる不満がこもっていた。そのうち夜が明《あ》け初《そ》め、小鳥たちのさえずりが始まった。すると祖母が目を開け、穏やかな笑顔でエレンディラを見た。

「おはよう、孫娘や」

目につく変化と言えばただひとつ、日々の習慣がくずれ始めたことだった。その日は水曜日だったのに、祖母は日曜日の晴れ着を着たがり、エレンディラに十一時まではひとりも客を取らせないことにして、彼女に、爪には濃い赤のマニキュアを塗ってほしい、また髪は晴れの日にふさわしい形に結い上げてほしいと頼んだ。

「今までこんなに写真を撮らせたい気になったことはなかったよ」と祖母は大声で言った。

エレンディラは祖母の髪を梳き始めた。だが櫛を通そうとすると、抜けた髪の束が歯に引っ掛かった。驚いたエレンディラはそれを祖母に見せた。祖母は抜けた髪をしげしげと眺めると、指で別の束を引っ張ってみた。するとその束がそっくり抜けた。それを床に投げ捨て、もう一度試そうとして、もっと大きな束を引き抜いた。そして今度は、何が愉快なのかわからないが、ゲラゲラ笑いながら両手でむしり始めた。抜けた髪を空中に飛ばすうちに、ついに頭はココナツみたいにつるつるになったのだった。

その後、エレンディラのもとにウリセスの消息は届かなかったのだが、それから二週間後、テント小屋の外でフクロウの声がした。ピアノを弾き始めた祖母は、昔を偲ぶことに夢中になるあまり、身の回りの現実で起きていることに気づかなかった。頭にはきらきら輝く羽毛でこしらえた鬘《かつら》を被っていた。

エレンディラがフクロウの呼び声に応えて外に出た。彼女はそのとき初めて、爆薬の導火線がピアノのなかから出ていて、それが草の茂みを抜けて延び、闇のなかに消えていることに気がついた。エレンディラはウリセスのいるほうへ走っていき、彼と一緒に灌木のあいだに隠れた。二人は胸が締めつけられる思いで、青い炎が導火線を伝って走るのを見た。それは闇を抜けてテントのなかに入り込んだ。

「耳をふさげ！」とウリセスが言った。

二人とも耳をふさいだが、そうする必要はなかった。爆発は起きなかったからだ。テントは、なかで閃光が走ったかと思うと音もなく分解し、湿り気を帯びた爆薬の煙を巻き上げたあと、消え失せた。祖母が死んだと思ったエレンディラは、大胆にも現場に飛び込んだ。すると、真っ黒焦げの鬘を被り、びりびりに破れたシャツ姿ではあったが、祖母は以前よりも元気になり、懸命に毛布で火を消そうとしていた。

祖母の支離滅裂な命令にとまどい、どうしていいかわからずに騒いでいるインディオたちの混乱に乗じて、ウリセスはこっそりその場から逃げ出した。やがて火が消え、立ち込めていた煙も消えると、そこにあったのは大惨事のあとの光景だった。

「悪い奴がやったみたいだよ」と祖母が言った。「ピアノがたまたま爆発するわけないからね」

祖母は新たな災害の原因を突き止めようと、ありとあらゆる推測を行った。だが、エレンディラが尻尾《しっぽ》をつかませず、平然としているので、そのうちわけがわからなくなってしまった。孫娘の挙動に不審な点は少しも見つからなかったし、ウリセスの存在には思いが至らなかったのだ。犯人の目星をつけようとしたり、損害を計算したりして、祖母は明け方まで起きていた。それから寝たものの、時間はわずかで、熟睡できなかった。朝になり、エレンディラが金の延べ棒の詰まったチョッキを脱がせてやると、祖母の肩には火ぶくれができていて、胸の皮が破れて肉が見えていた。エレンディラが火傷の個所に卵の白身を塗ってやっていると、「やたら寝返りを打つわけだよ」と祖母はぼやいた。「おまけに妙ちきりんな夢まで見ちまったんだから」。そして精神を集中させ、何が夢に出てきたか思い出そうとした。そのうち、夢のなかと同じくらいまざまざとまぶたに浮かんできた。

「白いハンモックに孔雀が寝てるんだよ」と彼女は言った。

エレンディラはぎょっとしたが、ただちに普段の表情に戻った。

「それはいいお告げよ」と彼女は嘘をついた。「夢に孔雀が出てくると長生きするんだって」

「そう願うよ」と祖母が言った。「振り出しに戻っちまったからね。またやり直さなけりゃ」

エレンディラは顔色ひとつ変えなかった。脱脂綿とガーゼを載せた大皿を持ってテントの外に出た。あとに残された祖母の首から下は卵の白身でべとべとになり、頭には芥子《からし》が塗りたくってあった。台所に使っているヤシ葺きの差し掛け小屋でエレンディラが卵を割って大皿に白身を足していると、初めてベッドの背後に見えたときと同じく、かまどの後ろからウリセスの目が現れた。彼女はびっくりすることもなく、もううんざりというような声で言った。

「あんたがしてくれたのは、借金をふやすことだけなんだから」

ウリセスの目に困惑の色が浮かんだ。彼はじっとしたまま、黙ってエレンディラを見つめた。その目に映ったのは、彼などいないかのように、硬い、軽蔑しきった表情で卵を割る彼女の姿だった。そのうち彼の目が動き、台所にあるもの、吊り下げられた鍋、数珠つなぎになったベニノキ、皿の類、料理用ナイフなどを順番に眺めた。ウリセスは、相変わらず黙ったまま立ち上がると、差し掛け小屋の台所に行き、料理用ナイフを下ろした。

エレンディラは振り向いて彼を見ることさえしなかったが、ウリセスが差し掛け小屋を出ようとした瞬間、声をひそめて言った。

「気をつけて、お祖母ちゃんには死神のお告げがあったから。白いハンモックに孔雀がいる夢を見たのよ」

ウリセスがナイフを握って入ってきたのを見た祖母は、司教杖の助けを借りず、渾身の力で起き上がり、両腕を上げた。

「あんた！」と彼女は叫んだ。「頭がおかしくなったのかい」

ウリセスは祖母に飛びかかり、むきだしの胸に的を外さずナイフを突き立てた。祖母は呻き声を上げたが、逆にウリセスにのしかかり、熊みたいな腕力で、彼の首を絞めにかかった。

「畜生め」と彼女は唸るように言った。「気づくのが遅すぎたよ、お前の顔は裏切りの天使の顔だってことに」

言葉にできたのはそれだけだった。というのも、ナイフを握った手がまた自由になったウリセスが、今度は脇腹を突き刺したからだ。祖母はくぐもった呻き声を上げ、さらに力をこめて相手に抱きついた。ウリセスは容赦なく三度目の攻撃を加えた。激しい勢いで血が吹きだし、彼は顔に返り血を浴びた。それはハッカ入りの蜜そっくりの、油みたいに輝く緑色の血だった。

エレンディラが大皿を手に入り口に現れ、恐ろしいほどの冷静さで二人の格闘を眺めた。

大きくて頑丈な祖母が、痛みと怒りにうなり声を上げながらウリセスの体にしがみつく。その腕も脚も、そしてつるつるの頭までもが緑色の血に染まっている。ふいごを思わす大きく激しい息遣いが、ついに始まった断末魔の喘ぎと混じり合いながらも、あたり一帯に響き渡る。ウリセスはふたたびナイフを握った手が自由になり、下っ腹を水平に切り裂いた。すると吹き出た血で、足まで緑色に染まった。祖母は生き永らえるのに要る空気を求めようとしたが、床に突っ伏してしまった。ウリセスは力の抜けた祖母の腕から体を引き離し、一瞬たりとも休むことなく、倒れ伏した巨体にナイフで止《とど》めを刺した。

するとエレンディラは大皿をテーブルの上に置き、祖母の体の上にかがみこんで、触れないようにしながら念入りに調べた。そして息絶えていることを確信したとたん、その顔は突如として二十年の不幸も彼女にもたらすことのなかった、いかにも大人らしい分別を帯びた。彼女は素早く無駄のない動きで金の延べ棒入りのチョッキをつかみ、テント小屋を飛び出した。

祖母との一騎打ちで疲れ果てたウリセスは、死体のそばに座り込んでいた。顔を拭こうとしたが、拭けば拭くほど自分の指から出てくるらしい鮮やかな緑色の物質で汚れてしまった。エレンディラが金の延べ棒入りのチョッキを持って出ていくのを見たときに、彼ははっと我に返った。

大声で彼女を呼んだが、返事はかえってこなかった。テント小屋の入り口まで這っていくと、海岸に沿って都市とは反対方向に走り出したエレンディラの姿が見えた。そこでウリセスは、残った力を振りしぼり、恋人ではなく子どものものと言えそうな、同情を誘う声を張り上げ、名前を呼びながらあとを追った。けれども、ひとりの女を誰に手助けされることもなく殺したあとの疲労困憊《ひろうこんぱい》には勝てなかった。祖母に仕えていたインディオたちが追いついたときには、浜辺に突っ伏し、孤独と不安に駆られて泣いていた。

エレンディラにその泣き声は聞こえなかった。風に抗い、鹿よりも速く走り続ける彼女を、この世のいかなる声も引きとめることはできなかった。後ろを振り向きもせず、熱い水蒸気が立ち上る硝石の上の水たまり、滑石の火口、まどろんでいるような水上集落を駆け抜けていく。やがて自然が生んだ知恵の宝庫の海が尽き、砂漠が始まった。それでもなお、金の延べ棒入りのチョッキを持った彼女は、乾いた風や決して暮れない日暮れの向こうを目指して走り続けた。そして彼女の消息は些細なことすら二度とわからず、その不幸の痕跡も爪の垢ほども見つからなかった。

聖女

二十二年の時を隔て、わたしはマルガリート・ドゥアルテにふたたび会った。トラステヴェレの細い裏道のひとつで不意に出くわしたときの彼は、そのおぼつかないスペイン語と古いローマっ子みたいな気風《きっぷ》のよさのせいで、それが本人だとすぐにはわからなかった。髪は白く、少なくなっていて、初めてローマに来たときの陰気くさい物腰やアンデスの学のある人間が着そうな喪服めいた服装は跡形もなかった。だが、歳月による見掛けの違いに最初は騙《だま》されたものの、話しているうちにわたしは少しずつ昔の彼を取り戻していき、寡黙で、予測がつかないことをする、そして石工のように粘り強い、本来の彼をふたたび見出したのだった。昔二人が常連だったカフェで二杯目のコーヒーを飲む前に、わたしは胸の内でずっとわだかまっていた古い疑問を思い切ってぶつけてみた。

「聖女はどうなりました？」

「あいかわらずさ」と彼は答えた。「待ち続けているよ」

この答が秘めている、人間ならではのとてつもないエネルギーを理解できるのは、テノール歌手のラファエル・リベロ・シルバとわたしだけだった。わたしも彼もこの人物のドラマをいやというほどほど熟知していたので、わたしは何年ものあいだ、マルガリート・ドゥアルテとは作者を求めている登場人物であり、わたしのような小説家たちが一生かけて待ち望んでいる存在なのだと考えた。わたし自身が作者になるのをあきらめたのは、彼の物語の結末がおよそ想像しがたいものに思えたからだ。

マルガリートがローマにやってきたのは、あの輝くばかりの春のことだった。そのころは教皇ピウス十二世がしゃっくりの発作に悩まされていて、医術も呪術も、それが良きものであれ悪しきものであれ、いずれも発作を止めることができなかった。マルガリートがコロンビア・アンデスの険《けわ》しい山中にあるトリーマ村を出るのはそれが初めてで、その旅の影響は彼の眠り方にまで窺《うかが》えた。ある朝、彼は、大きさといい形といいチェロのケースにそっくりな、磨き上げられた松材のトランクを引っ下げて、ローマのコロンビア領事館に現れ、その旅の驚くべき目的を領事に伝えた。すると領事は、同国人のテノール歌手ラファエル・リベロ・シルバに電話して、わたしたちが共に暮らしていた下宿屋に部屋を取ってやってくれと頼んだ。そんなふうにして、わたしは彼と知り合ったのだった。

マルガリート・ドゥアルテは小学校を出ていなかったが、生まれつき文学向きの資質を備えていたことから、印刷物を手当たりしだい熱心に読んできたために、より幅広い知識を得ることができた。村役場の書記を務めていた彼は、十八歳のときに美しい娘と結婚したものの、彼女は初産で女の子を産んだ直後に亡くなった。この子の美しさは母親に勝《まさ》るほどだったが、七つになると、原因不明の熱病に罹《かか》り夭逝《ようせい》してしまった。だが、マルガリート・ドゥアルテの真の物語は、ローマに着く六か月前に始まっていたのだ。それはダム建設のために村の墓地を移設しなければならなくなったときのことだ。その地域の住民すべてと同様、マルガリートも、新しい墓地に移すために、死んだ家族の遺骨を掘り出した。妻の遺体はすでに土埃《つちぼこり》と化していた。ところが、となり続きの墓にあった娘の遺体は十一年の歳月ののちも、元のままだった。それどころか、棺《ひつぎ》の蓋《ふた》を開けると、彼女と一緒に埋葬したバラの生花の香りがしたほどだった。しかしながら、もっとも驚かされたのは、遺体に重さがなかったことである。

奇跡だという声が上がり、それを聞きつけた何百人という野次馬で村はあふれかえった。疑う余地はなかった。遺体が腐敗しないというのは、聖性のまぎれもないしるしにちがいないということで、教区司祭までもが、このような驚異的出来事はバチカンの判断に委ねるべきだという意見に賛成した。そこでマルガリート・ドゥアルテがローマに出かけて宣伝活動ができるように、大々的に募金が行われた。この大義はもはや彼ひとりのものでも、村という狭い範囲のものでもなく、国にかかわる事柄にまで膨らんでいた。

閑静なパリオリ地区の下宿屋でわたしたちにこの経緯《いきさつ》を話しながら、マルガリート・ドゥアルテは素晴らしいトランクの錠をはずし、蓋を開けた。こうしてテノール歌手のリベロ・シルバとわたしは、奇跡を目の当たりにしたのだった。それは世界の博物館でよく見かける干からびたミイラとはおよそ違って、長いあいだ地下にいた花嫁衣裳の少女が、今なお眠り続けているように見えた。肌はすべすべしていてほんのり温もりが残り、見開かれた瞳は澄み切っていて、死の世界からわたしたちを見ているような、何とも耐えがたい印象を受ける。頭に頂く冠のサテンと造花のオレンジの花は、彼女の肌とは異なり、時による厳しい試練に傷みもせずに耐えることはできなかったが、手に持たされたバラの花はまだ生きていた。松材のトランクは、遺体を取り出しても、事実、重さが同じままだった。

マルガリート・ドゥアルテは、着いた翌日から交渉を開始した。初めは効果よりも同情が勝る大使館の支援を受け、その後は思いついたありとあらゆる方策を用いてバチカンの無数の障害を乗り越えようとした。彼は自分の奮闘ぶりについてほとんど語りはしなかったが、労多くして功が少ないことは誰にもわかっていた。さまざまな宗教団体や人道主義に基づく組織にも手当たりしだい連絡を取ると、話は熱心に聞いてもらえるものの、別に驚かれもせず、ただちに何らかの手を打つことを約束してくれても、決して実行してはくれなかった。実際のところ、時期も適当とは言えなかった。教皇庁に関わりがあることはすべて、教皇のしゃっくりの症状が治まるまで延期になっていて、しかもその症状は大学の医学部で開発された最新療法でも、世界中から送られてくる、あらゆる種類の魔術的薬剤でも、治すことができなかったのだ。

結局、ピウス十二世は七月に回復し、夏の休暇を取るためにカステルガンドルフォに出かけた。マルガリートは週ごとの謁見の一回目に、見てもらえることを期待して聖女を連れて行った。教皇は内庭のバルコニーに姿を見せ、バルコニーはかなり低かったので、マルガリートは丹念に磨かれた教皇の爪を見ることができたばかりか、彼がつけているラベンダー水の香りまでかぐことができた。しかし、マルガリートの期待に反し、教皇は世界じゅうから一目見ようと訪れた観光客たちのあいだを歩いて回ることはせず、同じ説教を六か国語で行うと、最後に全員に向かって祝福を授けただけだった。

さんざん待たされた末に、マルガリートは、物事に自分で立ち向かうことに決め、教皇庁国務省に六十枚近くの手書きの手紙を持参したが、返事は得られなかった。それは彼にも予想がついた。なぜなら厳めしい形式主義に則って彼の手紙を受け取った係官は、死んでいる少女をいかにも公式的に一瞥《いちべつ》しただけだったし、近くを通りかかった職員たちは彼女を見ても一切関心を示さなかったからである。そのなかのひとりが、前の年一年間だけで、世界各地から、死後も損なわれていない遺体の聖別を求める申請書が八百通以上も届いたと彼に語った。マルガリートは最後に、遺体に重さがないことを確かめてほしいと頼んだ。係官は確かめたものの、結果を認めることは拒んだ。

「きっと集団で暗示にかかった例のひとつだろう」と係官は言った。

たまに暇な時間があるときや夏の不毛な日曜日には、マルガリートは自室に閉じこもり、自分の申し立てに関係のありそうな本ならなんでも貪るように読んだ。また毎月、月末になると彼は、村の寄付者たちに厳密で的確な会計報告をするために、ひと月の出費の詳細な記録を、いかにも上級書記らしい凝った筆跡でもって、自主的に大学ノートに書き込んだ。その年が終わるまでに、彼はローマの迷路という迷路を、そこで生まれたかのように熟知していたし、アンデス風のスペイン語と同様に語彙《ごい》の少ない簡単なイタリア語を話すことができ、列聖の手順についても専門家並みの知識を備えていた。ところが、喪服めいた服装が変わるには、はるかに長い時間がかかった。しかも裁判官が身に着けるようなチョッキと帽子は、当時のローマでは口にできない目的を持ったある種の秘密結社に特有のものだったのだ。彼は朝早く聖女の入ったトランクを持って家を出ると、ときには夜遅く、疲れ果て、悲しげな顔で帰宅した。それでも必ずかすかなともしびが残っていて、それが次の日のための活力をもたらすのだった。

「聖人というのはそれぞれ特有の時間のなかで生きていますよ」と彼は口癖のように言っていた。

わたしのほうは初めてローマにやってきて、実験映画センターで学んでいたのだが、その一方で彼の相次ぐ受難を忘れがたい激しさで共に生きていた。わたしたちが住んでいた下宿は、実際にはモダンなアパートで、ヴィラ・ボルゲーゼの目と鼻の先にあった。女主人は寝室を二つ使い、外国人留学生に残り四つを貸していた。マリア・ベッラとわたしたちが呼んでいた彼女は、人生の秋の最中にいたが、それでも美人で気性が激しかった。そして、自分の部屋のなかでは誰もが絶対君主であるという神聖なルールに常に忠実な女性でもあった。だが実際に日常生活の重みを引き受けていたのは、彼女の姉のアントニエータおばさんで、翼こそないがさながら天使のようなこの人は、昼間は妹のために何時間も働き、バケツとモップを持ってありとあらゆるところに現れ、大理石の床を可能性の限界を超えて磨き上げていた。歌をうたう小鳥を食べることをわたしたちに教えたのは彼女だった。その悪習は夫のバルトリーノが戦時中に身につけ、その後も止められずにいたのだ。もっとあとで、マリア・ベッラのアパート代を払い切れなくなったマルガリートを、自宅に連れて行って住まわせたのも、このアントニエータおばさんだった。

あの無法地帯とも言うべきアパートほどマルガリートの人柄にそぐわない場所はなかった。刻々と新たな出来事が生じ、夜更けでさえその例にもれず、ヴィラ・ボルゲーゼ動物園のライオンのおぞましい唸り声に目を覚ますこともあった。だが、テノール歌手のリベロ・シルバは特権を獲得していた。ローマ市民は彼の早朝練習に不快感を抱かないのだ。彼は六時に起床すると、健康のために冷水の風呂を浴び、メフィストフェレスを思わす髭《ひげ》と眉毛を整える。そしてタータンチェックのガウンを纏《まと》い、絹のマフラーを首に巻き、自分専用のオーデコロンを振って準備ができると初めて、全身全霊を歌の練習に捧げるのだ。冬はまだ星がまたたいているうちから、部屋の窓を目一杯開け、まずは大いなる愛のアリアのフレージングで段々と声を温めることから始め、ついには自分を解放し、声を全開にして歌うのだ。彼が最高のドの音を出すと、ヴィラ・ボルゲーゼのライオンが地の震えるような吠え声で応えるという現象を毎日予期できたものだった。

「あなたは聖マルコの再来だわ」とアントニエータおばさんは本気で感嘆の声を上げた。「ライオンと話せたのはあの聖人だけなんだから」

ある朝、彼に応えたのはライオンではなかった。テノールは歌劇『オテロ』の愛の二重唱を歌いはじめた。「すでに深い闇の中、物音もすべて消え去って」。すると突然、中庭の奥から、それに応えるソプラノの美声がわたしたちにも聞こえた。テノールはさらに続け、二つの声はその一節を最後まで歌い切った。近隣の人々は喜んで窓を開け、このたまらなく魅力的な愛の奔流によって家を聖化しようとした。このときの不可視のデスデモーナが偉大なマリア・カニリアに他ならないことを知ったとき、テノール歌手は失神寸前になった。

マルガリート・ドゥアルテがこの家の暮らしに溶け込むことにしたのは、明らかにこのエピソードが動機になっているという気がする。そのとき以来、彼は初めのころのように台所で食べるのではなく、皆と一緒に同じテーブルにつくようになり、アントニエータおばさんは毎日のように美味なことこの上ない歌う小鳥のシチューで彼をもてなした。マリア・ベッラは私たちがイタリア語の音に慣れるように、食後のひとときを利用して、その日の新聞を読み聞かせてくれ、ニュース記事を、彼女ならではの独断とウイットに満ちた意見を付け加えて完成させて、わたしたちの暮らしを楽しいものにしてくれた。そんなある日のこと、聖女について話をしていた彼女は、パレルモ市には腐敗を免れた遺骸の巨大な博物館があると言った。そこには男、女、子ども、さらには何人分かの司教の遺骸も含まれていて、いずれもカプチン修道会の神父たちが埋葬されているのと同じ墓地から掘り出されたのだという。その事実を教えられたマルガリートはいたく動揺し、わたしたちと一緒にパレルモを訪れるまで、一瞬たりとも気が休まらなかった。だが、栄光のかけらも感じられないミイラが嫌というほど並んでいるのをひと目見ての判断で、胸をなでおろすには十分だった。

「娘の場合とはちがうよ」と彼は言った。「ここにあるのは、見ればすぐに死んでいるとわかるから」

昼食時《どき》が過ぎると、ローマは八月の睡魔に負けてしまうのだった。正午の太陽は天頂に留まって動かず、午後二時の静けさのなかで聞こえるのは、ローマの自然な声とも言うべき水音だけだった。けれども夜の七時ごろになると、ようやく動きだした涼しい空気を取り入れようと、窓という窓が一斉に開け放たれる。すると多くの人々が、オートバイの爆音やスイカ売りが叫ぶ声、テラスの花のなかから聞こえる愛の歌が渦巻く通りに嬉々として繰り出すのだが、その目的は生きることに他ならなかった。

テノール歌手とわたしは、昼寝をしないのが習慣だった。二人は彼のベスパのバイクに乗り、彼が運転しわたしは後ろに跨《また》がって、夏場の娼婦たちにアイスクリームやチョコレートを配達した。彼女たちは真昼の日差しの下で眠れずにいる観光客を求めて、ヴィラ・ボルゲーゼの樹齢百年を超える月桂樹の木立の陰で蝶のように羽ばたいていた。あのころのイタリア女の多くと同様、皆美しく、貧しく、優しさに満ちていて、青のオーガンジーやピンクのポプリン、緑のリンネルの服を着て、先の戦争中に虫食いだらけになってしまった日傘で日差しを防いでいた。彼女たちと一緒にいると、人間ならではの喜びを味わえた。というのも、職業上のルールを飛び越え、損を承知で上客を逃し、わたしたちと共に角のバルで会話に興じたり、馬車を雇って公園の小道を巡ったり、夕暮れにガロッパトイオの馬場で馬を走らせて楽しむ、王位を失った国王たちとその悲劇の愛人たちに心を痛めたりしたからだ。彼女たちのために、道を踏み外したアメリカ人の通訳を務めたことも一度や二度ではなかった。

わたしたちはマルガリート・ドゥアルテをヴィラ・ボルゲーゼに連れて行ったのだが、彼女たちに会わせるのではなく、ライオンを見せてやるのが目的だった。ライオンは、深い堀に囲まれた無人の小島に放し飼いにされていて、わたしたちの姿を対岸に認めたとたん、飼育係が驚くほど落ち着きを失い、吠えはじめた。公園を訪れていた人々はびっくりして駆けつけた。テノールは、いつも朝に出す全開のドによって自分の身元証明を行おうとしたが、ライオンは、彼に注意を払っているわけではなかった。どうやらわたしたちの誰彼を区別せず、全員に向かって吠えているように見えたのだが、飼育係はただちに、吠えているのはマルガリートに向かってだけであることに気づいた。実際そうだった。彼が動く方向にライオンも動き、姿を隠すとたちまち吠えるのをやめた。飼育係はシエナ大学の文学博士で古典の研究者だったが、彼は、マルガリートがその日他のライオンに触れる機会があって、そのとき臭いが移ったにちがいないと考えた。説得力には欠けるが、それ以外の説明は思いつかなかった。

「何はともあれ」と彼は言った。「戦いじゃなく、同情からの唸り声ですよ」

けれども、テノール歌手のリベロ・シルバが心を動かされたのは、この超自然的な出来事ではなく、三人が立ち止まって、公園の女たちと言葉を交わしたときのマルガリートの感動ぶりだった。彼が食事の席でそのことに触れたので、悪ふざけのつもりの者もいれば、共感したことによる者もいたが、マルガリートの孤独を癒《いや》す手助けをしてやるのも悪くないということで意見がまとまった。わたしたちの心根のやさしさに感極まったマリア・ベッラは、イミテーションの宝石の指輪でいっぱいの両手で、聖書の慈母を思わす胸を締めつけてみせた。

「あたしが慈悲の心で相手をしてあげたいところだわね」と彼女が言った。「チョッキを着る男が昔から苦手でなけりゃの話だけど」

そんなわけで、テノールは午後二時のヴィラ・ボルゲーゼに出かけて行くと、一時間ほどマルガリート・ドゥアルテの相手をするのにうってつけと思えた小柄な蝶《こ》をひとり、ベスパの後ろに乗せて連れてきた。彼は自分の寝室で女の娘の服を脱がせ、体を香水石鹸《せっけん》で洗ってから拭いて、自分用のオーデコロンを振りかけ、髭剃り後に使う樟脳《しょうのう》入りタルカムパウダーを全身にはたいてやった。

そして最後に、それまでにかかった時間分の料金に一時間分を足して払い、これからするべきことを噛《か》んで含めるように指示した。

裸体の美女は、ほの暗い家のなかを忍び足で横切ると、突き当たりの寝室のドアを軽く二度ノックした。するとマルガリート・ドゥアルテが、シャツを着ずに、裸足のままドアを開けた。

「ブオナ・セラ、お兄さま《ジョヴァノット》」と彼女は女学生めいた声と振る舞いで言った。「テノールに言われて《ミ・マンダ・イル・》来ました《テノール》」

マルガリートは実に品よく驚きに対処した。ドアを開けて彼女を通すと、彼女がベッドに横たわる一方、しかるべき敬意をもって応対しようと大急ぎでシャツを着て靴を履いた。その上で、彼女のかたわらの椅子に座り、会話を開始した。びっくりした彼女は、急いでほしい、一時間だけと言われているからと言った。だが彼は聞こえないふりをした。

その娘があとで語ったのだが、とにかく一センターボももらわずに彼が望む時間だけ相手をしていてもよかった、なぜなら、あんなに行儀がいい男はこの世にいないからだということだった。手持無沙汰の彼女は、部屋のなかをじっくり見回した。すると暖炉の上の木でできたケースに目が留まった。あれはサキソホンかと彼女は訊いた。マルガリートはそれには応えず、ブラインドを少し開けて少し光を入れると、ケースをベッドに持ってきて、蓋を開けてみせた。娘は何か言おうとしたが、顎がはずれてしまった。あるいはこれもあとで言ったことだが、「お尻の穴が凍りついちゃった」のだった。ぞっとした彼女は逃げ出したのだが、廊下で方向を間違え、わたしの部屋の電球を新しいのに取り替えようとやってきたアントニエータおばさんと鉢合わせしてしまった。二人ともひどくたまげ、娘のほうは飛び込んだテノールの部屋から夜更けまで出てこられないほどだった。

アントニエータおばさんは、何が起きたのかついにわからずじまいだった。わたしの部屋に入ってきたものの、すっかり震え上がり、手がわなないて電灯に電球がはめられないほどだった。一体どうしたのかとわたしは訊いた。「出るのよ、この家は」と彼女は言った。「しかも近頃は真っ昼間からよ」。戦時中、今テノールが使っている部屋で、ドイツ軍の将校が愛人の首を刎ねたのだと彼女は確信に満ちた口調でわたしに語った。アントニエータおばさんは、仕事をしているときに、殺された美女の幽霊が廊下を歩いているのをたびたび見かけているのだった。

「その娘が素っ裸で廊下を歩いているのをたった今見たのよ」と彼女は言った。「同じ娘だったわ」

秋になってローマはふだんの町に戻った。夏には花が咲き乱れていたテラス席が、秋風が立ちはじめるとともに閉ざされてしまうと、テノールとわたしはトラステヴェレの古い大衆食堂《トラットリア》に舞い戻り、カルロ・カルカーニ伯爵に声楽を習う生徒たちや映画学校のわたしの仲間たちと一緒に夕食を食べたものだった。映画学校の仲間のうちでも最大の常連はギリシャ人のラキスで、知的で人好きのする男だったが、唯一の欠点が社会の不正について眠気を誘う演説をぶつことだった。幸いなことに、テノールやソプラノの卵たちが声を張り上げてオペラの一節を歌い出し、ほとんど常に彼を圧倒してしまったが、その歌声は真夜中過ぎでも誰の迷惑にもならなかった。それどころか、通りかかった宵っ張りたちのなかには合唱に加わる者もいて、近所の家は窓を開け、拍手喝采さえしたものだ。

ある晩、わたしたちが歌をうたっている最中に、マルガリートが邪魔にならないように忍び足で入ってきた。松材のケースを携えていたのは、サン・ジョヴァンニ・イン・ラテラーノの教区司祭に聖女を見せに行ったあとだったからで、下宿に置いてくる暇がなかったのだ。この司祭が典礼聖省に影響力をもっていることは広く知られていた。わたしは彼が離れたテーブルの下にケースを置くのを横目で見た。すると彼は、わたしたちがうたい終える頃に席についた。夜半が間近になるといつもやっていたのだが、店が空きだしたところで、わたしたちはテーブルをいくつもくっつけて、歌をうたう者も、映画の話をする者も、その友人たちも一緒になって、ひとつの席を作った。そのなかにはマルガリート・ドゥアルテの顔もあった。彼はその店ですでに憂いに満ちた寡黙なコロンビア人として知られていたのだが、その素性は誰も知らなかった。興味を抱いたラキスは、チェロが弾けるのかと尋ねた。それは、かわすのが難しい無遠慮な質問に思えたので、わたしはどきっとした。テノールもわたしと同じく、気まずい思いをしたらしかったが、事態をうまく収めることはできなかった。この質問をごく自然に受け止めたのはマルガリートだけだった。

「これはチェロじゃありません」と彼は言った。「聖女なんです」

彼はケースをテーブルの上に置くと、錠をはずして蓋を持ち上げた。激しい驚きが一瞬にしてレストラン中を震撼させた。他の客もウェイターも、しまいには血のついたエプロンを掛けた厨房の店員までが呆気にとられながら、この奇跡を見に集まってきた。なかには十字を切る者もいた。女性の料理人のひとりは両手を合わせて跪《ひざまず》くと、熱に浮かされたように身を震わせながら、声に出さずに祈りを唱え始めた。

しかしながら、最初の衝撃が治まると、わたしたちは今の時代には聖性が不足しているという話題をめぐり、大声で議論し始めた。最も過激な発言をしたのはもちろんラキスだった。だが最後に明らかな形で残ったのは、聖女を扱う批評的な映画を作るというアイデアだけだった。

「まちがいない」と彼は言った。「チェーザレの親父ならこのテーマをつかんで放さないはずだ」

彼が言っているのはチェーザレ・ザヴァッティーニのことで、わたしたちの映画のストーリーとシナリオの師匠であり、映画史に残る巨匠のひとりだった。また学校の外でわたしたちと個人的な付き合いのある唯一の教師でもあった。彼はわたしたちに仕事としての映画だけでなく、人生を別の見方で見る方法を教えようとしていた。彼は映画のストーリーを考える機械だった。それはほとんど彼の意思に関係なく、次々と湧くように出てくるのだ。しかもあまりに速いので、声に出したその考えを素早く捉えて書き留める誰か手伝いが常に必要だった。ただ、ストーリーを考え出し終わると、彼は意気消沈してしまう。「撮影しなけりゃならないのが残念だ」と言うのが口癖だった。というのも、スクリーンの上では、オリジナルの魔法が大きく失われると考えていたからだ。彼はアイデアをテーマ別にカードに書きつけ、壁にピンで留めていたが、あまりの数に、家の寝室ひとつを使ってしまうほどだった。

次の土曜日、わたしたちはマルガリート・ドゥアルテを伴い、ザヴァッティーニに会いに行った。彼は人生をきわめて貪欲に生きる人間であって、アンジェラ・メリチ通りの自宅の戸口で、わたしたちがあらかじめ電話で伝えてあったアイデアを早く知りたくてうずうずしていた。いつもなら愛想よくわたしたちに挨拶《あいさつ》してくれるのにそれすらせず、マルガリートを前もって用意してあったテーブルのところへ連れて行くと、自らケースを開けた。するとわたしたちには想像もつかなかったことが生じた。予想どおり狂喜乱舞するかわりに、ザヴァッティーニは一種の精神的麻痺状態に陥ったのだ。

「参《アンマッツァ》ったな！」と彼は愕然としてつぶやいた。

そして二、三分のあいだ、黙って聖女を見つめると自ら蓋を閉じ、口をきかずにマルガリートを、歩きはじめたばかりの子どもを相手にするように戸口に連れて行った。それから背中を軽く二、三回叩いて帰りを促した。「ありがとう、大いに感謝するよ」と彼は言った。「君の戦いに神のお力添えがあることを祈るよ」。ドアを閉めるとわたしたちのところへ戻ってきて、判決を下した。

「映画には向いてないんだ」と彼は言い切った。「誰も信じはしないだろう」

このびっくりするような指摘は、帰りの路面電車に乗っているあいだ、わたしたちの頭から離れなかった。彼がそう言う以上、考えても仕方がなかった。映画には向いていなかったのだ。ところが、下宿屋ではザヴァッティーニからの緊急の伝言を受け取ったマリア・ベッラがわたしたちを迎えた。他ならぬその晩、彼がわたしたちを待っているが、但しマルガリートは連れずに来てほしいというのが伝言の内容だった。

そのとき彼は、ときおり訪れる、ストーリーを思いつく重要な瞬間にいた。ラキスは仲間の生徒を二、三人連れて行ったのだが、ドアを開けたときザヴァッティーニにはその生徒たちが見えてもいなかったようだ。

「そうだ！」と彼は叫んだ。「もしもマルガリート・ドゥアルテが娘を甦らせるという奇跡を起こせば、映画は大傑作になるぞ」

「映画のなかで、それとも実際に？」とわたしは尋ねた。

彼はむっとした。「バカなこと訊くな」と応えた。しかし、すぐさまわたしたちは彼の目のなかに、ある圧倒的なアイデアがひらめいたのを見た。「現実に甦らせることができないのなら」と言って、彼は真剣に考え込んだ。

「試してみるべきだろう」

だがそれは一瞬誘惑に駆られただけで、ただちに本筋に戻った。彼は幸せな狂人のごとく、家のなかを歩きまわりはじめ、手の動きを交えながら、大きな声で映画そのものを語りだした。わたしたちは目もくらむ思いでそれを聞いていたのだが、イメージが光り輝く小鳥の群れとなって彼のもとから逃げ出し、家中を狂ったように飛びまわっているような気がしていた。

「ある晩のこと」と彼は言った。「マルガリートの申請を受け付けないまま、教皇がすでに二十人ほどこの世を去ってしまい、すっかりくたびれ、歳を取った彼が家に帰り、ケースを開け、死んだ娘の顔をなでる、そしてこの世の愛をすべてこめて語りかける。『お父さんのために、立ち上がって歩いておくれ、お願いだ』」

そう言うとザヴァッティーニはわたしたち全員を見まわし、勝ち誇ったような身振りとともに止《とど》めの言葉を放った。

「すると女の子は立ち上がるんだ！」

彼はわたしたちが何か言うのを待っていた。だが、皆ひどく面食らってしまい、言うべき言葉が見つからなかった。ギリシャ人のラキスだけが例外で、学校でするように人差し指を挙げて、発言を求めた。

「問題は、ぼくには信じられないことです」と言って彼は、わたしたちがぎょっとする前で、ザヴァッティーニに面と向かった。「すみません、先生、でもぼくには信じられないんです」

今度はザヴァッティーニのほうが呆気に取られてしまった。

「なぜ信じられないのかね？」

「わかりませんが」とラキスは焦って答えた。「つまりありえないということです」

「アンマッツァ！」そのとたん、先生が怒鳴った。轟《とどろ》くような声だったので、その地区一帯に聞こえたにちがいない。「スターリン主義者が最悪なのはそこだ。現実を信じない」

続く十五年のあいだ、マルガリート自身がわたしに語ったところによると、もしかすると教皇に見てもらえる機会があるかもしれないという理由で、彼は毎年聖女をカステルガンドルフォに連れて行ったという。あるとき、ラテンアメリカから訪れた二百人あまりの巡礼者に対する謁見の場で、彼は、押し合いへし合いしながらも、親切心を備えたヨハネス二十三世に自分の物語を聞いてもらうことができた。だが、娘を見てもらうことはできなかった。なぜなら、他の巡礼者たちの背負い袋同様、テロの警戒のために、入り口に置いてこなければならなかったからだ。その群衆に囲まれながらも、教皇は可能な限り注意深く、彼の話すことに耳を傾けた上に、励ますように頬を軽く叩いてくれた。

「ブラボー、わが息子よ《フィーリョ・ミーオ》」と教皇は言った。「神はあなたの忍耐を祝福なさるでしょう」

しかしながら、自分の夢が叶う寸前までできたという気になったのは、微笑みの教皇アルビーノ・ルチアーニの短い在位期間中だった。教皇の親族のひとりがマルガリートの物語に感銘し、仲介することを約束したのである。だが彼がそう主張しても、誰もその話を本気にしなかった。ところが、それから二日後、皆が昼食を食べていると下宿に誰かから電話があり、マルガリート宛ての短いメッセージが伝えられた。木曜日までにバチカンから個人的謁見のための電話連絡があるから、ローマから出ないようにという内容だった。

それが冗談だったのかどうかは結局わからずじまいだった。だが本気で信じていたマルガリートは、待機し続けた。家から出なかったのだ。トイレに行かざるをえないときには、声に出して告げた。「トイレに行きますよ」。老年期のとば口にいながら常に茶目っ気を発揮していたマリア・ベッラは、自由な女性らしい笑い声を高らかに上げた。

「わたしたちはもう知ってるわよ、マルガリート」と彼女は大声で返した。「教皇様から電話があるかもしれないって」

その次の週、予告された電話が来るはずの日の二日前に、誰かがドアの下から滑り込ませた新聞の見出しを見て、マルガリートはショックに打ちのめされた。「教皇逝去」。一瞬彼は、それが誤って届けられた新聞ではないかという期待にすがりついた。教皇が月ごとにひとり死ぬなどということは信じがたかったからだ。だが事実だった。三十三日前に選ばれた微笑みの教皇アルビーノ・ルチアーニは、夜が明けたとき、ベッドで亡くなっていた。

マルガリート・ドゥアルテを知ってから二十二年後に、わたしはローマを再訪したのだが、偶然出くわさなかったら、おそらく彼のことを考えもしなかっただろう。時間によって何もかもが変わり果ててしまっていたために、わたしは誰のことも思いつかなかったのだ。ぬるいスープのような間の抜けた小糠雨《こぬかあめ》が絶え間なく降り続き、以前のダイヤモンドみたいな光は濁ってしまい、かつてはわが物であり、わたしの郷愁を支えてきた場所はどこも別物に変わり、他人のものになっていた。下宿屋があった家は同じままだったが、マリア・ベッラについて知る者はひとりもいなかった。過ぎ去った年月のあいだにテノール歌手のリベロ・シルバが送ってくれた六つの電話番号は、掛けても応える者はいなかった。映画界の新たな顔ぶれと昼食を共にしたとき、わが師の思い出を披露したところ、一瞬にしてテーブル上で沈黙が羽ばたき、その沈黙は誰かが思い切ってこう切り出すまで続いた。

「ザヴァッティーニですか？　聞いたことがありませんね」

そのとおりだった。彼のことが話題にのぼるのを聞いた者はいなかった。ヴィラ・ボルゲーゼの木々は、雨に打たれてしどけなさを晒《さら》し、悲しい王女たちのガロッパトイオは花のない藪《やぶ》に覆い尽くされ、往年の美女たちは、粋で両性具有的なスポーツ選手たちに取って代わられていた。消えてしまった動物たちのなかで唯一生き残っていたのは老いたライオンだが、それも疥癬《かいせん》にかかっていた上に風邪を引いていて、古くなった水に囲まれた孤島にいた。スペイン広場のプラスチック製品だらけのトラットリアでは、歌をうたう者もいなければ、愛に身を焦がす者もいなかった。というのも、わたしたちの郷愁のなかのローマは、もはやカエサルのローマのなかにあるもうひとつの古きローマになってしまったからだ。すると突然、あの世から届いたとも思える声が聞こえ、わたしの足はトラステヴェレの細道でぴたっと止まった。

「やあ、詩人さんじゃないか」

それはすっかり老け込んでくたびれた彼だった。五人の教皇がすでに世を去り、永遠のローマは衰亡の兆しを示していたが、それでも彼は待ち続けていた。「これだけ待ったんだから、もうそれほどかからないはずですよ」と彼は、二人でほぼ四時間追憶に耽ったあと別れ際に言った。「あと何か月かもしれませんね」。軍靴のようなブーツを履き、いかにも年寄りのローマっ子らしい色褪《いろあ》せたハンチングを被った彼は、水面の輝きが腐りはじめた水たまりを気にもせず、足を引きずりながら立ち去った。そのときわたしは、かつて疑ったこともあったけれど、今や疑うことなく、彼こそが聖人なのだと思った。自分は気づきもせずに、決して腐ることのない娘の遺体を通じて、すでに二十二年間というもの、自らの列聖という道理にかなった大義のために戦いつつ生きてきたのだ。

一九八一年八月

光は水に似る

クリスマスが来ると、息子たちはまたオール付きのボートをほしがった。

「わかったよ」とお父さんは応える。「カルタヘナに帰ったら買うことにしよう」

九歳のトトと七歳のジョエルの決意は、両親が思っていたよりもはるかに固かった。

「だめだよ」と二人は声を揃えて言う。「今ここで要るんだ」

「何よりもまず」とお母さんが割って入る。「舟を浮かべようにも、ここじゃシャワーから出る水しかないんだから」

妻の言い分も、夫の言い分も筋が通っていた。カルタヘナ・デ・インディアスの家だと、湾に面した裏庭があり、そこの船着場には大型のヨットを二艘《そう》もつなぐことができる。ところが、このマドリードでは、一家はパセオ・デ・ラ・カステリャーナ四十七番地の五階でぎゅうぎゅう詰めの暮らしをしているのだ。それでも、結局、夫も妻も拒むことができなかった。なぜなら息子たちに、小学校三年生の月桂樹賞《ローレル》が取れたら、オール付きのボートばかりか六分儀と羅針盤も一緒に買ってやると約束したところ、本当にそれを取ってしまったからだ。そこでお父さんは、負けた賭けの払いを渋るくせがある妻には何も言わずに、すべてをまとめて買いこんできた。それは美しいアルミ製のボートで、金色の吃水線《きっすいせん》が引いてあった。

「ボートはガレージのなかにあるぞ」とお父さんは昼食の最中に打ち明けた。「問題はエレベーターでも階段でも、上に運べないことだ。それに、ガレージには置いておける余地がない」

ところが、次の土曜日の午後のこと、息子たちは階段を使ってボートを運ぶために同級生を呼び、使用人部屋まで運び上げるのに成功してしまった。

「見事だな」とお父さんが言った。「で、次はどうするんだ?」

「別に」と息子たちは答えた。「僕たちは部屋にボートがほしかっただけさ。これでオーケーだよ」

水曜日の夜、いつものように、両親は映画に出かけた。家をわがものにできる主人となった息子たちは、ドアも窓も閉めきると、居間の明かりを消さずに、電球を割った。すると割れた電球から新鮮な金色の光が水のように流れ出した。二人はそれを開いた手四つ分の深さになるまで出しっぱなしにしておいた。それから電流を切ると、ボートを引っ張り出し、家のなかの島々のあいだを思う存分漕ぎまわった。

この途方もない冒険は、台所用品の詩についてのセミナーに参加したときに、わたしが軽はずみなことを言った結果だった。トトから、なぜボタンを押すだけで明かりが点くのかと尋ねられたのだが、わたしにはそのことをじっくり考えてみる勇気がなかった。

「光は水に似ているからさ」とわたしは答えた。「蛇口を開ける、すると流れ出るんだ」

そういうわけで、毎週水曜日の夜になると、二人は航海を続け、六分儀と羅針盤の使い方を学んでいき、やがて映画から戻った両親は、彼らが陸《おか》の天使みたいに眠りこけているのを見つけるのだった。何か月か経ち、もっと先を目指したくてたまらなくなった二人は、水中で魚を獲るための道具をねだった。水中マスクに足ひれ、酸素ボンベ、水中銃一式を揃えてほしいと言うのだ。

「使用人部屋に役立たずのボートがあるだけでも感心しないのに」と父親は言った。「おまけに潜水の道具をほしがるなんて、なお悪い」

「だけど、僕たちが一学期に金のクチナシ《ガーデニア》賞を取ったらどうなの?」とジョエルが訊いた。

「だめよ」と母親がぎょっとして言った。「もうだめ」

父親はその頑なさを咎《とが》めた。

「だってこの子たちときたら、義務を果たすということでは、最低のチョウジ《クローブ》賞すら取れないんだもの」と彼女は言った。「なのに、その気になると、先生の椅子だって勝ち取りかねないのよ」

結局両親は、いいともだめとも言わなかった。ところがトトとジョエルは、それまでの二年間の成績はビリだったのに、七月には二人とも金のクチナシ賞を獲得し、校長先生から表彰されたのだ。その同じ日の午後、ふたたびねだらなかったにもかかわらず、二人は寝室に、潜水の道具が荷造りされたまま置かれているのを見つけた。そこで次の水曜日、両親が『ラストタンゴ・イン・パリ』を観に行っているあいだに、アパートを腕二本分の深さまで光で満たすと、家具やベッドの下をおとなしいサメのように潜ったまま泳ぎ、光の底から、何年間も闇のなかに失われていたものをあれこれ見つけだした。

学年末の表彰で二人は、学校の模範生徒に選ばれ、優秀であることを称える賞状をもらった。さすがに今回は何もねだる必要がなかった。両親の方から何がほしいか訊いてきたからだ。二人は実に聞き分けがよく、ただ家でパーティーを開き、クラスの仲間をもてなしたいと言っただけだった。

父親は妻と二人きりになると喜びを爆発させた。

「成長した証拠だ」と彼は言った。

「そうだといいけど」と妻が言った。

次の水曜日、両親が『アルジェの戦い』を観に行っているあいだに、カステリャーナ通りを通りかかった人々は、木立に隠れた古いビルから滝となって流れ落ちる光を見た。それはバルコニーからほとばしり出て、建物の正面を激しく流れ落ち、大通りを金色に染めながら勢いよく流れ、グアダラーマ山脈に至るまで町を輝かせた。

緊急に招集された消防隊が五階のドアを押し破ったところ、彼らが発見したのは、家が天井まで光であふれている光景だった。豹革のソファーと椅子が居間のなかをさまざまな高さで漂い、ホームバーのボトルやグランドピアノがそのあいだに浮いているかと思うと、光の沼の中ほどでは刺繍《ししゅう》の入った絹のピアノカバーが黄金のエイのようにひらひら動いている。台所用品はその詩情を最大限に発揮しつつ、それぞれの翼で台所の空を羽ばたいている。子どもたちが踊るのに使う軍楽隊の楽器は、母親の金魚鉢から自由になった金魚たちのあいだを漂流している。その広々とした光の沼のなかで、生きて幸せそうに浮遊しているのはその金魚たちだけだった。洗面所では一家全員の歯ブラシ、父親のコンドーム、母親のクリームの小瓶と交換用の入れ歯が漂い、主寝室のテレビは横倒しになって浮かび、子どもたちには禁じられた深夜番組の最終回がまだ映っていた。

廊下の突き当たりで二つの光の洪水に挟《はさ》まれて漂っているのはトトだった。ボートの船尾に腰掛け、オールを握り、水中マスクをつけた彼は、タンクの空気が足りる距離にある港の灯台を探していた。ジョエルのほうは船首に浮かび、六分儀で北極星の高さをまだ測り続けている。そして家じゅうに漂う三十七人のクラスメートが、ゼラニウムの鉢に放尿したり、校歌を替え歌にして校長をからかったり、こっそり父親のボトルのブランデーを一杯やったりする瞬間の姿を永遠に留めていた。なぜなら、いちどきに多くの光を出しすぎたために、家じゅうに溢《あふ》れてしまい、サン・フリアン看護騎士小学校四年生の全員が、パセオ・デ・ラ・カステリャーナ四十七番地の五階で溺れてしまったからだ。スペインはマドリード、海もなく川もない、焼けつく夏と凍《い》てつく風のはるか彼方の都市、その陸《おか》の原住民たちが、光のなかを航海する技術に優れていたことは一度としてなかったのだ。

解題

「大佐に手紙は来ない」（一九六一年）

このアンソロジーのなかで唯一独立した中篇だが、第一短篇集『ママ・グランデの葬儀』（一九六二年）に収められた複数の作品と共通する性格を備え、『百年の孤独』（一九六七年）以前の時期を代表する一篇でもあることから、あえて収録した。とりわけ全編に終始漂うやるせなさに共感する読者は少なくないだろう。かつて筒井康隆がガルシア＝マルケスの作品を「やるせなさの文学」と呼んだことがあるが、まさにその言葉にふさわしい一篇と言える。また徹底したリアリズムによって書かれているため読みやすい。ラテンアメリカでこの作品を好む読者が多いのはそのせいでもあるだろう。

『ママ・グランデの葬儀』には舞台を名前のない〈町〉つまり閉鎖的な田舎町とするものと、『百年の孤独』と同じく〈マコンド〉とするものの二つの系列の作品が含まれている。両者の特徴は完全に異なるわけではなく、しばしば混在する。〈マコンド〉が神話性を帯び始めるのは、土地のグレートマザー的女性である〈ママ・グランデ〉が幻影のように現われる「モンティエルの未亡人」、そして死んだ鳥が空から落ちてくる「土曜日の次の日」（一九六二年）とその女性の壮大な葬儀を語る表題作（一九六二年）においてである。

二つの共同体の違いは主要な交通機関によってもわかる。〈町〉が河を行き来する大小の船舶であるのに対し、〈マコンド〉は鉄道である。この特徴によって両者はおよその区別がつく。したがって、「大佐に手紙は来ない」は〈町〉を舞台とする前者の系列の作品とみなすことができる。また〈マコンド〉が、作者にとって幼少期の思い出と結びつく生地アラカタカをモデルとする一方、〈町〉は保守派による自由派への弾圧が強まった時期に、既に成人しジャーナリストとなった作者の両親と妹弟が一時移り住んだ町スクレをモデルとしている。過ごした時期の年齢の違いによると思われるが、作者がスクレには必ずしも愛着を感じず、むしろ批判的な目で見ていることが、複数の作品から感じ取れるはずだ。

作中、軍人恩給支給の知らせを待つ大佐は、彼の学生時代に起きた内戦「千日戦争」に革命軍の兵士として参加し、『百年の孤独』に登場する人物と同名の、アウレリアノ・ブエンディーア大佐が駐屯する〈マコンド〉に軍資金を運ぶという任務を果たした経験があるが、その後バナナ・ブームの訪れたこの共同体を離れ、〈町〉に移り住んだことになっている。

この作品は奇跡や魔術などの神話的要素を取り入れず、ヘミングウェイの電文体をモデルとする乾いた簡潔な文体と、物事を氷山の一角しか見せない手法を用いて書かれているのが特徴で、作者が言うように長篇『悪い時』（一九六二年）から派生したものである。それと同時に十九世紀末から二十世紀初めにかけての千日戦争やネエルランディア和平協定のことに触れている点など、『百年の孤独』とつながりのある間テクスト的作品でもある。原作のタイトル *El coronel no tiene quien le escriba* は「大佐に手紙を書きよこす者はいない」という意味であり、既訳の「大佐に手紙は来ない」は待ち続ける主人公の焦燥感と孤独感とを言い得ている。またそこからは役所のメカニズムの非情さも浮かび上がる。戒厳令下にある〈町〉を覆う閉塞感と連動しているのが物語の冒頭から語られる大佐の腸の具合や雨季という季節で、それらは重苦しさのメタファであり、一種の通奏低音ともなっている。この重苦しさを吹き飛ばす働きをするのが、大佐が最後に放つ mierda という言葉である。英語の shit に当たる間投詞で、物語中軽い表現としてはなんどか使われるが、ここでは排泄行為そのものと結びつけられ、最大効果を発揮している。だが、ジョークとも取れるそれは打ち上げ花火のように一瞬のものであり、あとに残るのが虚しさとやるせなさであるか、あるいは闘鶏の勝利につながる希望であるかは、つまりカタルシスが得られるか否かは、読み方により異なるだろう。

「火曜日のシエスタ」（一九六二年）

交通機関が鉄道であることや、バナナプランテーション地帯の風景が描かれていることから、舞台はマコンドと見なすことができる。この風景には、作者の幼少期の記憶と、後年母親と一緒に祖父母の家を売るためにアラカタカを再訪したときの記憶が混じっているようだ。

喪服に身を固めた母親と娘が汽車で鉄道沿いの共同体を訪れる。二人は、孤独な寡婦のレベーカ夫人に泥棒と間違われて撃ち殺された若者の遺族である。父親が妻子を置いて出奔したのか〈暴力〉によって殺されたのか、そのあたりは想像するしかないが、この若者の遺族には父親の影が感じられないことから、一家はラテンアメリカにしばしば見受けられる父親不在の母子家庭で、母親が家父長の役割も果たしていたのだろう。そのことは息子の名を問われた母親が、カルロス・センテーノのあとにアヤラという母方の姓すなわち自分の姓を敢えてつけ加え、強調しているところにも窺える。

貧しいながらも毅然とした態度を崩さず、よそ者としていわば完全にアウェーの共同体に乗り込んでいく母親の凜々しい姿は、『予告された殺人の記録』の語り手の母親の姿などとも共通する。作者によると、この母親と娘のイメージから物語は出発しているという。ここには自由派の家系に属する母親を敬愛する一方、保守派の父親との間には長らく距離があったガルシア＝マルケスの家庭環境が反映しているのではないかと思わせる。一方、こうした父親不在の家庭で常に男らしくあれと教育された息子はしばしばマザコンになると同時にマッチョになりがちでもあり、そのグロテスクな例が『族長の秋』の独裁者であることは言うまでもない。

　この短篇のタイトルについて言うと、原題は La siesta del martes で、文字通り訳せば従来通り「火曜日の昼寝」となる。本文にも「その時間、睡魔に苦しめられた町は昼寝《シエスタ》の最中だった」とあるし、司祭も昼寝を始めたばかりだ。しかし、siesta に「午後」あるいは「昼下がり」という意味があることから、その両方を含めるつもりで、今回は敢えて「火曜日のシエスタ」とした。「真昼の決闘」ならぬ「昼下がりの決闘」のような緊張感を出したいと思ったからだ。母子の訪れに誰も気づかないと思われたのが、いつの間にか町中に知れ渡っている。青野聰はこれを「共同体の目」と表現した。

「ついにその日が」（一九六二年）

『ママ・グランデの葬儀』所収の一篇。河も鉄道も出てこないので、舞台がマコンドなのか〈町〉なのか定かではないが、他の作品にも登場する横暴な町長の存在と殺伐とした雰囲気、背景に見えない対立があり、とくにこの町長が歯医者の同志二十人の命を奪っていることから、おそらく〈町〉と考えられる。時代はまさに〈暴力の時代〉で、資格を剝奪されたのか、元々もぐりなのかは不明だが、歯医者のモデルはボゴタから逃げてきた実在の人物だという。一種の復讐譚《ふくしゅうたん》だが、読み方によってその性格は異なる。昔これを読んだとき、歯医者が麻酔を使わなかったのは意図的なのかどうかが気になり、知り合いの歯科医に知歯《おやしらず》が化膿している場合麻酔が効かないことがあるか訊いてみた。すると答えはありうるということだったので、歯医者は医師として人道的義務を果たした可能性もあるとそのときは思った。

　ところがそれでは Un día de estos というタイトルの意味がはっきりしない。文字通り訳せば「近いうちに」とか「そのうち」となるからだ。そこで、ほぼ同時期に書かれた長篇『悪い時』との関係を考慮して、緊張が高まった末に近いうちに何かが起こるということではないかとも考えた。というのも『悪い時』では弾圧された人々が最後に山に入ってゲリラになることが暗示されているからで、そのゲリラが「近いうちに」反撃に出るのではないかと読めたのだ。だが、そこまで広げなくても、このタイトルは「そのうちつけを払う」とか「仇を取られる」「痛い目に遭う」というニュアンスを含んでいる。しかも、歯医者は知歯を抜くときにわざわざそう言っているのだ。したがって〈暴力の時代〉という時代背景を意識し、近未来ではなく今この場での復讐譚と見なすと、タイトルは「ついにその時が来た」という意味合いになり、歯医者が麻酔を使わないのは意図的であり、町長に痛い思いをさせて仕返しをしたというふうに読めてくる。そして互いにピストルを使わないものの、対決と復讐という構図が浮かび上がってくるのだ。

そこで día「日」という言葉を生かして「ついにその日が」とした。そもそも敵役が虫歯で苦しんでいるという設定自体が滑稽であり、子供の無邪気な言葉など、緊張感とともにここにもほろ苦いユーモアを感じさせる要素がある。もっともこうした読みの幅を可能にしていることで、作品は短いながら窮屈にならず、むしろ重層的になっていると言える。

「大佐に手紙は来ない」もそうだが、ガルシア＝マルケスの作品では天気や気候が人物の気分を表すなどの意味をもち、また曜日への言及も暗示的である。「ついにその日が」では空模様が暴力的状況の重苦しさ、歯医者の鬱屈《うっくつ》した気分とともに、時間の経過も表している。ガルシア＝マルケスの作品の特徴である数字や曜日へのこだわり、そして最後の場面で語り手が日数を明示するところなどは、彼が言う、リアリティー確保のための「ジャーナリズム的からくり」と見ることもできるだろう。

「この町に泥棒はいない」（一九六二年）

『ママ・グランデの葬儀』の中では最も長い短篇で、河があることからこれも〈町〉を舞台とする系列に属している。まだ少年のような幼さを残しているがマッチョを気取る若者ダマソと年上の妻アナの物語で、二人の性格はガルシア＝マルケスの作品にしばしば見られるように、夢想に耽《ふけ》り無謀な冒険を行う男と、家を守り、現実主義の立場からそれを批判する女というふうに役割分担がなされている。

この作品の悲劇は、「ボールを返したら」というアナの言葉が引き金になり、ついに彼女の制止を振り切って家を出たダマソが、引き留めてもらえることを期待していたにもかかわらず、ドアを閉められてしまったために、もはや後戻りできなくなってしまったところに起因する。中篇『予告された殺人の記録』でも母親が家の扉を閉じてしまい、追っ手から逃れようとした主人公を窮地に追いやるのに似た宿命的因果関係になっている。

全体として見ればマッチョの軽はずみな行動と甘えが引き起こした悲劇と言えるが、やはり根底には若者が仕事を得られないような社会の貧しさがある。やるせないのは、アナが常にダマソのために尽くしながら、結局彼を破局へ追い込んでしまい、しかもそれを知らないまま事が進展していくことだ。

物語は庶民階級の世界で展開し、金持ち階級の人間は登場しない。しかし、民衆イコール善とステレオタイプ化することはなく、庶民の差別意識やいやらしさ、ずるさも丁寧に描き込まれている。よそ者の黒人がスケープゴートにされるあたりからは、共同体特有のメカニズムが浮かび上がってくる。また娼家を兼ねたダンスホールや娼婦たちの存在は作者の小説世界を彩る上で欠かせない要素となっている。そこには娼婦たちが仕事に使うのと同じホテルに暮らした経験があり、彼女たちと交流し、同じ地平に立つ作家の姿勢が見て取れる。

「バルタサルの奇跡の午後」（一九六二年）

舞台はおそらく〈町〉と思われる。ヨシキリやサンカノゴイという鳥の存在によって、河や湿地帯が近くにあることがわかる。主人公のバルタサルはこだわる人間の典型だろう。製品の商品的価値や美的価値ではなくむしろ機能性に価値を置く根っからの職人で、欲のなさや風貌は修道僧のようであり、無垢《むく》なところは作者が若いころに夢中になったというドストエフスキーの『白痴』の主人公を思わせもする。しかし遡《さかのぼ》ればここにもドン・キホーテの影が見え隠れする。また主人公の名前と少年に作品を捧げてしまうあたりからは幼児キリストに捧げ物をする東方の三賢人のひとり、バルタザールが思い浮かぶ。

一方、ウルスラは「この町に泥棒はいない」のアナに似た母親タイプの妻であり、バルタサルが世間知らずなのに対し、現実を把握し世間慣れしている。物語の背景は、金持ちと貧しい者とからなる階級社会として描かれている。彼は金持ちから首尾よく大金をせしめたと思われたことから貧しい民衆の英雄にされてしまう。語り手の視点は民衆の側にあるが、しかしここでも金持ちに対する貧しい民衆が善というわけではなく、酔いつぶれたバルタサルは靴まで盗まれてしまう。作者は善悪二分法を廃棄し、現実をよりリアルに描こうとしているのだが、主人公は邪気がなく気がいい英雄だけにその末路はなんとも哀れである。そんな夫の状況も知らずに待ち続ける妻という構図は「この町に泥棒はいない」と共通している。

「巨大な翼をもつひどく年老いた男」（一九六八年）

短篇集『純真なエレンディラと邪悪な祖母の信じがたくも痛ましい物語』（一九七二年）所収の一篇。メキシコの近代派の詩人アマード・ネルボ（一八七〇～一九一九）が書いた童話に「落ちた天使」がある。この天使は軽はずみで雲の上から地上に落下して怪我をするが、子供たちに救われる。また彼らとは言葉も通じる。やがて傷も癒え、無事に帰って行くであろうことが暗示されてこのクリスマスのために書かれた物語は終わる。だがガルシア＝マルケスはこの短篇を転倒させてしまうのだ。ヨーロッパ志向の強い近代派の描く秩序と調和のある物語の舞台に対し、ガルシア＝マルケスの短篇では、タイトルが示すように天使か否か同定されない老人が、終末を思わせる大雨の中、世界の辺境のような共同体に墜落し、ぬかるみでもがくという醜態をさらす。これだけでもネルボの美しい世界とは対照的なのが特徴だ。しかも彼がなぜ落ちてきたのかは最後までわからない。

全体としては一見幻想的な物語だが、カニの大群の移動という現象は、インド洋のクリスマス島では雨季の初めに実際に見られるという。事実を取り込みながらそれを幻想的に感じさせる作者一流の書き方の一例である。また老人が見世物にされるあたりは、カフカの『断食芸人』のパロディーのようでもある。それに彼が人々の期待するような奇跡を起こさず、見物人の興味が別のスペクタクルに移るとその存在が忘れられてしまうという具合に、人々の軽薄ぶりやローマに報告しその指令を仰ごうとする神父の滑稽な姿が皮肉たっぷりに描かれる。熱狂しやすく冷めやすい民衆を描いているという点では、「バルタサルの奇跡の午後」のような作品にも通じるところがある。まさに作者の言う〈大人のための残酷な童話〉と呼ぶにふさわしい寓話だ。

「この世で一番美しい水死者」（一九六八年）

これも同じ短篇集中の寓話的な作品である。冒頭はスウィフトの『ガリヴァー旅行記』のリリパット国に漂着したガリヴァーとそれを取り巻く人々のイメージで水死者とそれを弄ぶ子供たちが描かれる。だが水死者が流れ着いたのは国ではなく、巨大な翼をもつ老人が落下した土地とは異なるものの、やはりカリブ海らしき海辺の、岬にへばりついたような漁村で、巻き起こす騒動は村レベルである。しかも男が水死者であるため、その身元は人々の想像の域を出ない。だがその存在感はとりわけ女性たちの間で増していき、やがて男たちをも動かし始め、ついには彼らの生活まで変えるであろうことが暗示されるに至る。主人公が死者で、キリストのように実際に奇跡を起こすのではなく、近未来における想像上の奇跡が語られるという物語は珍しいのではないだろうか。

この短篇を含め、集中のいくつかの作品の舞台は海辺であり、それもカリブ海沿岸と想像することが可能である。ただし、フランスの太陽劇団が日本で上演した舞台『エレンディラ』はこの「この世で一番美しい水死者」を取り込んでいて、そこでは海ではなくチチカカ湖と思われる湖に面した土地としている。登場するのはアンデスの先住民らしい女性たちである。そうするとはっきりしてくるのだが、水死者は湖のあるボリビアでゲリラ戦を戦い、一九六七年に処刑されたゲバラと想定されていることになる。あるいはこれをキューバ革命のヒーローのひとりで、革命成功後に失踪したカミロ・シエンフエゴスだとする見方もある。このように様々な読みを可能にするところがこの短篇の寓話的な所以である。

全体としては共同幻想を美しく描いていて、途中水死者が突然一人称で語り出す幻想的な個所があることや、ガルシア＝マルケスの作品には珍しく、村が生まれ変わり、花々に彩られて芳香を放つという希望に満ちたイメージを想像させながら物語が終わることがこの短篇を特徴づけている。

「純真なエレンディラと邪悪な祖母の信じがたくも痛ましい物語」（一九七二年）

第二短篇集の表題作で、もともと映画の脚本として書かれたものを作者が自らノベライズしている。少年時代に見かけた、祖母らしき女性に連れられて各地をめぐる十一歳の少女娼婦の姿に強い印象を受けたという作者は、『百年の孤独』にそのエピソードを描き込んでいる。そこでは少女は名前をもたず、〈マコンド〉の少年ホセ・アルカディオを夢中にさせたのち祖母と共に姿を消している。この少女を十四歳に設定し、祖母を中心に少年ウリセスを加え、神話的レベルで語ったのがこの幻想的短篇で、しばしば「エレンディラ」と省略される。ここでも以下「エレンディラ」と呼ぶことにする。

ガルシア＝マルケスはかねてロバート・ネーサンの『ジェニーの肖像』やトルーマン・カポーティの『ミリアム』のようなきわめてリアルでありながら幻想的な小説を書きたいと言っていた。「エレンディラ」はその思いを実現した作品と言えるだろう。ただし米国作家たちの作品とは異なり、父殺しのテーマや西欧の神話の要素がひとひねりした形で盛りこまれているのが特徴だ。

舞台はカリブ海沿岸でもベネズエラ寄りのグアヒラ県らしき土地の砂漠を選んでいる。ここの県都リオアチャは作者の母方の祖父母の出身地で、ワユ族という先住民が住み、迷信や神話に富んだ土地である。ウリセスの母親はワユ族の血を引き、その特殊な能力はウリセスに受け継がれている。父親はオランダ人で密輸業者だが、そのあたりの地域は十六世紀後半にイギリスの海賊が跋扈した土地であり、中でもフランシス・ドレークの名はガルシア＝マルケスの作品にしばしば現れる。

少年ウリセスの名がユリシーズに由来することは明らかだろう。彼がエレンディラをアリドネレと呼ぶのは、ギリシャ神話でクレタ島のミノタウロス退治に手を貸したアリアドネの捩《もじ》りと思われる。祖母がミノタウロスに見立てられ、ウリセスがテセウスの役を演じているのだ。だが、神話ではアリアドネが捨てられるのに対し、この短篇ではウリセスが捨てられる。したがってこの物語は反ギリシャ神話ということになり、ラテンアメリカ文学特有の西欧神話転倒の好例と見ることができるだろう。さらにアマディスという名が騎士道物語の主人公の名であることから、ウリセスを騎士、エレンディラを囚われの姫君と見立てれば、反騎士道物語ということにもなる。一方でウリセスの指から緑の血が拭けば拭くほど出てくるというのは『マクベス』からの引用だろうか。こうした遊びの要素が随所に見られ、読者を刺激する。

ところでエレンディラの名前は、今日、一般的だが、本来征服以前に栄えたタラスカ王国のプレペチャ語に由来し、「朗らかな朝」という意味がある。それは植民地期に抵抗した勇敢な女性と結びつき、裏切り者の代名詞となったマリンチェとは裏腹の関係にある。こうした命名法にもマルケス文学の混淆性が発揮されていると言えるだろう。またこの作品をエレンディラと祖母の関係に焦点を当てて読むと、抑圧者である祖母すなわちユング心理学で言うところのグレートマザーから自らを解放する女性の話ともなる。

語り手の〈私〉によれば、物語の結末はラファエル・エスカローナ自作のバジェナートによって知ったという。エスカローナは実在のバジェナートの作詞作曲家（一九二七〜二〇〇九）であり、「大佐に手紙は来ない」にもその名が出てくるが、『百年の孤独』では〈フランシスコ・エル・オンブレ〉と呼ばれている。ガルシア＝マルケスはこの人物と交友関係があり、ストックホルムでのノーベル賞授賞式に伴っている。

「聖女」（一九八一年）

第四短篇集『十二の遍歴の物語』所収の一篇。その短篇集の他の作品同様、舞台はラテンアメリカからヨーロッパに移動し、「聖女」の物語は主にローマで展開する。死後も腐敗しない美少女ということではシチリアのカタコンベにあるロザリア・ロンバルドのミイラが世界的に有名で、ガルシア＝マルケスもこれにヒントを得たのではないかと思われる。だが真の主人公で聖人にふさわしいのは実は父親なのだとしたところや、ローマ教皇庁の官僚主義を皮肉ったりしているところがいかにも彼らしく、物語は意外な展開を見せる。

全編に横溢《おういつ》するノスタルジーは、彼が一九五〇年代にローマの映画実験センターに留学し、チェーザレ・ザヴァッティーニに師事した日々を回想しているところから生じているのだろう。小説では、死んだ娘が変化しないという奇跡を映画向きでないとしたザヴァッティーニが、娘が甦るという奇跡に仕立てれば映画は大傑作になると言っている。もちろんこれはフィクション内の言葉だが、その後ガルシア＝マルケスは短篇「マルガリート・ドゥアルテの長く幸せな人生」（のちに「聖女」と改題）

に基づく映画『ローマの奇跡』（一九八八年）の脚本をコロンビア人の監督リサンドロ・ドゥーケ・ナランホと共同で書いた。興味深いのは、この映画では娘が甦ることとである。まさに虚構が現実を生んだのだ。

虚構と現実ということで言えば、彼は実在の教皇を三人登場させるが、そのうちホロコーストに対し沈黙したと非難された貴族出身のピウス十二世については、しゃっくりの発作という奇病を起こさせて揶揄の対象にしていることだ。この点で小作農家出身でキューバ危機の際米ソの仲介に尽力した聖ヨハネス二十三世や〈微笑みの教皇〉と呼ばれ、積極的に言論活動を行ったヨハネ・パウロ一世（作中ではアルビーノ・ルチアーニ）とは扱いが異なる。このあたりの皮肉もガルシア＝マルケスならではのものだ。

「光は水に似る」（一九七八年）

『十二の遍歴の物語』所収の掌編。同じ短篇集に収められた「フォルベス先生の幸福な夏」に登場するのと同じ兄弟ではないが、少年二人を主人公としている。舞台はマドリードで、カリブ地域出身の彼らは海が恋しくて仕方がないのだろう。そこで部屋を光の海にしてしまうという美しい幻想作品だが、さすがにガルシア＝マルケス、それだけでは済ませない。最後の印象的な光景が鮮やかに目に焼きつく。

訳していて兄弟が小学校の同じ学年にいることに疑問を感じたが、ネイティブの友人に訊いてみると、これはありうることのようだ。それ以上に気になったのは、父親が参加したという「台所用品の詩についてのセミナー」だ。台所用品を次々に詩にしてしまうのだろうか。あるいはどの用品にも詩情が感じられるということか。ここで思い浮かんだのが彼と親しかったノーベル賞詩人のパブロ・ネルーダの「オード集」である。ネルーダはある時期難解な詩を離れ、民衆に接近するために卑近なものを片端から称える詩を書いた。だから「台所用品へのオード」というのがあってもおかしくはない。それに、光の海に漂うとき、あらゆるものが詩的に感じられることを作者が描いて見せたとすれば、セミナーはそのための伏線だったことになる。だがガルシア゠マルケスはこういう言葉を残している。「私は詩を書かない。けれども自分が書くことのすべてに詩的な解決を与えようとしている」

語りの魔術に掛かる——編訳者解説

一九八二年のノーベル文学賞がガブリエル・ガルシア＝マルケスに決まったとき、当時五十四歳の現役でしかも世界的人気作家ということが大きな話題となった。一九六〇年代に起きたラテンアメリカ文学の世界的〈ブーム〉の頂点となったのが、魔術的リアリズムの作品として知られる彼の『百年の孤独』（一九六七年）だったことはよく知られている。では〈ガボ〉という愛称で親しまれてきたこの作家はどんな人物だったのだろう。

一九二七年三月六日、ガブリエル・ガルシア＝マルケスはコロンビアのカリブ海沿岸から奥まった内陸の寒村アラカタカで生まれた。この共同体は後に〈マコンド〉という名で物語の舞台となる。母親はよそ者としてやってきた電信技師と親の反対を押し切って結婚し、生じた不和を和らげようと生まれたばかりの長男ガブリエルを両親に預けたため、彼はかつてバナナブームで栄えた土地で、祖父から内戦の逸話を聞かされたり祖母からは迷信や神話・伝承を聞かされたりして育つ。幼年期は彼にとって黄金時代だった。

祖父が亡くなると両親と暮らすようになるが、家族が多かったこともあり、家を離れ寄宿学校に入る。高校はカリブ海地方から遠いアンデス高原の学校で、ここでスペインの古典や黄金世紀の詩を読《よ》み耽《ふけ》る。そして、教師からマルクス主義を教えられる。やがて首都の国立ボゴタ大学法学部に進むがドロップアウトし、後に『青い犬の目』に収録される短篇を書きはじめる。一九四八年に自由派の大統領候補の暗殺をきっかけに大暴動が起こると、沈静後保守派政権による自由派弾圧が強まり、〈暴力の時代〉が始まる。大学が閉鎖され、下宿が焼失したため、カリブ海沿岸の古都カルタヘナに移り、新聞記事の執筆で糊口《ここう》をしのぐ。さらにバランキーリャで文学好きのグループと交わり、世界文学への目を開かれる。彼の文才はジャーナリズムでも発揮され、ヒット記事をいくつも飛ばした。とくにボゴタの伝説的新聞「エル・エスペクタドール」に移ってから手掛けた海軍の駆逐艦による密輸事件の記事はセンセーションを巻き起こす一方、新聞社を政府からの弾圧にさらすことになった。

彼の作品で最も早く日本の読者に紹介されたのは『百年の孤独』ではなく、第一短篇集『ママ・グランデの葬儀』(一九六二年)のなかの「土曜日の次の日」で、季刊誌として一九七〇年に創刊されて間もない『すばる』一九七一年第四号に桑名一博訳で掲載されている。さらに翌年、白水社版『現代ラテン・アメリカ短編選集』に木村栄一訳「バルタサルの素晴らしい午後」が収められる。そして一九七二年一月についに鼓直訳の『百年の孤独』が刊行されるのだが、ここでガルシア゠マルケスが一気にブレークしたかと思うと実はそうではない。当時、玄人受けはしたが、必ずしも多くの読者を獲得するには至らなかったという。

同じラテンアメリカの作家でありながら、西欧的教養の香りのするボルヘスやカルペンティエールは別格で、外国文学すなわち欧米文学の一種として受け入れやすかったのだろう。土俗性と前衛性の混淆《こんこう》というのは今でもラテンアメリカ文学についてまわるクリシェだが、ボルヘス、カルペンティエールは前衛性が勝《まさ》るのに対し、〈町〉や〈マコンド〉のようなラテンアメリカの田舎町を舞台にした作品が知られ始めたガルシア゠マルケスの場合は、どちらかと言うと土俗性が勝る作家と見なされた。

この状況が変わるのが、中央公論社の『海』が一九七九年二月号で「G・ガルシア・マルケス　驚異の幻想」という特集を組み、大江健三郎のエッセーを載せるなどしてこの作家を大々的に取り上げたところからで、フォークナーのようにトポスを持ち、しかも欧米とは異質の前衛性と幻想性を備えたメキシコ在住のコロンビアの作家が日本の作家知識人に注目され、その結果『百年の孤独』があらためて読まれ、再発見されたというのは今の読者には意外な事実かもしれない。

その意味で塙嘉彦《はなわよしひこ》という外国文学に強い編集長の存在もあって影響力のあった『海』の特集号だが、これには短篇が三つ載っている。内訳《うちわけ》は木村栄一訳「愛の彼方の死」、「失われた時代の海」および鼓直訳「純心なエレンディラと無情な祖母の信じがたい悲惨の物語」で、いずれも三つ目の作品と同名の第二短篇集から採られている。

ここで気づくのは、最初に紹介されたのがいずれも『ママ・グランデの葬儀』所収の作品で、ほとんどがいわゆるリアリズムの手法で書かれ、作者に言わせると、彼なりの〈社会参加〉を試みたものばかりであることだ。と言っても、サルトルよりもカミュを好むだけあって、ありきたりの〈社会参加〉の小説とは性格がかなり異なることを断っておかなければならないだろう。一方、『海』に載ったのは、自らに課した〈社会参加〉の義務から自由になり、〈現実〉というものの認識を拡大した彼が、幻想的作風を発揮した作品である。彼によれば、作家の場合、優れた作品を書くことこそ社会への貢献になると気がついたのだ。

その意識で書かれた作品に接したことで、日本の読者のガルシア＝マルケスを見る目も変わったのだろう。つまり、ラテンアメリカ作家に短絡的に貼られてきたレッテルすなわち〈政治と暴力〉の作品を書いて、自国の抑圧された状況を告発する第三世界作家とは違うということにあらためて気づかされたにちがいない。こうして自然主義的リアリズムや社会主義リアリズムによらぬ幻想的年代記『百年の孤独』の意味がやっとわかってきたのだ。彼の作風を表現するために魔術的リアリズムというタームが盛んに使われ出すのもこのころからである。ただし、商業主義的に使われるこのタームを嫌うラテンアメリカ作家は多い。一九八四年に来日したオクタビオ・パスが、同乗したタクシーのなかで、ガルシア＝マルケスのそれを神話的リアリズム（realismo mítico）と呼んだことを僕はいまだに覚えている。

ガルシア＝マルケスは本質的に短篇作家だと評したのは丸谷才一だが、本来の意味での短篇集は四つある。第三短篇集『青い犬の目』（一九七二年）、すでに挙げた第一短篇集『ママ・グランデの葬儀』、第二短篇集『純真なエレンディラと邪悪な祖母の信じがたくも痛ましい物語』（一九七二年）および第四短篇集『十二の遍歴の物語』（一九九二年）で、すべて邦訳がある。

『青い犬の目』は、作者が学生時代にコロンビアの首都ボゴタの新聞に寄稿したものや、大学をドロップアウトしてカリブ海沿岸地方に戻り、ジャーナリズムに関わるようになってから書いた短篇などを集めていて、『家』という長篇で一族の年代記の制作を試みる一方で、カフカやヘミングウェイ、フォークナーら欧米のモダニストを参考にしつつ文体の模索を行っていた時期に発表した作品からなっている。死のなかの死のプロセスを語り手に語らせたり、抽象的テーマと土着的な場所を組み合わせたりするなど、さまざまな文学的実験を行っているのが特徴だ。彼が通俗作家ではなく、本格的作家を目指していたことがそこからもわかる。その後彼は未完の『家』の発展形で『百年の孤独』を予告する『落葉』を書く。フォークナーの『死の床に横たわりて』との共通点が指摘される長篇だが、子供時代の記憶のなかにある故郷のアラカタカを詩的文体でマコンドに仕立てて語った作品だ。そしてヨーロッパに渡り、ジュネーヴさらに「聖女」でノスタルジックに語られるローマ時代を経て、パリに行き、そこで『大佐に手紙は来ない』を書くわけだが、多くの評者が指摘するように、ここには当時の彼の飢えの状況が反映している。母国の新聞社エル・エスペクタドールさらにそれを継ぐインデペンディエンテが、ロハス＝ピニーリャ独裁政権により相次いで閉鎖され、給料の小切手が待てど暮らせど届かなくなってしまったのだ。このエピソードはあまりに有名だが、当時彼に恋人がいたことはあまり知られていないかもしれない。スペイン出身の女優の卵タチァ・キンターナと彼は恋愛関係にあった。その女性とのホテル暮らしから貧しさと飢えに耐える大佐夫婦というイメージが生まれたようだ。また大佐夫婦の関係は、かつて革命に身を投じた理想主義的夢想家の男性と現実主義者の女性ということで、のちの『百年の孤独』のホセ・アルカディオ・ブエンディーアと妻のウルスラの関係へと発展していることも見逃せない。それは遡れば、ドン・キホーテとサンチョ・パンサの関係でもある。恩給暮らしの元公務員が貧困に苦しむ『ウンベルト・D』のようなネオレアリズモ映画に似た究極の極限状況の下で夫婦の会話が交わされる。いわゆるボケとツッコミの会話や周囲との気の利いたやりとりがときにほろ苦い笑いを誘うが、小説ではそのほのかなユーモアが、ネオレアリズモにはない独特の雰囲気を醸していると言えるだろう。ただし、ウンベルト・Dと大佐はいずれも人間の尊厳と孤独を感じさせる点で、またそれぞれの飼犬と軍鶏が彼らの生を甦らせる点で共通している。

渡欧したガルシア＝マルケスが、特派員としてジュネーヴでの取材を終えたのちローマに向かったのは、チネチッタの映画実験センターに設けられた監督コースで学ぶためだったが、主要な目的はラテンアメリカの映画人が憧れた脚本家チェーザレ・ザヴァッティーニの教えを受けることだった。ボゴタ時代から彼は映画に大きな可能性を感じていた。したがって、パリで執筆した『大佐に手紙は来ない』に映画の影響が見られても不思議はない。実際、会話が少なく短いことや小説のそこかしこにカメラを感じることも確かだ。たとえば大佐の行動をカメラが絶えず追っている感じがするし、船着場に沿って歩くところなどはトラベリングによる撮影のようだ。『ママ・グランデの葬儀』の短篇の多くは、ヨーロッパから南米に戻り、カラカスの雑誌社で働きながら書いたものであるから、『大佐に手紙は来ない』と性格が似ていてもおかしくはない。

この時期に書かれた長篇に『悪い時』があるが、チリ出身でガルシア＝マルケスのノンフィクション『戒厳令下チリ潜入記——ある映画監督の冒険』（一九八六年）の主人公となった映画監督ミゲル・リティンが『悪い時』をベースに『モンティエルの未亡人』（一九七九年）という映画を撮っている。これは件《くだん》の長篇に『ママ・グランデの葬儀』所収の「モンティエルの未亡人」や「バルタサルの奇跡の午後」などいくつかの短篇を組み合わせて脚色したものだが、これを観ると、リティンの映画にはガルシア＝マルケスのユーモアが感じられないことがわかる。それはカリブの熱い世界の人間とチリ出身のリティンの気質の違いによるのかもしれない。先にネオレアリズモとの比較で指摘したように、小説にはほのかなユーモア、そして周辺的な人々を見る眼差しに共感と温かさがあるからだ。それを裏付けるのが、リティン自身が撮った潜入記で、これには笑いがまったくないが、ガルシア＝マルケスの本にはリティンの自己満足的で無謀な行動をからかうような場面すらある。もっともこのノンフィクションが書かれたのは『ママ・グランデの葬儀』やリティンの映画『モンティエルの未亡人』よりずっと後であり、ユーモアの度合いが増していることも確かなのだが。

ガルシア＝マルケスの映画志向はその後も途絶えることがなく、短篇「純真なエレンディラと邪悪な祖母の信じがたくも痛ましい物語」はブラジルのルイ・ゲッラ監督が撮った映画の脚本用に書かれているし、『十二の遍歴の物語』のなかにも「フォルベス先生の幸福な夏」や「聖女（ローマの奇跡）」のように後に映画化されているものがあるのは、ガルシア＝マルケスの小説と映画の親近性を物語っているようだ。

とはいえ、彼はメキシコで『死の時』（一九六五年）など何本か脚本を書いた後、やはり小説にしかできないことがあることを再認識し、小説の執筆に戻る。そして書き上げたのが『百年の孤独』で、彼は亡くなるまでこの作品だけは、普通の何倍かの長さが必要ということで映画化を許可しなかった。

またハリウッドで英語を使って製作されることも望まなかったという。だが、彼が亡くなったあと、長男で映画監督のロドリゴ・ガルシアと弟のゴンサロ・ガルシア＝バルチャをエクゼクティヴ・プロデューサーとするNetflixによる映像化の動きがある。果たしてその難しい試みが成功するかどうか興味が持たれるところだ。

『ママ・グランデの葬儀』所収の作品に顕著なのが、主要な登場人物がマージナルな存在であることだ。それも貧しくつましい生活を送っている人々である。小説ではその集団そのものよりも、集団に属するあるいは属さない個々人に焦点が当てられる。その結果、個人と集団の関係が浮かび上がるのだ。「火曜日のシエスタ」の母親と娘、「ついにその日が」の歯医者、「この町に泥棒はいない」の若者と年上の妻や娼婦たち、「バルタサルの奇跡の午後」の大工とその妻。作者は舞台となる共同体を金持ちと貧しい者からなる階級社会として描く。この現実の把握の仕方は、彼が貧困を経験していることや、高校の教師から教えられたマルクス主義の影響、大学生時代に共産党の細胞と接触していたこと、学生時代に知り合ったプリニオ・アプレヨ＝メンドーサのような政治意識の高いジャーナリストの友人がいたことなどが要因として考えられる。彼はアプレヨ＝メンドーサと、社会主義諸国をめぐる旅を共にしているほどである。だがソ連や東欧の社会主義は彼が思い描くものとは違っていた。「聖女」で彼はザヴァッティーニの口を借りてスターリニズム批判を行なっている。その一方、ラテンアメリカ域内とりわけキューバの社会主義に期待していたことはよく知られている。

〈町〉にせよ〈マコンド〉にせよ彼の初期作品は共同体を舞台にし、そこでの人間関係が描かれる。主人公の行動に共同体のメカニズムがいかに反応し、動き出すかということに焦点が当てられるのだ。「この町に泥棒はいない」はその典型で、ダマソの犯罪から共同体の秩序にひびが入るが、犯人を作り出すことで秩序を回復する。犯人とされたのが黒人である。ここでは黒人はよそ者であり少数者であるためスケープゴートにうってつけなのだ。こうして共同体の排他性が浮き彫りになる。

しかし、〈マコンド〉ものの総仕上げというべき『百年の孤独』では、関心が社会学的事象からむしろ歴史・文化的な事象に移行する。正確には短篇「ママ・グランデの葬儀」で〈マコンド〉そのものの葬儀が行われるのだが、それは手紙を待つ大佐が参列する物悲しい葬儀ではなく、むしろ祝祭と呼ぶべき神話的スケールのカーニバルとしての儀式である。つまりそこでは社会を腑分けして分析するよりもむしろカリブ的混淆として捉えようとする作者の姿勢が明らかになるのだ。したがって排他性よりも混淆性、土着の要素とその後外部からやってきた要素がどのように接触し、新たな文化を作っているかが問題になる。プリニオ・アプレヨ＝メンドーサとの対談『グアバの香り』(木村榮一訳)で、彼は混血文化という概念について、「ぼくたちの文化は混血で、外部からもたらされるさまざまなものによってより豊かなものになってきた」と言っている。あるドキュメンタリー・フィルムのなかでリラックスして語る彼は真っ赤なシャツを着ている。赤は自由派のシンボルカラーであると同時にカリブのアフリカ文化を象徴する色でもある。だが重要なのは彼がそれを日常的に身につけていることだ。

現実をヨーロッパ的認識の枠組みから解放すること。それは自らのアイデンティティをひとつに限定せず、複数に開いてしまうことを意味する。そうすることで、バジェナートで歌われる物語のようなカリブの口承文化、母方の祖父母の先祖の土地であるガリシア起源の迷信や超自然的なものの崇拝、アンダルシア人の幻想、アラブそしてアフリカ文化やグアヒラ半島に住む先住民の要素もすべて自分のものとなる。彼の妻の姓バルチャはアラブ系である。したがって、メルセデスというカトリックの洗礼名と合わせれば、まさに混血となる。それは『予告された殺人の記録』の主人公サンティアゴ・ナサールの場合も同じだ。ナサールは、ナーセルに由来するアラブ系の父親の姓と、母親同様カトリックの洗礼名サンティアゴすなわちアラブ人との戦いで守護神となった聖ヤコブに由来する名前を持つ混血なのだ。

混血という要素は、すでに指摘したように、「純真なエレンディラと邪悪な祖母の信じがたくも痛ましい物語」の主人公たちの名前にも表れている。エレンディラがプレペチャ語起源であるとすればそこにはメキシコの先住民文化が入り込んでいるし、ウリセスの母親はワユ、父親はオランダ人、祖父には翼があったという。その混淆から生まれる現実は、合理主義的に見れば荒唐無稽ということになるが、その縛りから離れれば、なんと豊饒《ほうじょう》なことだろう。この短篇を映画化したルイ・ゲッラはモザンビーク出身のブラジル人であり、ガルシア＝マルケスの作品の文化的混淆性を十分理解しているようだ。

『百年の孤独』や『純真なエレンディラと邪悪な祖母の信じがたくも痛ましい物語』には、デカルト的合理主義では捉えきれないさまざまな〈途方もない〉現実がちりばめられている。もちろんそこには誇張があるのだが、その誇張法そのものがカリブの口承文化に属しているのだ。それは聞く者を楽しませるための手段で、人を担ぐことを意味する〈ママル・ガヨ〉もやはり笑いを取るための手法と言える。ガルシア＝マルケスはこうしたボゴタの公式文化とは相容れないカリブの口承文化の伝統を物語に取り入れている。

メキシコに着いた彼が、カラカスで書いた『ママ・グランデの葬儀』の原稿をジャーナリストで作家のエレーナ・ポニアトウスカに失《な》くされたと嘘《うそ》をつき、それを本当のことにされてしまったと彼女を嘆かせたり、バルガス＝リョサ夫人に、夫が他の女性と一緒だったのを見たと告げ口して生真面目なバルガス＝リョサからパンチを食らったりするあたりは、ママル・ガヨが通じなかった例だろう。それはカリブ海文化圏でこそ通用するが、メキシコ人やペルー人には必ずしも通用しないようだ。

そうすると、同じ作家が言った「私の小説には現実に基づかないことはひとつもない」という言葉と、「文学とは人をからかうための道具だ」という言葉のどちらを信じればいいのだろう。おそらくどちらも正しい。彼の小説を読みなれた読者ならそのへんの呼吸がわかるのではないだろうか。要するに語りの魔術に掛かってしまえばいいのだ。

バルザックが得意とする手法に人物再出法というのがある。ガルシア＝マルケスもこれをよく使う。「ついにその日が」の町長の例はすでに見た。あるいはアウレリアノ・ブエンディーア大佐やフランシス・ドレイクの名のように、繰り返し使うことで作品同士を関係させる間テクスト性も彼の十八番《おはこ》だ。それとは別にプロットが同じという例もある。『十二の遍歴の物語』所収の「フォルベス先生の幸福な夏」では兄弟である少年二人があまりに厳しく抑圧的な家庭教師の女性を、猛毒ワインを飲ませて殺そうとするが失敗に終わるというエピソードがある。これはウリセスとエレンディラが、邪悪な祖母を猛毒入りケーキで殺そうとして失敗するエピソードと重なる。もちろんこれはあとで気づくことで、最初の読みでは物語に浸ってしまうから、忘れてしまう。

彼の作品はたしかに現実に基づいている。だが必ずしも事実に基づいているわけではない。現実以上に現実的な虚構に変えているからだ。「聖女」の教皇のプロフィールにともなう年数などはその例だ。だが、物語のなかでは何ら矛盾を生じない。彼独特のバイアスの掛け方が見事であり、読者を語り手に加担させてしまうからだ。まさに語りの魔術である。

本書に収めた中篇および短篇にはいずれも既訳があり、複数のバージョンが存在する作品もある。役に立つ辞書もインターネットもない時代に翻訳に携わった方々の苦労や初訳に伴う喜びなどを想像しながら、それらを読ませていただいた。その上で自分なりの解釈を加えて訳文を作ったのだが、複数の時期にわたる作品を組み合わせてアンソロジーを編む作業にはあるひとつの時期の短篇集を訳すのとはまた違った楽しみがあった。作家の時代に伴う変化が見られるからだ。

作者のガルシア＝マルケスが亡くなったのは二〇一四年、自伝『生きて、語り伝える』（旦敬介訳）を語りきってくれなかったのが実に残念だが、もうひとつ残念なことがある。それはこのアンソロジーが完成に近づいていた時期に、鼓直先生が急逝されたことだ。収録作品のうち「純真なエレンディラと邪悪な祖母の信じがたくも痛ましい物語」は先生のことを思い浮かべながら訳し、本が出たら感想をうかがうつもりだった。パスティーシュにならないよう心掛けたつもりだが、慣れ親しんできた先生の訳文の口調がどこかに出ているかもしれない。

野谷文昭

著者略歴

ガブリエル・ガルシア＝マルケス
(Gabriel García Márquez)

1927年コロンビアのカリブ海沿岸地方の内陸にある寒村アラカタカに生まれる。20世紀後半の世界文学を代表する作家。ジャーナリストとして各地で仕事をしながら小説を執筆し、55年長篇『落葉』で作家としてデビュー。またローマの「映画実験センター」でも学ぶ。61年に中篇『大佐に手紙は来ない』、62年に長篇『悪い時』と短篇集『ママ・グランデの葬儀』を発表し、高い評価を得る。67年、世界文学の記念碑的傑作『百年の孤独』を発表し、「ラテンアメリカ文学のブーム」を主導する。ほかの小説に、『族長の秋』(75)、『予告された殺人の記録』(81)、『コレラの時代の愛』(85)、『迷宮の将軍』(89)、『十二の遍歴の物語』(92)、『愛その他の悪霊について』(94)、『わが悲しき娼婦たちの思い出』(2004)など。ノンフィクション・エッセイに、『戒厳令下チリ潜入記』(86)、『生きて、語り伝える』(02)など。

編訳者略歴

野谷文昭(のや・ふみあき)

1948年神奈川生まれ。東京大学名誉教授。ラテンアメリカ文学研究者。著書に、『マジカル・ラテン・ミステリー・ツアー』など。訳書に、G・ガルシア＝マルケス『予告された殺人の記録』、M・プイグ『蜘蛛女のキス』、J・L・ボルヘス『七つの夜』、O・パス『鷲か太陽か』、M・バルガス＝リョサ『フリアとシナリオライター』、J・コルタサル『愛しのグレンダ』、『20世紀ラテンアメリカ短篇選』(編訳)、R・ボラーニョ『2666』(共訳)など。

純真なエレンディラと邪悪な祖母の
信じがたくも痛ましい物語
ガルシア＝マルケス中短篇傑作選

2019年8月20日　初版印刷
2019年8月30日　初版発行

著　者　ガブリエル・ガルシア＝マルケス
編訳者　野谷文昭
装　丁　鈴木成一デザイン室
発行者　小野寺優
発行所　株式会社河出書房新社
〒151-0051 東京都渋谷区千駄ヶ谷2-32-2
電話　(03) 3404-1201〔営業〕(03) 3404-8611〔編集〕
http://www.kawade.co.jp/
組版　KAWADE DTP WORKS
印刷　株式会社亨有堂印刷所
製本　小髙製本工業株式会社

Printed in Japan
ISBN978-4-309-20776-6